아라포 현자의
이세계생활일기
7
Kotobuki Yasukiyo
코토부키 야스키요

샤네
이리스
레나

크레스톤
제로스
보링
나구리

《케모 브로스
"설마…… 네가
【바바리안】이야?!
》아도
"응?
내 별명을 알아?
설마 나랑 같은
처지야?"

아라포 현자의 이세계생활일기

코토부키 야스키요 지음

JohnDee 일러스트

김장준 옮김

Contents

프롤로그 아저씨, 훈제하다

"평화롭다……."

연기에 익어 가는 고기를 지켜보면서 제로스가 한가로이 중얼거렸다.

연기와 함께 퍼지는 향초와 구수한 고기 냄새가 식욕을 자극하지만, 나잇살이 신경 쓰이는 아저씨인지라 집어먹고 싶은 욕망을 꾹 참았다. 이 나이가 되면 평소 쓰지 않는 부위에는 군살이 붙기 십상이었다.

지금 아저씨는 와이번 육포 만들기에 도전 중이었다. 보존식품이므로 교회 아이들에게 들키면 위험했다. 발견하면 그 즉시 메뚜기 떼처럼 달려들어 먹어 치울 건 안 봐도 뻔했다.

요즘 들어서는 심각하게 거리낌이 없어져서 자기 집 안방인 양 쳐들어와서 냉장고까지 뒤져 댔다.

루세리스가 전전긍긍 사과하는 모습이 머리에 되살아났다. ……그리고 가슴에 불이 붙었다.

'미인이 쩔쩔매는 모습은 왜 이렇게 심금을 울리나 몰라.'

의외로 특수한 취향을 가진 아저씨는 고기를 계속 확인하며, 트렌트라는 식물형 몬스터에서 얻은 우드 칩을 불에 넣었다.

훈제가 아니라 햄이나 소시지라도 상관없었지만, 왠지 지구에서 먹던 소고기 육포 맛을 잊지 못해서 아무 사전 지식 없이 무작정 만들기 시작한 것이었다.

지금까지 일곱 번은 실패했다.

'향이 너무 강해도 안 되고 향신료 맛이 너무 강해도 안 돼……. 기준을 모르니까 감이 안 잡혀. 고기를 너무 다지면 그냥 다짐육이 되고 말이야…….'

물론 다짐육이 된 고기는 햄버그스테이크로 만들어 맛있게 먹었다.

전에 파프란 대산림 지대에서 해치운 와이번이 총 일곱 마리. 반은 팔아서 돈으로 바꿨지만, 남은 것까지 팔면 양이 너무 많아서 시장가가 변동할지도 몰랐다.

소비자에게는 좋은 일이지만, 판매자는 가능한 한 높은 가격에 팔고 싶은 법이다. 솔직히 시세 하락은 피하고 싶은 것이 업자들의 속내인 것이다.

그래서 아저씨도 눈치가 보여서 세 마리는 그냥 가지고 있기로 했다.

다 먹지 못할 고기도 이웃집에 나눠주고 지금은 와이번 한 마리치 고기밖에 남지 않았지만, 사실 그것도 혼자서 먹기는 힘들 듯했다.

그래서 오래 두고 먹을 수 있는 보존식품을 만들기로 했는데, 이 육포란 것이 의외로 만들기 까다로웠다.

향은 둘째 치더라도, 맛이 너무 강하면 술안주로 맞지 않았다.

'나카노야 씨가 만든 소고기 육포를 먹고 싶네.'

그리운 지구의 육포 맛을 떠올리며 멍하게 연기를 바라봤다.

"아…… 그러고 보니 용사 2인조는 지금쯤 어쩌고 있으려나? 뭐, 내 알 바는 아니지만……."

식욕을 잊기 위해서인지, 아저씨는 산토르로 돌아오는 길에 만난 용사 두 명에 관해 떠올렸다.

제로스는 두 용사와 동행하는 신관들에게 정보를 캐내려고 허와 실이 섞인 말로 의심을 유발했다.

그 때문에 용사들은 메티스 성법신국으로 돌아가도 될지 경계하게 됐다. 언젠가 4신에게 복수하려는 아저씨에게는 바람직한 결과였다.

그 용사들과 함께 산토르로 돌아왔지만, 그들끼리 살아갈 능력이 있을지 의심스러웠다. 함께 온 신관들도 괜한 사실을 알게 되어 조국으로 돌아가면 목숨이 위태로웠다.

"그들끼리 괜찮으려나……. 특히 타나베가 걱정인데."

아저씨는 지금으로부터 일주일 전을 회상했다.

◇ ◇ ◇ ◇ ◇ ◇ ◇

실전 훈련을 마치고 돌아오는 길.

파프란 가도에서 산토르 가도로 빠진 아저씨는 이제 곧 산토르에 도착하려고 하고 있었다.

"피곤해……. 우리도 마차에 태워줘."

"거 젊은 친구가 엄청 빌빌대네. 왜 그렇게 패기가 없어요?"

"힘든 걸 어쩌라고……. 돈이 없어서 마차를 못 빌렸다고."

허리를 힘없이 굽히고 무거운 발을 끄는 용사, 【타나베 카츠히코】.

산토르로 가는 여정을 부득이 용사들과 함께했지만, 이미 그의 체력은 바닥났다. 아니, 체력이 아니라 기력이 없었다.

마차에 탄 사람은 루세리스와 아이들, 그리고 여성 신관들뿐이고 남자들은 걸어서 이동하기 때문이었다.

물론 휴식도 가졌지만, 허약한 타나베의 피로는 풀리지 않았다.

"왜 내가 걸어야 해……. 용사라면 더 대우해 줘야 하는 거 아냐?"

"아직도 용사 타령이에요? 내가 보기에는 우스꽝스러울 뿐인데 말이죠. 더 일찍 눈치챘으면 혁명의 발판은 만들었을 텐데."

"여자는 좋겠다~, 우대받아서……."

"그 게으른 성격 때문에 속아 넘어간 거 아닌가요? 어쩌면 그런 인간을 우선적으로 소환했을 가능성도 크네요. 미성숙한 연령대의 사람은 세뇌하기 쉬운 만큼 조종하기에는 최적의 인재니까요."

자랐던 환경 탓일까? 레벨이 높을 텐데도 자칭 용사는 한심한 모습을 보였다. 오히려 용사보다 신관들이 몸이 튼실했다.

"여러분은 체력이 좋으시군요."

"저희는 선교를 위해 타지로 갈 일이 많아서 보통 긴 여행은 익숙합니다. 다만, 이번에는 용사님께서 돈을 허투루 쓰시는 바람에 예산이……."

"자업자득이었네……. 이런 원인을 만든 학생이 잘못했네요. 예산을 아껴 썼으면 마차 정도는 빌렸을 텐데."

"젠장…… 내가 왜 그랬지?"

엎지른 물은 주워 담을 수 없고 빠져나간 돈도 돌아오지 않는다.

결국 타나베의 생각 없는 행동이 원인이었다. 동정할 여지도 없었다.

"사신 탐색을 명목으로 도망치면 안 되나요? 돌아가도 부려먹힐

뿐이잖아요. 그리고 마지막에는 토사구팽."

"그러고 싶어도 돈이 없어. 이단 심문관이란 것들은 상식이 안 통해서 타국이건 어디건 아무렇지 않게 간섭해. 그 녀석들은 위험해."

"일하면 되잖아요? 용병이라도 하면서 착실하게 벌면 생활비 정도는 벌 텐데…… 일할 생각 없어요?"

"아, 그건 좀……."

사치스러운 생활에 너무 익숙해져 버린 용사에게 용병 같은 고달픈 생활은 견디기 어려운가 보다.

아저씨도 그냥 한번 해 본 소리였지만, 방금 대답으로 그가 옹색한 삶을 버틸 수 없다고 이해했다.

가혹한 현실에서 눈을 돌리며 산 결과가 이것이었다.

"돈이 없으면 난 아무것도 못 하나? 왜…… 왜 이렇게 됐지?"

"훗…… 도련님이니까.[#1]"

"여기서 그 대사를?! 정말로 우울해지니까 그만해!"

"인정하고 싶지 않군……. 용사가 젊기에 저지른 실수란 것을. 이것이…… **바보**인가.[#2]"

"남의 불행이 그렇게 재밌어?! 그렇게 용사가 싫냐고!"

그냥 심심해서 놀렸을 뿐이었다.

비참한 카츠히코는 무시하고 아저씨는 하늘을 올려다보며 낚시나 하고 싶다는 아무래도 상관없는 생각을 하고 있었다. 어디까지나 남의 일이었다.

#1 도련님이니까 「기동전사 건담」의 등장 인물 샤아 아즈나블의 유명한 대사. 더빙판에서는 "부모를 잘 만나서지."로 번역되었다.

#2 이것이 바보인가 「기동전사 Z건담」의 등장 인물 크와트로 바지나의 유명한 대사. 원래 대사는 "이것이 젊음인가." 사실 크와트로 바지나는 샤아 아즈나블과 동일인이다.

"제로스 님…… 창생신교란 어떤 종교입니까? 저희는 지금까지 4신교의 교의밖에 배우지 못해서 대략으로나마 알고 싶습니다."

"기본적으로는 정령 신앙에 가깝죠. 세계를 창조한 게 창생신이고, 그 신은 방관할 뿐 세계에 간섭하지 않는다. 세상에 태어난 것을 기뻐하고 양식이 되는 생명에 감사하라. 종족을 불문하고 서로를 도와라. 대충 이런 종교입니다. 복잡할 게 하나도 없는 단순하고 온건한 교리를 가르치죠."

"그렇다면 사신과 4신은 언제 태어난 겁니까? 세상이 지금처럼 변한 배경을 모르겠군요."

"그것과 관련된 재미있는 이야기가 있었죠……. 『태초의 신께서 위계가 오르시니 세상을 떠날 날이 가까웠다. 남은 세상에 새로운 신을 만드시되 그 신이 추악하고도 무구(無垢)하였다. 추악하고도 무구한 신을 땅에 봉하고 새로운 신을 바라며 네 정령을 대행자로 세우고 신의 힘을 내리셨도다. 그러나 네 신은 천진하고도 향락적이어서 지상에 재앙을 뿌리고 세상을 혼돈에 빠뜨리더라』였나? 어떤 유적 석판에 적혀 있었다고 합니다. 다른 곳에서도 비슷한 것들이 더 발견됐고요. 각지에 전승으로 내려온 경우도 있었죠."

"아니, 그건……."

"4신이 책무를 다하지 않고 재미로 세상에 혼란을 준다는 말씀입니까?!"

신관들에게는 듣고 싶지 않은 사실일 것이다.

그렇지만 역사란 승자가 정당성을 부여하기 위해 자의적으로 왜곡하거나 패자의 진실을 철저하게 말소하고는 했다.

설령 상대를 속여서 이겼어도 후세에는 정정당당한 정면승부였다고 전하는 것처럼 말이다. 특히 권력자와 종교가 엮이면 대개 진실은 어둠 속에 묻힌다.

"아마 창생신교에도 신과 교신하는 성녀 같은 사람이 여러 명 있었을 겁니다. 그 후예가 마도사들과 함께 진실을 후세에 남겼겠죠. 서적에 기록된 진실은 역사와 함께 불살라 묻어 버렸지만, 유적에 새겨진 진실은 지금까지 남았습니다. 이러니까 4신교가 마도사를 싫어하죠. 언제 해독해서 모든 사람에게 진실을 알릴지 모르니까요. 종교 국가에게는 나라의 근간이 뒤집히는 스캔들이겠네요."

"대체 어느 유적에 그런 비문이……. 그런 것이 남아 있다면 우리는……."

"글쎄요? 거대한 마법 장치의 일부라고만 했고 어느 유적인지는 저도 모르겠네요. 우연히 마도 역사서에 기록된 마법식, 그 내부에 들어 있는 내용으로 깨달은 겁니다. 석판이 중요한 위치에 있어서 부술 수 없었다고 하더군요."

"그렇군요……."

"그런 유적이 한두 곳이 아닌 것 같던데, 아쉽지만 마법 문자로 적혀 있으니까 여러분은 못 읽을걸요? 저도 정말로 우연히 찾았을 뿐이에요."

이스톨 마법 학교 대도서관에 비치된 한 서적에는 대규모 마법 장치의 마법식이 기록되어 있었다.

그 마법식에 교묘하게 숨겨 놓은 역사의 진실은 4신의 악행을 후세에 전하기 위한 위장이었을 것이다.

"사신 전쟁 시기 4신교는 이미 힘을 키운 상태였습니다. 그 후 사신을 봉인하면서 권위가 확고해졌겠죠. 창생신교는 그들에게 사교(邪教)로 낙인찍혀 사라졌겠고. 다만, 알톰 황국만은 아직 창생신교의 명맥을 유지한다고 하죠? 4신은 자기한테 불리한 정보를 가진 그들을 빨리 없애고 싶어 안달인 모양입니다, 크크크……."

"제로스 씨, 뭐가 그렇게 즐거우세요? 엄청 사악하게 웃으시는데……."

"음? 이치죠 양, 마차에 타고 있지 않으셨나요?"

"타나베 그 멍청이랑 교대했어요. 멍청이가 끈기도 없어."

"신랄하네요. 사실이긴 하지만. 신관들이 훨씬 야무져요."

또 한 명의 용사【이치죠 나기사】가 어느샌가 제로스 옆을 걷고 있었다.

마차로 눈을 돌리자 용사 카츠히코는 완전히 녹초가 되어 뻗어 있었다. 정말로 칠칠찮았다.

변함없는 풍경을 바라보며 느릿느릿하게 걷는 것이 괴로운 듯했다.

이 세상에는 자동차처럼 편리한 탈것은 존재하지 않았다. 마차조차 조금만 타도 허리가 아플 정도로 승차감이 나빴다.

"솔직히 메티스 성법신국에는 돌아가기 싫어. 지금 돌아가면 처형당할 거 같아."

"숙박비는 어떻게 하려고요? 돈이 없다면서요."

"새, 생각해 보니까 그러네……."

나기사는 어떻게 해야 좋을지 막막했다.

용병이 되어 볼까 하는 생각도 했지만, 품성이 불량한 자들은 이미 지긋지긋하게 봐 왔다.

문제를 일으키는 사람은 대부분 용병 출신이어서 나기사도 그런 자들을 몇 번 붙잡은 적이 있었다.

솔직히 용병처럼 피비린내 나는 직업은 하고 싶지 않았다.

"저희는 마법 치료로 생활비는 벌 수 있으나, 용사 타나베 님은……."

"일할 생각도 없는데 무슨 방법이 있겠습니까? 참 오냐오냐 자랐나 보네요……. 저 모양으로 살아갈 수나 있을까요?"

"……어쩔 수 없지. 나도 아르바이트를 찾을래요! 조사와 포교를 명목으로 체류하면서 언젠가 이 나라로 망명할 거예요."

"그건 좋은 생각이네요, 이치죠 양. 4신교에게 불리한 정보라도 있다면 이야기가 달라지지만……."

"여기가 타국인 이상 저희도 자금을 마련하기 어렵습니다. 당분간 교회에서 치료사로 일할 수밖에 없겠군요. 용사 타나베는 씀씀이가 헤퍼서……."

크면 틀림없이 여자한테 빌붙어 산다. 아저씨는 카츠히코를 그렇게 평가했다.

제로스도 공작가에서 이런저런 정보를 모아 세계적으로 용사에 대한 평가가 변하고 있다는 사실을 알았다.

이제 타국에서 용사의 권위를 내세우면 십중팔구 외교 문제로 발전한다.

그러면 그는 용사가 아니라 불법 체류자로 처벌받을 것이며 메티스 성법신국은 아무 미련도 없이 카츠히코를 버릴 것이다.

도움이 안 되는 용사는 버리고 쓸 만한 인간만 우대하는 것이 그들에게도 이득일 테니까.

"저 학생은 뭘 모르네요. 이대로 타국에서 문제를 일으키면 바로 버림받는다는 걸."

"용사가 도구라면 그 나라는 당연히 그렇게 하겠죠. 지금까지 용사라는 군사력을 믿고 다른 나라에서 횡포를 부렸지만, 사태가 안 좋게 흘러가는 예감이 들어요. 바보 같이 당하기만 하는 것도 억울하니까 뭔가 반격할 수단을 얻고 싶어요."

"저 학생은 발목만 잡을걸요? 이 상황에서도 아직 용사의 권위에 기대려고 하잖아요."

"저희도 위험합니다. 이단 심문관의 눈을 끌고 싶지는 않아요."

용사들을 따라다니는 이 신관들은 작은 교회에서 수행한 조직의 말단에 불과했다.

바꿔 말하면 언제 사라져도 상관없는 도구다. 어떻게 보면 용사들과 한 배를 탄 사이지만, 타나베는 아직 그런 사정을 정확히 이해하지 못했다.

이해할 지식은 있어도 응용하지 못하는 슬픈 현대인의 초상. 매뉴얼대로만 살아가는 인간이었다.

"오랫동안 선교사로 수행하셨죠? 그럼 타국 정세도 잘 알지 않나요? 메티스 성법신국에 불리한 정보를 다른 곳에 전하고 그 나라에 돌아가고 싶지 않다고 주장하면 의외로 받아줄지도 몰라요."

"그건 확실히……. 세라스타 국에서 역병이 만연했을 때 원조 차원에서 신성 기사단이 파견됐지만, 실제로는 백성을 구하지 않고 불살라 버렸죠. 『이미 생존자는 없었고 역병 전파를 막기 위해 도시를 불태울 수밖에 없었다』라고 보고했지만, 사실은 구할 가치가 없다며 버린 겁니다. 원래 메티스 성법신국에 회의적인 나라였고, 타국을 위해 움직였다는 실적만 있으면 충분하다고 생각했겠죠."

"그걸 증명할 순 있나요?"

"저희도 참가했습니다. 괴로워하는 사람들을 못 본 채하고 도시를 불태우는 광경이 지금도 머리에서 떠나지 않아요. 아직도 악몽에 시달리곤 합니다……."

다른 신관들도 차례대로 고개를 끄덕였다.

그들은 지금까지 이단 심문이 무서워서 고발하지 못했다.

종교의 가르침과는 별개로 맹신자들은 공포로 그들을 속박하는 듯했다.

그들을 용사 곁에 붙여 둔 이유도 전투 중에 한 명이라도 많은 목격자를 줄이기 위함이었다.

죽음이 두려워 입을 닫은 신관들이 죽음이 도사리는 곳으로 보내졌다. 죽어도 될 인물을 골라서 칙명을 내린 것으로 보였다.

"살벌하구만……. 종교인이 하늘 무서운 줄 모르네요. 이것도 다 인간의 업인가? 앗, 저기 도시 성벽이 보이는군요. 이제 한 시간이면 들어가겠어요."

"왜 한 시간이나 걸리죠? 걸어가도 20분이면 갈 거리인데요."

"명색이 공작 직할령이잖아요. 당연히 외부 침입자가 없나 눈에 불을 켜고 감시합니다. 검문 때문에 줄이 생겼으니까 아마 그 정도는 걸릴 거예요. 정보는 중요한 법입니다, 이치죠 양."

산토르는 공작 직할령임과 동시에 교역의 요지였다. 범죄자나 밀수업자로부터 백성을 지키기 위해 검문에는 당연히 힘을 쏟았다.

한 시간 후, 제로스 일행은 무사히 도시 안으로 들어갈 수 있었다.

"그럼 우리는 여기서 헤어져야겠군요. 이세계라고 들뜨지 말고 현실을 보면서 행동하세요. 어디에나 위험이 도사리니까 말이죠."

"사람 겁주지 마!"

"도와주셔서 정말로 고맙습니다."

이리하여 용사 일행과의 짧은 여행은 끝났다.

한두 마디 이별 인사를 나누고 그들은 떠났다.

돌아가면 뜨거운 물로 목욕부터 하고 차가운 맥주나 한잔하며 쉬자고 제로스는 생각했다.

참고로 아저씨의 소원은 이루어지지 않고 귀가하자마자 말썽에 휘말려 제법 큰 사건을 해결하게 되지만…… 그 이야기는 다음 기회에.

제로스는 용사들과 나눈 정보를 떠올렸다.

그들이 아무것도 모르고 그저 흘러가는 대로 살아가는 아이들이란 걸 알게 된 것만 해도 큰 수확이었다.

용사들은 이세계에 대한 인식이 안일하고 현실을 너무 우습게 본다.

진실을 깨달아도 아마 현재 상황에서 빠져나오지 못할 가능성이 컸다.

"정말로 젊은 날의 치기란 무서워~."

판타지에서야 자주 있는 일이라도 그것이 현실에서 일어나면 사정이 다르다. 현실은 언제나 잔혹하니까.

특히 타나베를 보면 그런 현실을 잘 알 수 있었다.

RPG 게임처럼 마음대로 남의 집에 쳐들어가서 아이템을 뒤지거나 용사라는 이유로 모든 죄를 불문에 부치는 일이 현실에서 용납될 리 없었다.

더군다나 많은 친구가 눈앞에서 죽었는데 『죽으면 원래 세계에서 멀쩡히 생활한다』라는 어린애도 믿을지 의심스러운 헛소리를 그들은 곧이곧대로 믿었다.

그 안일한 사고가 무너졌을 때 자신들이 어떤 운명을 맞이할지 알려고도 하지 않은 채…….

그런 용사들이 보신을 위해서 포교라는 명목으로 산토르에서 아르바이트를 하고 메티스 성법신국의 눈에서 벗어나려고 한다. 그들을 따라온 신관들도 사정은 마찬가지라서 목숨이 아까운 듯했다.

'메티스 성법신국에 틈이 생겼어. 아니, 용사를 소환하는 오랜 역사 속에서 이미 균열은 생겼겠지. 이제 그 균열을 이용해서 어떻게 무너뜨릴지가 관건인데…….'

들은 바에 의하면 용사들도 메티스 성법신국에 불신을 가지기는 했으나, 대놓고 거스를 생각은 하지 못한다고 했다. 그렇다면 종교 국가의 우위성을 잃은 뒤에는 어떨까?

"회복 마법을 세상에 뿌렸지만, 그걸 어떻게 활용하느냐는 솔리스테어 마법 왕국의 높으신 양반들 하기 나름이니까 결과는 미지수지. 과연 어떻게 굴러갈까……."

아저씨는 적, 4신을 끌어내기 위해서 회복 마법 스크롤을 시장에 풀었다.

그 행위가 어떤 효과를 낳을지는 아직 알 수 없으나, 막연하게 자신에게 이상적인 방향으로 흘러가지 않을까 예상했다.

당하면 배로 갚아준다. 그것이 섬멸자라고 불린 아저씨의 방식이었다.

완성한 와이번 육포를 바라보면서 아저씨는 싸늘하게 미소 지었다.

제1화 아도, 수인족을 찾아가다

【르다 이루루 평원】은 과거 마법 문명으로 번성한 국가가 존재했던 지역이다. 거대한 도시에는 다양한 마도구가 넘쳐나고 지구 문명에 견주어도 손색이 없는 고도의 기술이 있었다.

하지만 그 나라는 사신의 단 일격에 멸망하여 지금은 그 흔적조차 찾을 수 없다.

대신 당시 노예였던 수인들이 그 황무지에 정착하여 촌락을 이루어 오늘날까지 살아오고 있다.

거대한 도시가 사라져도 어떤 마법 시스템이 남아 있는지, 이 땅은 마력 농도가 높고 강한 마물이 많이 서식한다. 그런 연유로 수인들도 보통 기사보다 훨씬 강했다.

게다가 사신의 공격 때문인지는 몰라도 땅이 높이 융기하여 절벽인지 산인지 모를 거대한 바위벽들이 아도 일행의 앞을 가로막았다. 평원이라는 이름이 무색할 지경이었다.

오랜 세월을 거쳐 나무가 우거진 땅은 산이라고 불러도 과언이 아니었다.

어디 있는 대산림 지대 정도는 아니지만, 많은 마수가 서식하며 가혹한 생존경쟁을 벌이는 곳이었고 수인들은 그 생존경쟁에서 당당히 살아남았다.

다시 한 번 말하지만 그들은 보통 기사보다 훨씬 강할 만큼 평균적인 신체 능력이 우수했다. 그 힘 덕분에【메티스 성법신국】도 함부로 손을 대지 못했다. 하지만 수인들은 종족 단위의 결속력이 없었다. 타고난 기질이 자유로워 다른 부족이 공격당해도 기본적으로 부탁받지 않는 한 수수방관했다.

그러나 최근에는 그런 정세도 변했다. 수인 중에 영웅이라고 불리는 자가 나타나서 메티스 성법신국의 요새를 함락했다. 심지어 여러 부족을 통합하는 데 성공했다는 이야기도 들렸다. 그밖에도 요새나 성을 쌓는 등 야만적인 종족이라는 이미지가 점점 불식되는 추세였다.

그 영웅이 인간이라는 소문이 사실이라면 그런 짓을 할 수 있는 것은 전생자 말고는 없다고 아도는 판단했다. 수인족은 힘을 숭상하는 경향이 강했다. 가뜩이나 결속이 안 되는 부족을 하나로 뭉칠 수 있는 자. 아도에게는 짐작 가는 바가 있었다.

만약 자신이 상상하는 사람 중 **누군가**가 맞다면 성격상 문제만 넘어가면 든든한 우군이 되어 줄 것이다.

아도는 무슨 수를 써서라도 그 인물을 포섭하고 싶었다.

“그나저나 겨우 여기까지 왔군…….”

“오래 걸었지……. 설마 수인 부락을 몇 번이나 돌게 될 줄은 몰랐어.”

“그건 어쩔 수가 없어, 리사. 수인들은 방목하는 가축에 맞춰서 이동하니까. 이틀 전에 있던 부족이 이튿날 다른 부족으로 바뀌어 있던 경우도 있었잖아.”

“그때마다 아도 님께서 부락의 강자와 결투를 벌였죠.”

“마지막은 싸움 대회였지. 싸우지 못해서 안달 났나……. 이 패턴은 이제 지긋지긋해.”

방목으로 생활하는 수인들은 가축에 맞춰서 끊임없이 이동했다.

여러 부족이 모이는 곳은 물이 있는 곳뿐이며 편하게 사람을 찾으려고 그곳에 들르면 당연히 강자가 싸움을 걸어온다. 그리고 싸움 대회가 벌어지는 것이 하나의 패턴이었다.

강자를 숭상하는 수인들을 상대로 모든 싸움을 제패한 아도에게 수고했다고 말해주고 싶을 정도였다.

“이제 슬슬 보이…… 저건 뭐야?!”

“저건…….”

“산성이네. 일본…… 아니면 중국 양식인가? 잘 모르겠어.”

“저게 영웅이 있다는 성, 야만성이다. 전에 봤을 때는 아직 축성 중이었는데…… 너무 빠른 거 아냐?”

""""야만성?!""""

사방을 돌벽으로 쌓아 올렸고 그 위에는 일본풍 흰색 외벽이 보였다.

건물은 구마모토 성을 연상케 하는 목조 건축이지만, 그 성에는 중국 소수민족 복식에서 볼 법한 복잡한 무늬가 그려져 있고 용 조각까지 있어서 중국 양식처럼 보이기도 했다.

"성문은…… 돌계단을 올라가야 하나? 위로 갈수록 좁아지는 구조군. 게다가 적의 공격을 막는 아래쪽 돌담. 이건 아무리 봐도 일본식 성이야."

"그러게. 얼핏 보면 벽도 석회 미장이지만, 땅 속성 마법을 써서 벽을 수직으로 쌓은 것 같아. 색은 나중에 칠했나?"

"왠지 초등학생이 상상한 『내가 만든 최강의 일본성』 같아……. 그래도 엄청 크고 넓어."

가까이 가서 보자 건물 자체는 겉만 번지르르하고 구조는 엉성했다.

그러나 외벽은 달랐다. 흰 벽은 보이는 두께와 높이만 해도 어마어마했고 내부에는 대규모 침입자의 진입을 방해하는 통로가 있을 듯했다. 화살을 쏠 구멍과 돌을 떨어뜨리기 위해 수직으로 난 구멍 등 곳곳에 적병이 쳐들어왔을 때에 대비한 구조가 설치되었다.

"화살이나 창으로 공격하기 위한 구멍에 광장과 좁은 통로. 바탕은 틀림없이 일본 성이야. 이 높은 돌담에도 뭔가 장치가 있는 것 같은데 뭘까?"

"그런데 안쪽 건물은 왜 대충 지었지? 자재가 부족했나……?"

"날림 공사구나. 건물에 불을 붙이면 홀라당 타 버리겠는데……."

겉모습은 분명히 엉성한데 석회로 칠한 방벽이나 돌담에는 굉장히 공을 쏟았다.

흰 벽에는 비교적 낮은 위치에도 구멍이 있어서 적이 몰려들 때 주위에서 창과 화살로 집중 공격을 퍼부을 수 있을 듯했다. 아도는 그 계산된 흉악한 구조에 할 말을 잃었다.

"이건 성이라기보다 거대한 함정이야. 오히려 이 주위 흰 벽이 메인이라고 봐야겠지. 마력 반응까지 있고 말이야……. 그렇지만 위에 있는 건물에는 무슨 의미가 있지?"

"건물은 그냥 장식이에요. 높으신 분들은 그걸 모르신다니까요!"

"누구냐?!"

방벽 위에 위풍당당하게 선 소년이 있었다.

머리와 어깨에 마물 두개골을 이용한 방어구를 착용하고 등에는 거대한 전투 도끼, 마력을 불어넣으면 강도가 높아지는 의상을 입었다.

전생자는 틀림없지만, 아도는 그가 자신이 아는 두 명의 수인 애호가 중 누구일지 고민했다.

한 명은 아도가 잘 아는 다섯【섬멸자】중 한 명. 이름은【케모러븅】.

다른 한 명은 레이드에서 몇 번 본 적 있는 뼈 장비를 입는 덩치 큰 전사로, 야만인【바바리안】이라는 별명을 가진 유저였다.

"설마…… 네가【바바리안】이야?!"

"응? 내 별명을 알아? 설마 나랑 같은 처지야?"

아도는 전자이길 바랐으나, 세상일이 그렇게 뜻대로만 되지는 않는다.

"말도 안 돼, 전에 봤을 때는 우락부락한 전사…… 아, 그건 아바타지! 자꾸 까먹는단 말이야. 뼈를 메인으로 장비하는 건 여전한 모양이군……."

대화한 적은 없지만, 아도는 【소드 앤 소서리스】에서 그를 몇 번 본 적이 있었다.

그러나 당시 모습은 우락부락한 전사였다. 지금 보이는 앳된 티를 벗지 못한 귀여운 소년과는 달라도 너무 달랐다.

이러니까 아도도 놀랄 수밖에.

"이 성은 네가 지었어? 대체 뭐 하러……."

"그건…… 수인들을 지키기 위해서다아아아아아아아아아아아아아아아아아!"

넋이 나간 아도를 대신해서 자자가 질문하자 돌아온 답은 무섭도록 확고한 의지가 담긴 절규였다. 대단히 남자다운 영혼의 외침이었다.

외모는 중학생, 그것도 저학년. 도저히 수인족 정점에 설 인물로는 보이지 않았다.

하지만 그의 주위에는 수인족 여성들이 곁을 지키며 무기를 들고 경계하고 있었다.

저마다 부족이 달라 보이며 하나같이 미인이었다.

정신을 차리자 아도 일행은 주위를 완전히 포위당해 있었다.

"설마 그럴 리 없다고 생각하지만, 네 주위에 있는 여성들은……."

안 좋은 예감을 느낀 아도가 조심스레 마음속에 스친 의문을 그에게 던졌다.

"응. 내 아내야."

"""""리얼충, 폭발해라아아아아아아아아아아아아아아아아아!"""""

소년은 이세계에서 동물 귀 하렘을 차렸다.

각 부족에서 한 명씩 이 강자 【바바리안】에게 아내로 받아달라고 보냈고, 이 소년은 아무 생각 없이 그녀들을 거두었다. 아도도 수인족을 조사했지만, 수인족 여성은 힘을 숭상할 뿐 아니라 연애 증후군에 빠져도 강자를 고르는 경향이 강했다.

발정기가 오면 아무런 주저도 없이 상성이 좋은 상대에게 돌진한다. 그것이 수인족의 특성이었다.

즉, 지금 저 위에 있는 여성들은 그에게 한눈에 반했다고 봐야 했다.

참고로 부인의 수는 열일곱 명. 그것도 모두 미인. 정말로 복 받은 인생이었다.

"하, 젠장…… 난 아직 여자 친구도 없는데……. 저런 애가 아내만 열일곱 명이라고? 신은 공평하다며!"

"자자 씨, 그 마음 이해해……. 나도 남자니까."

""아도 씨는 애인 있잖아. 칼 맞는다?""

"댁도 적이잖아! 리얼충들은 전부 죽으라지, 으아아아아~!"

첩보원인 자자는 직업 특성상 함부로 애인을 사귈 수 없었다.

만약 애인이 생기면 애인의 가족 구성과 친구 관계를 자세하게, 정말로 낱낱이 조사당한다. 프라이버시가 죄다 까발려지는 것이다.

자자도 희희낙락대며 그런 조사를 담당한 적이 있지만, 당하는 입장이 되면 이보다 끔찍한 일도 없었다.

"아도라고? 설마【돈코츠 차슈】에 있던?"

"맞아. 그런데 난 네 유저 네임을 모르는데……."

"나? 내 이름은【케모 브로스】야. 별명은 이미 알지?"

"케모? 아는 사람 중에【케모 러븅】이란 사람이 있는데 무슨 관계라도 있어?"

"스승님이랑 아는 사이예요? 그 사람한테는 도움을 많이 받았어요. 덕분에【극한 돌파】까지 했어요."

"……아, 이해했어. 하필이면 그 사람 제자였냐……."

아도가 존경하는 플레이어인【제로스 멀린】.

그와 같은 파티에 있던【케모 러븅】. 동물 귀와 복슬복슬한 털을 사랑해 마지않는 수인 팬이었다.

【던전 크리에이터】를 사용해서【케모 래버린스】라는 하렘을 만들 정도였다. 별명은【동물 귀와 복슬복슬 전도사】.

동료들도 학을 뗄 정도로 별종이었다.

"너…… 하렘을 만들고 싶었던 건 아니지?"

"아니야. 4신교라는 녀석들이 쳐들어왔었는데 나도 모르는 사이에 날려 버렸나 봐. 왜지?"

"그래서 하렘이 생겼다고? 나도 강해지고 싶다……."

자자의 볼을 타고 남자의 눈물이 흐른다. 무력감이 그를 짓눌렀다.

딱히 수인이든 엘프든 애인만 생긴다면 상관없었다.

그저 진심으로 사랑받고 싶은 나이였다.

남에게 말 못 할 일을 하는 터라 남들보다도 그런 마음이 강했다.

"아직도 싸우는 중이라서 너희도 적인 줄 알았어. 수인들의 적☆"

"반대야. 우리는 동맹을 맺으려고 왔어. 그 녀석들은 우리에게도 적이니까."

아도는 겨우 본론으로 들어갔다고 생각했으나, 그에 대해 케모브로스는 뭔가를 고민하는 눈치였다.

아무리 같은 지구 출신이라도 아군이라는 보장은 없었다. 만약 그렇다면 대응해야 좋을지 고민하는 것이리라.

"동맹을 맺어? 하지만 뭘 믿고? 그 녀석들 협력자일지도 모르잖아."

"어떻게 하면 믿어줄래? 싸울까?"

"음…… 그 녀석들을 해치우게 도와주면 생각해 볼게. 마침 용사란 인간이 왔다고 하거든."

"""""용사?!"""""

【용사】. 메티스 성법신국이 이계에서 소환한 신의 첨병. 높은 전투력과 성장 속도를 제외하면 거의 이 세계 주민과 다를 바 없다고 아도는 생각했다.

정보에 의하면 용사의 레벨은 500이었다. 500 이상으로 올라갈 수 있는 각성 스킬을 이미 가진 전생자가 볼 때 용사는 흔한 조무래기와 별반 다를 바 없었다.

이곳은 게임 세계와 달리 전투 스킬과 생산 스킬을 동시에 마스터하는 것이 거의 불가능하기 때문에 스킬 통합은 이루어지지 않는다. 그 결과, 각성 스킬인【한계 돌파】의 조건을 충족하는 사람이 없어서 낮은 레벨에 머문다.

드물게 레벨 500에 도달한 사람도 있지만,【한계 돌파】하는 경지까지 오르지는 못했다.

물론 생산 직업 스킬을 전투에서 올릴 수도 있겠으나, 그러려면 자기보다 강한 상대를 쓰러뜨리는 것이 전제 조건이었다. 레벨이 같거나 낮은 상대에게 이겨도 스킬 레벨은 쉽게 오르지 않았다.

게임에서 말하는 보너스 효과였다.

"용사…… 500레벨 나부랭이가 설치고 다닌다지? 좋아, 쓸어버리고 올게."

"뭐? 그렇게 쉽게 받아주는 거야? 조금 더 망설일 줄 알았는데. 인간이랑 싸워야 해. 최악의 경우 죽여야 할걸?"

"뭘 새삼스럽게. 도적 정도라면 이미 죽였고 이 세계는 약하면 살아갈 수 없어. 그리고 원래 녀석들과는 싸울 예정이기도 했고."

""아도 씨?!""

"너희 두 명은 거절해도 돼. 이건 전쟁이고 나 혼자서도 그것들은 상대할 수 있으니까."

아도가 인간을 상대할 때는 리사와 샤크티를 가능한 한 참가시키지 않으려고 했다.

살인은 자기만 해도 충분하다고 생각했기 때문이다. 하지만 두 사람도 도적이긴 하나 이미 사람은 몇 명 죽였다. 이 세계는 안전하지 않고 몸을 지키려면 어느 정도 각오가 필요했다.

그래도 가능하다면 살인에 참가시키고 싶지 않았다.

"역시 아도 씨가 맞나 보네. 제로스 씨한테 들었어. 실력 있는 전투 마도사라고. 그러고 보니 장비도 비슷해. 그 사람들이랑 언젠가 파티로 퀘스트를 돌고 싶었는데…….”

“사신을 해치운 거 그 사람들이지? 전에『한 번 더 사신에게 도전한다』라고 했었어. 설마 진짜 사신과 싸우고 있다고는 꿈에도 생각하지 못했겠지만.”

“내 생각도 그래. 전부 4신 때문이지……. 남의 세계에 쓰레기를 함부로 버리고 말이야.”

‘이 두 사람…… 무슨 소리를 하는 거지? 사신을 해치워? 남의 세계? 4신이 사신을 버렸다? 어떻게 된 거야……? 그들은 대체 누구지?’

자자는 두 사람의 대화를 이해할 수 없었다.

“【섬멸자】들은 내 존경의 대상이야. 최근 겨우 같은 위치까지 도달했는데 알릴 틈이 없었어.”

“【극한 돌파】 했어? 그 사람들은 상위권 중에서도 최상위권이잖아. 공대를 꾸리지 않고 한 파티로 사신에게 도전하다니, 갈 데까지 갔어.”

“하지만 불가능하진 않았어. 그래서 멋있는 거고.”

“동감이야. 그럼 녀석들과 싸우는 걸 도와줘. 아무리 나라도 1만 대군을 상대하려면 귀찮아.”

“좋아. 어차피 반격하려던 참이었어……. 한바탕 크게 벌여 보자고.”

아도의 얼굴에 사나운 미소가 떠올랐다. 그것은 케모 브로스도 마찬가지였다.

이날, 복수자와 수인 팬이 손을 잡았다. 이 사건은 이후 메티스 성법신국이 예상치 못한 사태로까지 발전한다.

용사를 뛰어넘는 존재, 초월자들이 힘을 드러낸 것이었다.

용사【이와타 사다미츠】. 용사 중에서 가장 미움받는 사람이었다.

그는 용사가 된 후로 난폭해진 것이 아니라 원래 세계에 있을 때부터 방약무인했다.

자란 환경 탓일 것이다.

아버지는 의원이며 그가 무슨 문제를 일으킬 때마다 뒤로 수를 써서 사건이 세간에 알려지기 전에 묻어 버렸다.

하지만 이건 딱히 아들을 아끼기 때문이 아니었다. 단순히 가족 때문에 자기 명성에 흠이 나지 않도록 방지하는 목적이었다. 부모는 이미 사다미츠를 포기하고 우수한 동생만을 사랑했다.

그 가정 환경이 그의 행실을 더욱 악화시켰고, 싸움이나 따돌림, 공갈에 가까운 사건까지 일으키며 교사들의 골머리를 앓게 했다. 그런 사다미츠가 용사로 소환되면 어떻게 되는가.

답은『전보다 심해진다』였다.

소환된 용사 중에서 가장 공격력이 높았던 탓에 안 그래도 난폭하던 사다미츠는 더욱 기고만장해져서 추종 세력을 데리고 용사 진영을 둘로 나누었다.

냉정하게 사태를 파악하려는 신중파와 권위와 욕망에 빠진 오만파였다.

권위를 내세운 사다미츠는 그 힘으로 용사가 진두지휘하는 부대의 정점까지 올라갔다. 그러나 거기부터 그의 추락이 시작됐다.

알톰 황국 침공 작전에서 그는 전선 지휘관을 맡아 인해전술로 병력 손실을 무시하고 진군했다.

그 결과, 적의 술수에 보란 듯이 넘어가【사신의 손톱자국】이라고 불리는 협곡으로 유인당하고 말았다.

매복한 거대 마물과 중형 마수의 기습으로 용사는 절반이 전사하고 신성 기사단은 괴멸했다. 그때 제일 먼저 도망친 사다미츠는 많은 사람에게 신뢰를 잃었다.

아니, 처음부터 없었다는 것이 정답일까?

항상 따라다니던 추종 세력까지 잃어 고립했지만, 그 책임을 같은 용사이자 이제는 없는【카자마 타쿠미】에게 떠넘기려고 했다.

그 이유가【사신의 손톱자국】으로 유인당하기 전에 타쿠미가『적의 동향이 이상하다. 함정일지도 모르니까 진군을 멈춰야 한다』라고 말했기 때문이었다. 사다미츠는 그 조언을 무시했었다. 자신의 어리석음을 돌아보지 않고 오히려 그 부분을 지적한 자에 대한 단순한 화풀이였다.

생전 타쿠미는 마도사란 이유로 미움을 샀지만 전사 후 명성이 높아졌고, 사다미츠의 평가는 급락했다. 사다미츠는 그 사실을 참을 수 없었다. 요컨대 자기중심적이었다.

동료인 용사들은 그와 관련되려고 하지 않고 강한 감정을 품고 집착하던【히메지마 요시노】에게 철천지원수로 취급받으면서 더더욱 타쿠미를 향한 원한을 키워 갔다.

죽은 사람을 질투하는 것은 추하고 유치하나, 그게 그의 어쩔 수 없는 본성이었다.

그리고 기사회생의 계략으로 사신 탐색이란 명목하에 수인이 사는 영역으로 진군했지만, 결과는 좋지 않았다. 아무리 기다려도 상대방이 모습을 드러내지 않아서였다.

마치 알톰 황국으로 진군하던 때 같아서 사다미츠를 짜증 나게 했다.

그런 상황에서 마침내 수인족이 움직임을 보였다.

수인족은 신성 기사단에 동행하는 노예상과 용병들을 집중적으로 공격했다.

수인족에게는 인권이 없어서 노예로 전쟁에 참가하고 있었는데 거듭되는 습격으로 노예상이 차차 전장을 이탈하기에 이르렀다. 그러나 노예상들은 도망쳐도 집요하게 표적이 되어 살아서 평원을 빠져나가지 못했다.

이로 인해 메티스 성법신국은 병력 중 5분의 1을 잃었다.

"아직 짐승 놈들을 못 찾았어?! 피해만 늘어나고 예비 병력도 계속 줄어들잖아!"

"놈들은 눈과 코와 귀가 좋으니까요. 우리 행동은 이미 파악당했다고 보시는 편이……."

"누가 그걸 몰라?! 그걸 해결하는 게 부관이 할 일 아니냐고, 이 머저리야!"

사다미츠의 짜증이 극에 달했다. 부관도 『머저리는 너겠지. 왜 이딴 꼬맹이 명령을 들어야 해?』라고 욕이라도 시원하게 퍼붓고 싶은 충동을 꾹 참았다.

아무리 화가 나도 사다미츠는 용사였다. 그에게 반항하면 4신에게 거스르는 행위로 간주된다.

부관은 이단 심문이 무엇보다 두려웠다.

"젠장…… 짐승 주제에 짜증 나게 하네. 도움 되는 놈이 하나도 없어!"

"이건 소문으로 들리는 수인의 영웅이란 자의 영향으로 사료됩니다. 홀로 신성 기사단 요새를 함락했다는 자입니다."

"뭐? 너희 같은 조무래기들은 나 혼자서도 다 죽여 버릴 수 있어. 요새에 있는 것들이 전부 약해서 죽은 거 아니야?"

"아무리 약해도 부상 정도는 입힐 수 있습니다. 하지만 보고에 따르면 상처 하나 없었다고 합니다. 적어도 알톰 황국 전사 수준의 실력이 있다고 보입니다."

"놈들 말이지……. 생각만 해도 열 받네. 날개 달린 것들이 날 갖고 놀아……?"

"만약 실력이 동등할 경우, 이번에도 같은 전철을 밟을지도 모릅니다. 신중하게 나가시는 편이 좋으리라 생각합니다."

사다미츠도 말을 멈췄다.

알톰 황국은 유익인종의 나라였다. 날개를 가졌기에 공중에서 일방적으로 공격할 수 있었고, 전사들의 실력은 용사와 동등하거나 그 이상이었다. 게다가 마법 공격까지 가능했다.

아인종에도 그런 전사가 있다면 수인족에 비슷한 이들이 있다고 해도 이상할 것은 없었다. 게다가 르다 이루루 평원 안쪽으로 너무 들어온 탓에 퇴각 중에 공격받으면 피해가 확대될 우려가 있었다.

수인족이 전례 없는 전략적 행동을 보여서 부관 기사는 불안을 감추지 못했다.

어차피 퇴각을 진언해도 사다미츠가 들을 것이라고는 생각하지 않지만.

"보고합니다! 북동쪽에서 적 요새…… 아니, 성을 발견했습니다."

"성이라고? 수인족한테 그런 건축 기술이 있을 리 없다. 잘못 본 게 아닌가?"

"아닙니다. 산을 이용한 대규모 구조물이며 요새나 성일 가능성이 크다고 보고받았습니다."

"뭐라고? ……대체 무슨 일이 벌어지는 거지? 지금까지 이런 일은 없었는데."

부관은 자꾸만 안 좋은 예감이 들었다.

기존의 수인족과는 너무 달랐다.

"지루하던 참에 마침 잘됐군. 전군을 끌고 진군한다! 짐승 놈들을 유린하고 나에게 거스른 걸 후회하게 해주겠어."

"기, 기다리십시오! 이상합니다…… 뭔가 이변이 발생한 겁니다. 최소한 성의 형태나 방어 능력을 조사한 뒤에 가도 늦지 않습니다!"

"기껏해야 짐승이잖아? 보나 마나 어디서 본 걸 흉내나 냈겠지. 아니면…… 너도 나한테 거스를 생각이냐? 응? 경건한 신도 양반."

"크……."

부관 기사는 아무 대꾸도 할 수 없었다.

신앙이 말문을 막아 버렸다.

하지만 그것이 잘못이었다고 그는 후회하게 된다.

이리하여 르다 이루루 전투가 개시되었다.

그것은【이와타 사다미츠】라는 용사가 얼마나 어리석었는가를 역사에 남기는 전투였다.

용사 VS 복수자+수인 팬 콤비의 싸움이 곧 시작된다.

제2화 아도 전기?

용사【이와타 사다미츠】가 이끄는 메티스 성법신국 신성 기사단은 산성을 보고 할 말을 잃었다.

그 성은 지형의 고저 차를 교묘하게 이용해 건물 내부 구조가 전혀 보이지 않았다.

산에 지은 성은 외부에서 내부가 어느 정도 보이는 법이지만, 지금 눈앞에 있는 성은 그 상식이 통하지 않았다. 이 세계 사람들에게는 너무나도 이질적인 구조였다.

한편, 사다미츠는 오히려 그 산성이 익숙하다는 이유로 경악하고 있었다.

'이거…… 일본성 아니야?! 설마 적 중에 일본인이 있나? 아니, 잠깐만. 만약 그렇다면 상대는 같은【용사】? 하지만 사제들 이야기에 따르면 용사는 모두 송환됐을 텐데……. 어떻게 된 거지?'

외관은 일본성이지만, 중국 성곽 도시의 사상을 도입했는지 벽이 유난히 높았다.

하지만 건물 구조는 엉성했고 주위 방벽만 굉장히 견고해 보였다.

즉, 방벽 구축에 모든 힘을 쏟은 나머지 안쪽 건물은 급조한 성으로 판단됐다.

그렇다면 수인족에게 이런 기술을 전한 인간이 있을 것이다.

이런 지식을 가진 사람은…… 용사밖에 없을 텐데, 용사는 모두 원래 세계로 돌려보냈다고 들었으므로 그건 모순된다.

사다미츠의 생각은 제자리를 빙빙 맴돌았다.

“저 성은…… 뭐야? 이런 건 난생처음 보는군…….”

“수인족에게 이런 기술이 있다는 이야기도 들은 적 없어. 느낌이 안 좋아…….”

“설마 알톰 황국처럼…….”

“멍청아, 부정 탈 소리 하지 마!”

하나의 산을 통째로 성채로 쓴다면 장기전을 각오해야만 했다.

요새를 함락하려면 적어도 적 병력의 세 배가 필요하다고 한다.

그만큼 공격자가 방어자보다 불리하다는 의미이며, 심지어 상대방은 지리적 우세를 이용하는 산성이었다. 이곳을 뚫기란 쉽지 않았다.

역사 소설이나 전략을 잘 아는 사람일수록 이 산성을 함부로 공격하지는 않을 것이다.

“기사단에 동요가 퍼지고 있습니다. 설마 이런 것이 있을 줄이야……. 그렇다면 이것 말고도 비슷한 시설이 있을지도 모르겠군요.”

부관의 말을 듣고 사다미츠는 알톰 황국에서 겪은 패배가 머리를 스쳤다.

부관 말대로 이런 성이 하나라는 보장은 없었다. 게다가 적이 어떤 전략을 세웠는지도 이제는 미지수였다.

수인족은 기본적으로 전략 따위 안중에 두지 않고 돌격해서 육탄전을 펼치는 경향이 강했다.

그러나 성이란 방어의 핵심이며 동시에 다양한 전략을 염두에 두고 세우는 구조물이었다.

전략을 생각할 줄 안다면 이미 지금까지 싸워 왔던 방식대로 상대방의 습성을 이용해 함정에 빠뜨리는 전술은 의미가 없었다.

적도 학습한다는 사실을 확신했다.

부관 기사의 식은땀은 멈출 줄 몰랐다.

이곳은 틀림없이 사지(死地)가 된다.

게다가 본국과 멀리 떨어진 이곳으로 지원군이 올 가능성은 희박했다.

생각 없이 진군한 결과 노예상과 용병은 거의 전멸하여 신성 기사단만으로 성을 함락해야 하는 상태였다.

"역시…… 함정이었나. 퇴각하면 배후에서 공격당하고 전진하면 그 요새를 뚫어야 해……. 이건 수인족의 사고방식이 아니야. 아니면 우리를 보고 배웠다는 말인가……?"

메티스 성법신국에서는 수인족은 생각할 줄 모르는 바보라는 인식이 강했다.

하지만 지금 상황은 그 사고방식이 잘못이라고 증명하고 있었다. 그 상징이 눈앞에 있는 산성이었다.

“하, 겁쟁이 같은 소리 하지 마. 저 성을 잘 봐. 딱 봐도 급조해서 부실 공사한 티가 나잖아. 밀어 버리면 그냥 이기는 거 아냐?”

“내부 성은 확실히 조악하지만, 대신 주위 방벽은 견고합니다. 오히려 방벽이 메인이고 성은 장식일지도 모릅니다. 우리가 방심하도록 유도하기 위한…….”

“짐승 놈들한테 그럴 머리가 있으려고? 그냥 허세야.”

‘이 녀석은 역시 멍청해……. 저 방벽은 필요 이상으로 두꺼워. 아마 내부를 오갈 수 있게 통로가 설치되어 있겠지. 게다가 방벽 너머가 주위에서 보이지 않도록 교묘하게 높이를 조절했어……. 겉모습에 속으면 피해가 커질 거야!’

부관은 우수했다.

조그만 틈으로 엿보이는 성의 구조를 통해 정체 모를 불길함을 벌써 감지했다.

오랜 경험으로 뛰어들면 위험한 장소라고 판단 내렸다.

“희생을 감수하고 퇴각해야 합니다! 저건 위험한 곳입니다……. 아마 성이 아니겠죠. 우리를 유인하기 위한 함정이 분명합니다.”

“저게 성이 아니면 뭐야? 저기 짐승들 우두머리가 있지? 그렇다면 빨리 해치우면 그만이야.”

“위험합니다! 아무런 작전도 없이 뛰어들면 희생되는 건 아군입니다!”

“잔말 말고 공격하라고! 아니면 여기서 죽을래? 적이 아니라 나한테 죽고 싶냐?”

“크…….”

오랜 경험과 본능이 가면 안 된다고 알려줬다.

그러나 대면한 지휘관은 자기 말을 들을 생각이 없었다.

부관은 그가 알톰 황국에 패배한 이유를 이제야 알 것 같았다.

"저, 전군…… 진군하라!"

부관은 결국 사다미츠의 명령에 따랐다. 그 이유는 그가 경건한 4신교의 신자이기 때문이지만, 이때만은 신앙을 져버렸어야 했다.

그렇게 전쟁이 시작됐다.

선공은 용사가 이끄는 신성 기사단부터였다.

◇ ◇ ◇ ◇ ◇ ◇ ◇

각 부대가 일제히 산성으로 진군을 개시했다.

하지만 저항은 전혀 없었고 입구만 불길하게 열려 있었다.

입구는 넓게 만들었지만, 안쪽으로 들어갈수록 폭은 차츰 좁아졌다.

그곳부터 수많은 갈림길이 존재해서 마치 미로처럼 혼란을 줬다. 그중에는 의미 없는 막다른 길까지 있어서 이 성이 왜 지어졌는지 알 수 없었다.

무엇보다 산성이 기분 나쁠 만큼 조용했다. 적이 무슨 생각을 하는지 짐작되지 않아 혼란은 가중될 뿐이었다.

"야…… 뭔가, 이상하지 않아?"

"그래. 전혀 공격해 오지 않아. 애초에 적조차 안 보여."

"이건 꼭 마음대로 들어와 달라고 하는 것 같잖아?"

"불길한 소리 하지 마. 그래도 성이야. 여기에 수인들의 왕이 있어도 놀랄 일이 아니야."

그들은 수인족의 문화를 잘 몰라서 처음에는 경계했지만, 아무리 걸어도 수인족이 공격해 오지 않아서 차츰 긴장이 풀리기 시작했다.

"처음부터 아무도 없었던 게 아닐까?"

"그럴지도 모르지. 짐승들은 우리가 무서워서 내뺐나 보군."

"그거 말 되네. 하지만 한편으로는 아쉬워. 암컷들 우는 소리를 듣고 싶었는데 말이야."

"그건 나도 그래. 하하하하하!"

이미 적지에 있는데도 천박한 이야기와 웃음소리까지 내는 판국이었다.

그 후로 더 들어가자 마침내 천수각[#3] 앞으로 나왔지만, 거기서 그들은 이 성의 기이한 구조를 깨달았다.

"야…… 잠깐만, 이 건물은 어디로 들어가야 해?"

"지금까지 입구 같은 건 못 봤는데."

"설마 정말로 처음부터 비어 있던 거야? 우리를 여기 묶어 두려고……."

"그럴 리가. 그럼 이 성은 왜 지었겠어?"

건물은 존재하는데 그곳으로 들어갈 경로가 보이지 않았다.

침입한 것까지는 좋으나 싸워야 할 적은 보이지 않고 성 내부에 들어갈 방법도 모르겠다. 게다가 저항도 받지 않고 전 병력이 이

#3 천수각 일본의 성에서 가장 높고 상징적인 누각.

성까지 진군했다면, 그 의미는 곧 하나의 답을 도출한다.
"하, 함정이다!"
한 병사가 외침과 동시에 성에서 막대한 마력이 방출됐다.
그 마력은 흰 벽에 새겨진 마법 문자를 일으키고 병사들이 왔던 길에 보이지 않는 벽을 만들어 퇴로를 막았다.
"마, 마법?! 수인족이…… 으아아아아아아아아아아아아!"
어느새 병사가 불길에 휩싸여 있었다.
그것도 한 사람만이 아니라 주위에 있던 모든 사람이 한꺼번에 발화했다.
투명한 벽에 막힌 병사들은 그 무시무시한 광경을 목격했다.
"뭐, 뭐야……? 무슨 공격이야?!"
"설마 이 성 전체가 거대한 마도구인가?!"
"말도 안 돼……. 수인족에게 그럴 지식이 어디 있어?"
마도구. 그 답은 옳았다.
성으로 보이는 거대한 처형대. 그것이 이 요새의 콘셉트였다.
병사가 난데없이 발화한 것도 주위에서 발생한 전자기장이 원인이며, 혈액이 끓는 열에너지에 의해 발화한 것이었다.
비유하자면 거대한 전자레인지에 인간을 가두는 잔인한 공격이었다.
이변은 다른 곳에서도 일어나고 있었다.
좁은 곳에서는 벽 너머에서 일제히 창과 독화살이 날아들어 일방적으로 유린당했다.
신성 마법으로 방어하려고 해도 강력한 방해 마법이라도 작용하는지 기사단 쪽 마법만이 전혀 발동하지 않았다.

벽 안쪽에서 공격이 날아든 터라 그 벽을 파괴하려고 하나, 수인 쪽 마법 장벽과 강화 마법으로 꿈쩍도 하지 않았다.

아무런 특징도 없는 통로에 지옥 같은 광경이 펼쳐졌다.

"앗…… 아아……."

병사 한 명이 본 것은 연옥의 불길에 타버리거나 얼음덩어리가 되어 부서지는 동포의 모습이었다. 살면서 본 적 없는 악몽 앞에서 그는 정신을 가누지 못했다.

또 다른 곳에서는 기사들이 갑자기 나타난 투명한 벽에 둘러싸여 어디선가 흘러든 물에 빠졌다. 이것이 마법이라면 그 마력이 어디서 왔는지 이해할 수 없었다.

도저히 한 마도사에게서 나올 마력량이 아니었고, 하물며 수인족이 다룰 규모의 마력은 아니었다.

"으, 으아아아아아아아아아아!"

기사들이 비명을 지르며 도망쳤다.

그러나 이 산성은 미로처럼 꼬여 있고 착시 현상을 이용해 절벽이나 매복하기 쉬운 곳으로 적들을 유도했다.

결국 도착하는 곳은 지옥밖에 없었다.

그래도 그중에서 살아남는 사람도 있었다.

그 병사는 비극적인 결말을 보고하고자 쏜살같이 본진으로 달렸다.

그리하여 불과 수 시간 만에 신성 기사단은 병력의 60퍼센트를 잃었다.

◇ ◇ ◇ ◇ ◇ ◇ ◇

"브로스……."

"왜? 아도 씨."

"이거, 잔인하지 않아? 전자레인지, 마법 무효화 지대. 화공에 수공, 얼려 죽이고 찔러 죽이고……. 전쟁은 무서워."

"수인을 지키기 위해서라면 난 악인도 마왕도 될 수 있어."

"아니…… 하는 짓은 제육천마왕[#4]이지. 세계를 혁명할 생각이야? 그다음엔 세계를 폭로하나?"

"내가 뭐 하러? 내 행복만 챙기면 다른 일은 내 알 바 아니야. 더는 수인들을 불행하게 만들 순 없어."

"아, 그래……?"

아도도 어이가 없어 할 말을 잃었다.

그는 수인을 위해 싸우고 지키기 위해서라면 어떤 악랄한 수단도 사용한다. 【케모 러뷰】의 제자가 될 만한 인재였다. 보통 수인 팬이 아니었다.

아마도 적이 신이라도 수인을 위해서라면 아무렇지 않게 침을 뱉을 것이다. 정말로 무서운 인간이었다.

"진짜 적대하기 싫어. 솔직히 무슨 짓을 저지를지 몰라서 무서워."

"아하하하하하, 너무하네. 나는 무해한 수인 팬이야."

""아니, 어떻게 보나 위험인물이거든? 대체 뭐가 널 그렇게 만

#3 제육천마왕 불교 세력을 박해한 오다 노부나가가 제육천마왕을 자처한 바 있다. 현대에는 그의 별명처럼 인용된다.

드는 거야?!"""

네 사람 모두 마음속으로 같은 소리를 외쳤다.

물론 이유는 묻지 않아도 뻔했다. 수인을 위해서다.

수인족은 그가 가장 사랑하는 종족이며【소드 앤 소서리스】에서도 그의 아바타는 수인족이었다. 마법에 약한 종족인데도 마법으로 높은 수준에 이른 상당한 하드코어 게이머였다.

"너, 중학생이지? 스킬 능력이 왜 그렇게 높아? 그게 가능해?"

"나도 궁금해. 학교에 다니는 중학생이 도달할 레벨이 아니야. 웬만한 꼼수라도 없는 한은."

"그거야 뻔하지."

아도는 브로스가 강해진 이유를 알아차렸다.

"【케모 러뷰】씨가 흉악한 몬스터와 싸우게 시켰겠지. 레벨도 빨리 오르고, 보너스 효과로 스킬 레벨도 단숨에 올라가니까 바로【임계 돌파】. 그 후에는【극한 돌파】를 목표로 차근차근 플레이하면 돼."

"아도 씨, 정답♪ 와아, 그건 지옥이었어요. 죽지 않을 만큼 절묘하게 HP를 관리한다니까요. 제가 몇 번이나 울고 싶었는데요……."

""""예상보다 심하네…….""""

"몇 번을 쓰러질 뻔해도 쉽게 해주지 않아. 그때마다『네 동물 귀 사랑은 그 정도냐? 그 정도로 잘도 이 길을 가려고 했군. 네 각오를 보여 봐라, 정열적인 네 사랑을! 좀 더, 그래, 좀 더~! 컴 온, 컴 온, 컴 오오오오온!』이라고 말하는데, 어휴……. 몬스터는 또 무식하게 세. 차라리 죽여줬으면 좋겠더라."

브로스와 아도의 머리에 색만 다른 최강 장비를 입은 섬멸자들의 모습이 떠올랐다.

그중 한 명, 후드를 쓰고 진홍색 로브를 걸친 마도사가 상쾌하게 미소 짓는 광경이 눈에 선했다. 무슨 일에든 인정사정이 없는 사람이었다.

"제로스 씨는 아무 말도 안 했어?"

"제가 바보였죠. 스승님이 그런 비상식적인 사람인 줄도 모르고……. 제로스 씨는 『그런 위험한 생각은 당장 버려, 수인 다크사이드에 빠지고 싶어서 그래?! 케모 씨에게 수련받으면 미쳐 버릴 거야!』라면서 진심으로 걱정해줬어요. 다만, 그때 저는 무시해 버렸지만……."

"아이고…… 그 정신 나간 파티 멤버 중에서 그나마 그 사람이 제일 정상인데 말이야. 중2병 걸린 마법 이름을 붙여 대서 문제지……."

"그 사람, 저랑 비슷한 나이 아닌가요? 이야기가 잘 통하고 가끔 같이 엉뚱한 짓도 했는데……."

"글쎄~? 의외로 애 같은 사람이긴 해. 사실은 중년 아저씨일지도 모른다는 느낌도 들지만……."

생산직이면서 전투광인 칠흑의 마도사.

마물 떼 속에 단신으로 뛰어들어 흉악한 마법을 연발하는 파괴마.

아도에게 제로스 멀린은 그런 유저였다.

"평소에는 좋은 사람이었어요. 자주 포션도 챙겨줬고요."

"그렇지? 그러다가 전투가 벌어지면 어느샌가 적진 한복판에 있지만……. 그게 어떻게 생산직이야?"

"그때그때 기분에 따라서 생산직과 전투직을 나누는 것처럼 보였어요."

아도와 브로스는 의기투합했다.

공통된 화제가 있으면 사람 간의 거리는 빠르게 가까워진다.

'이 두 사람과 아는 사이?! 정말로 정체가 뭐지? 제로스…… 제로스, 그렇게 대단한 인물이라면 이름 정도는 알려졌을 텐데 들어본 적이 없군. 마도사 같지만, 보통 인물은 아니겠어. 이건 보고해야 할까?'

자자는 이 두 사람의 위험성을 웃도는 마도사가 있다는 사실에 전율했다.

아도도 강력한 마도사였고 브로스는 전사면서도 능수능란하게 마법을 구사했다.

게다가 브로스를 교육한 스승이 그 마도사와 아는 사이인 데다가 성격에도 조금 문제가 있는 인물일 듯했다.

이 두 사람이 존경하는 마도사가 정상일 리 없었다.

"서방님, 곧 결판이 나겠어요."

"응. 그럼 본진을 칠까?"

"나도 따라갈게. 용사라는 녀석도 한번 봐 두고 싶어."

"동맹을 맺고 싶으면 열심히 해요. 나는 여기로 쳐들어오지만 않으면 다른 일은 신경도 안 써요."

"제로스 씨가 가르친 기술을 보여줄게. 뭐, 그 사람에게는 못 미치지만."

'서방님…… 한 번만이라도 들어보고 싶다. 젠장, 왜 이런 꼬마한테 아내가 열일곱 명이나…….'

자자 씨는 질투심에 불타고 있었다.

힘내라, 자자 씨. 포기하지 마라, 자자 씨.

당신은 혼자가 아니다. 꺾이지 마라, 자자 씨.

딴생각에 빠진 자자 씨를 내버려 둔 채 리얼충 두 명은 전장으로 향했다.

전투는 의외로 빠르게 끝날 것 같았다.

"부대가 거의 전멸……?! 장난쳐? 저딴 엉성한 성 하나를 함락하지 못하고 부리나케 도망쳐와?! 이 자식들은 대체 얼마나 쓰레기인 거야!"

사다미츠에게서 나온 첫 말이 그것이었다.

부대의 70퍼센트를 투입하고 괴멸적인 타격을 입었다면 오명을 쓰는 정도로 끝날 문제가 아니었다.

돌아온 병사 전원이 절망적인 표정이었고 부관은 동요하는 마음을 추스르고 병사 한 명에게 말을 걸었다.

"무슨 일이 있었나! 자세히 보고하도록."

"저 성은…… 성 자체가 거대한 마도구입니다! 저기로 뛰어든 저희는 속수무책으로 당했습니다. ……무시무시합니다. 저건 인간의 머리에서 나올 물건이 아닙니다! 악마의 성이란 말입니다!"

"마도구……? 저런 거대한 건물이? 설마 고대 병기라도 끌고 나왔나?"

"잘됐네. 그럼 저 성도 가져가지, 뭐. 저 성에 어떻게 들어가는지나 말해."

이 상황에서도 사다미츠는 자신이 이길 수 있다는 확신에 빠져 있었다.

패전을 겪고도 경험을 살리지 않고 자기 힘을 의심하지 않았다.

"……습……니다."

"뭐라는 거야? 야, 똑바로 말해. 성 앞까지 갔다며?"

"저 성에는 입구가 없습니다! 저건 우리를 유인하기 위한 위장이고 처음부터 서에 들어갈 입구 따위는 만들어 놓지도 않았습니다!"

"말이 되는 소리를 해. 입구가 없으면 놈들은 어디로 들어가? 아니면 애초에 저런 걸 왜 만들어?"

부관은 무서운 생각에 이르렀다.

그런 이상한 시설을 지을 이유는 단 하나뿐. 일방적으로 병력을 줄이기 위해서다.

그렇다면 우리는 이미 적의 작전에 빠졌다. 이다음에 이어질 결론은 자명했다.

적은 병력을 잃은 본진을 치러 온다.

"아, 안 돼……. 퇴각 준비를 해라! 짐은 전부 버려도 된다. 전력을 다해 이곳에서 도망쳐라!"

"이게 뭘 잘못 먹었나? 저기 내 취향에 맞는 병기가 떨어져 있는데 난데없이 웬 퇴각이야? 짐승 놈들이야 쓸어버리면 그만이지."

"머리 비었어? 이건 병력을 철저하게 빼앗기 위한 작전이야! 가짜 성으로 병사를 유인해서 일망타진하고 남은 본진을 전군으로 압살한다— 어쩌면 모든 수인족이 총력을 이끌고 여기로 쳐들어올 거라고!"

"장난쳐? 왜 그걸 진작 알아채지 못했어?! 무능한 것들만 모아서 내 발목 잡으러 왔냐?!"

"무능한 건 너다……. 제발 좀 깨달으라고, 이 돌대가리야! 난 퇴각하라고 분명히 말했어. 안 들은 건 너야!"

평소 냉정한 부관이라도 이번만은 분노를 주체할 수 없었다.

아무리 레벨 500인 용사라도 물량 공세에는 이길 수 없었다.

레벨 500 용사라면 레벨 300 병사가 쉰 명쯤 있으면 제압할 수 있으리라. 머릿수는 개인의 전투력만으로는 뒤집을 수 없는 전력이었다.

심지어 수인족은 병력을 전혀 잃지 않았다.

기사들은 뒤도 돌아보지 않고 도망치기 시작했다.

—쿠우우우우우우우우우우우우우우웅!

그러나 한발 늦었다. 강력한 마법 공격이 어디선가 날아들었다.

부관도 난생처음 보는 고위력 마법에 무자비하게 유린당해 아군의 피해는 확대되어 갔다.

"마법이라고……?! 수인족이……."

"연속으로 저런 위력의 마법을……. 설마 무영창인가?!"

적을 소탕할 기회를 가만히 놓칠 리 없었다.

부관은 함정이라고 간파한 시점에서 용사를 버리고 퇴각해야만 했다.

지금은 자신의 신앙심을 저주하지 않고는 배길 수 없었다.

"죽어라, 침략자드으을!"

"끄아아아아아아아아아아악!"

도처에서 단말마 비명이 울려 퍼졌다.

수인족은 메티스 성법신국을 진심으로 증오했다.

그 분노가 성시가들에게 쇄도했다.

동포를 살해당한 자, 가족을 빼앗긴 자, 노예로 끌려간 자.

그 격렬하리만큼 강한 증오가 모두 그들에게 쏟아졌다.

자신들이 정의라고 믿던 자들은 신의 자비에 매달렸다.

그러나 신이 거기에 부응하는 일은 없었다.

"내 가족을 돌려내애애애애애애애애애애애!"

"사, 살려…… 아악!"

"죽어, 죽어 버려! 신을 들먹이는 침략자놈들!"

일방적인 살육의 시작이었다.

정상적인 전투였다면 기사단도 정면으로 맞섰으리라.

하지만 메티스 성법신국은 신의 이름으로 침략 행위를 일삼아 왔다.

수인족을 상대로 정정당당하게 싸운 적은 없었다.

무엇보다 긍지를 중시하는 수인족도 그런 침략자와 정정당당하게 싸워줄 생각이 없었다.

더럽혀진 존엄에 대한 보복인 양, 자신들이 당했던 것처럼 무자비하고 일방적인 폭력으로 기사들을 죽여 나갔다.

인과응보란 죽고 죽이는 피비린내 나는 인과 속에 있다.

존엄을 짓밟던 신성 기사단은 똑같이 존엄을 짓밟히게 되었다.

"너, 너무 많아……. 이 수인들이 단지 우리를 죽이기 위해서 모였다고……?"

"젠장, 쓰레기들이 죽건 말건 상관없지만, 난 말려들었을 뿐이야. 나 먼저 간다. 혼자서 튀는 건 일도 아니니까. 걸리적거리는 것들까지 끌어안고 갈 필요는 없지."

"이, 이 자식이!"

"불만 있냐? 이건 원래 너희 전쟁이잖아? 왜 뒤처리를 내가 해?"

"그건 너무 뻔뻔한 소리 아니야? 자칭 용사 형씨……. 여길 공격하기로 결정한 건 너잖아? 그럼 뒤처리는 똑바로 해야지."

""누, 누구냐?!""

목소리는 나는데 사람은 보이지 않았다.

아마도 마법이었다. 하지만 마력을 느낄 수 없었다.

굉장히 고도의 은신 기술이었다.

"용사라고 해주니까 세상 무서운 줄 모르겠지? 하지만 그거 알아? 지금까지 소환된 용사는 원래 세계로 돌아가지 못하고 제거당했어. 용사는 기껏해야 쓰고 버리는 도구라고."

"뭐?! 야, 이게 어떻게 된 거야! 너희는……."

"내가 어떻게 알아! 대사교님께 물어!"

사다미츠는 부관에게 따지고 들었지만, 그가 진실을 알 리 만무했다.

그도 한낱 말단에 불과했으니까.

"너희는 속은 거야. 용사? 신의 사도? 그게 말이 돼? 너 같은 바보는 마음대로 조종하기 편해. 적당히 호강시켜주면 멍청하게 일해 주니까."

“뭐라고……? 야!”

“나도 몰라. 나도 신의 사도라고 하니까 따랐을 뿐이야. 그런 비밀까지 알 수 있는 입장이 아니야.”

“그렇겠지. 불필요한 사실을 알면 제거당하니까……. 그래서 이단 심문관이 있는 거지. 너희를 은밀히 처리하려고 말이야. 어때? 용사라고 떠받들어줘서 마음대로 설쳤는데 실상은 단물 빠지면 버릴 소모품. 현실은 그런 법이지.”

“거, 거짓말 하지 마. 난 선택받은 존재야! 이 힘은 그러려고 받은 거야…….”

“시험해 볼래? 그 용사의 힘이 나한테 통하는지…… 어때?”

공간이 일렁이고 그곳에서 한 마도사가 나타났다.

마도사인데 검을 쥐고 무장도 했다. 명백히 부자연스러웠다.

“헤헤헤…… 멍청하게 진짜 기어 나왔군. 마도사가 나한테 이길 수 있을 줄 알아?”

“그럼 덤벼. 현실을 알려줄 테니까, 일회용 용사.”

“작작 떠들어어어어어어!”

사다미츠가 롱 소드를 들고 아도에게 덤벼들었다.

그러나 아도는 그 검을 시미터로 튕겨 내고 다른 손으로 뽑은 나이프를 그의 어깨를 찔렀다.

“아아아아아아아아아아악?!”

“용사가 약하네. 너무 약해……. 그거밖에 안 되면서 용사라고 하고 다녔어? 하긴, 이러니까 쓰고 버리지.”

“제기랄, 감히 찔렀겠다?!”

사다미츠는 아도에게 연신 검을 휘두르지만, 마치 어떻게 움직일지 아는 것처럼 시미터를 살짝 움직이는 동작만으로 참격을 흘려 넘겼다.

'가, 강해……. 이게 마도사라고?! 저자는 대체 누구지?'

부관은 아도의 실력을 보고도 믿을 수 없었다.

레벨이 500이나 되는 용사와 1 대 1로 붙어서 이길 사람은 없었다.

그런 그를 마도사가 가지고 놀고 있었다.

레벨도 레벨이지만, 실력이 너무 달랐다.

"이, 이 자식…… 일본인이군? 너도 용사지?!"

"아니. 난 복수자다……. 단지 4신을 죽이기 위해 싸울 뿐이야."

"너도 소환됐으면서 왜 날 방해해!"

"아니야. 우리는 소환되지 않았어……. **그것들에게 죽은 거지.** 그게 현실이야."

"무슨 소리야?! 그것들이라면, 4신이 우릴 죽였다는 거야?!"

사다미츠는 말뜻을 이해할 수 없었다.

한편, 부관에게는 도저히 간과할 수 없는 내용이었다.

사다미츠의 말투를 보아 이 마도사는 이세계인 같지만, 이런 마도사를 소환한 기록은 없었다. 애초에 4신에게 죽었다는 말이 묘하게 마음에 걸렸다.

4신의 신도인 자신들이 모르는 진실이 있다고 상황이 말해줬다.

뭐가 뭔지 알 수 없었다.

예기치 않은 사태가 벌어지고 있었다.

"4신한테 물어. 애니메이션이나 만화도 아니고, 적이 미련하게 알려줄 거라고 생각해? 그래도 좋아, 서비스야. 좋은 사실을 하나 알려주마. 4신은 신이 아니야. ……그건 그냥 신의 대리지.”

“그, 그럴 리가…… 그럼 진짜 신은…….”

“너희가 사신이라고 부르는 존재……. 그래서 놈들은 사신을 처리하려고 들지. 신의 지위에서 박탈되지 않으려고.”

“뭐, 뭐라고?!”

“잠깐! 그럼 우리 용사는 왜 소환했어!”

“몇 번을 말해? 써먹고 버릴 소모품이라니까. 그거 말고 뭐가 있어?”

“써먹고 버려…… 나를? 이용당하기 위해 소환당했다고……? 다른 사람도 아닌 내가……?”

“4신이야말로 사신…… 그런 뜻인가?”

“글쎄? 그건 내 알 바 아니야. 난 4신을 해치우면 그걸로 만족해.”

“우리 스스로 판단하라고, 말하고 싶은 거냐?”

“말했잖아? 내 알 바 아니라고. 그건 이 세상 사람이 정할 일이야. 나랑은 상관없어.”

부관의 머리가 현실을 따라오지 못했다.

지금까지 믿었던 것들이 무너지고, 마도사는 또 새로운 진실을 말했다.

신앙이 뿌리 깊은 사람이라면 믿지 않겠지만, 눈앞의 용사를 보면 도무지 거짓말 같지 않았다.

그러나 고민하지 않는 자도 있었다.

“헛소리 집어치워, 난 용사야! 선택받은 존재라고!”

어리석은 용사였다.

사다미츠는 검을 마구잡이로 휘두르며 마도사에게 덤벼들었다.

하지만 검은 옷을 입은 마도사는 한 손으로 쥔 검으로 그걸 막았다.

"약해…… 정말로 이거밖에 안 돼? 내 지인은 훨씬 강해. 이 순간에 날 몇 번은 죽였을 정도로."

"뭐야…… 이건? 내 공격을 한 손으로 막아? ……이럴 리가 없어."

"멍청한 용사군……. 너에게 힘의 차이를 보여주지. ……【폭식의 심연】."

한때 존경하는 유저와 공동으로 만든 마법.

그 마법이 시미터를 던져 버린 아도의 오른손에서 발현됐다.

"뭐…… 뭐야? 이 마법은……."

"본 적도…… 들은 적도 없어. 이런 마법……."

칠흑의 구체는 주변에 있는 사물을 빨아들이며 점차 비대해졌다.

위험하다고 느낀 수인들은 가장 먼저 도망쳤고 신성 기사단 기사들은 망연히 하늘을 올려다봤다.

주위에 있는 것들을 흡수, 팽창하면서 공간까지 왜곡해 임계점을 넘어선 순간, 어마어마한 파괴력이 되어 세상을 먹어 치울 기세로 폭발했다.

—BOOOOOOOOOOOOOOOOOOOOOOM!

천지가 무너지는 게 아닌가 싶은 폭음이 울려 퍼졌다.

충격파가 일대를 쓸어버리고 대지를 들춰 날리며 대기를 진동시

키고 적대자를 가차 없이 없애 버렸다.

폭염이 공간을 메우고 흙먼지가 바람에 흩어졌을 때, 살아남은 자들은 그 광경을 보고 할 말을 잃었다.

막대한 열량에 유리화된 거대한 구덩이와 그 파괴의 흔적을 보고…….

"과, 광범위…… 섬멸 마법……."

"아…… 이건, 현실이 아냐……. 용사가 최강……일 텐데……."

"최강? 어디서 건방진 소리야? 나도 아직 한참 부족한데. 진짜 최강자들은 달리 있어. 레벨 500인 용사 따위야 그냥 잔챙이지."

그대로 사다미츠는 무릎을 꿇었다.

어차피 남이 추켜세워서 오른 지위에 불과했다. 그 힘은 분명히 강했지만, 각오가 없었다.

모든 것을 파괴하는 압도적인 힘 앞에 그는 무력했다.

"너무 약해서 되레 놀라워. 그 나라를 무너뜨리기도 쉽겠는데? 용사가 고작 이 정도라면……."

"너, 넌 뭐야? 그런 마법을, 마도사가 쓸 수 있을 리가 없다."

"【현자】. 용사가 잘못을 하면 바로잡는 게 내 역할이지? 뭐, 난 방해되면 그냥 없애 버리고 말겠지만. 용사들한테 아무런 정도 없으니까."

"뭐…… 현자?! 너희 족속들은 신에게 적대하는 존재가 아닌가!"

"네가 말하는 신이란 뭐야? 너희 편을 들어주는 존재 아니야? 내 적은 4신…… 너희에게는 볼일이 없고 죽일 가치도 없어. 눈에 거슬리니까 꺼져……. 막아서겠다면 모조리 죽여 버리겠어."

그곳에는 흔들리지 않는 결의가 있었다.

현자가 4신을 쓰러뜨려야만 한다고 결의할 만큼 신이 이 세계의 해악이냐는 생각이 기사들 안에서 고개를 들었다.

"왜, 왜 4신을…… 그분들이 없으면 이 세상은……."

"무슨 소리야? 4신 때문에 이 세계가 위기 상황이라고. 용사 소환 때문에 시공이 뒤틀려서 세계가 멸망 직전이야. 게다가 생각 없이 소환해 대는 바람에 세계의 마력이 거의 바닥났어."

이건 아도의 예상이었다.

이 세계의 섭리는【소드 앤 소서리스】의 설정과 닮았다.

아니, 지나치게 흡사했다.

그리고 많은 탐험가가 각지에 남긴 수기와 기록, 유적의 그림을 통해 이 이세계에 일어나는 이변을 대충 이해했다.

자연계의 균형이 심각하게 무너진 상태였다.

사막화한 대륙, 이상 생장하는 식물, 강력한 개체로 진화하는 마물들.

상식적으로 생각하면 자연계에서 일어날 리 없는 부자연스러운 현상이 사신 전쟁 이후 급속도로 진행되고 있었다.

그러나 아무도 그것을 깨닫지 못했다.

문명이 계속 퇴화해 현재를 살아가는 것만으로도 벅찬 세계로 변화했기 때문이었다.

그런데도 4신은 아무것도 하지 않았다.

그들이 만약 세계를 지키는 존재라면 현 상황을 간과할 리 없었다.

"어, 어떻게…… 그럴 수가……."

"실제로 너희는 용사를 돌려보내지 않았잖아? 사실은 비밀리에 처리했지……. 즉, 권위를 높이기 위해 써먹는 도구 아니야? 이게 사신이 아니면 뭐야? 너희는 사교도야."

물론 대부분은 입에서 나오는 대로 떠든 말이지만, 그들에게는 진위를 알 방법이 없었다.

그리고 압도적인 실력을 가진 【현자】가 그렇게 말하면 없던 신빙성도 생겼다.

이것은 정보를 이용한 일종의 기만전술이었다.

진실 속에 거짓을 섞어 상대방에게 혼돈을 주는 것이 목적이었다.

【섬멸자】 제로스에게 배운 심리전이며 PVP에서도 유효한 수단 중 하나였다.

물론 아도는 섬멸자들에게 계속 놀림당하는 사이 익혔을 뿐이지만…….

"믿기 싫으면 믿지 마. 하지만 그러다가 세계가 멸망해도 난 몰라. 이제는 너희가 스스로 정해. 너희가 사는 세계니까 말이야."

아도는 그렇게 말하고 모습을 감추었다.

사다미츠와 부관은 그 상식을 벗어난 힘과 진위를 알 수 없는 말 앞에서 망연자실해 있었다.

그들의 마음에 꿈틀대는 것은 압도적인 패배감과 그 이상의 공포였다.

부관은 이해했다. 자신들은 거대한 잘못을 저질렀고, 그 잘못은 강대한 힘의 해일이 되어 자신들을 가로막고 있다는 사실을.

이 힘 앞에 메티스 성법신국은 저항할 수 없다는 것을 깨달았다.

◇ ◇ ◇ ◇ ◇ ◇ ◇

“『훗…… 너희는 죽일 가치도 없다. 당장 꺼져』. 아도 씨, 멋있어어어어~!”

“잠깐, 브로스! 난 그렇게 폼 잡은 적 없어?!”

“뭐~? 비슷한 말은 했으면서.”

“왜 각색을 하냐고! 난 그렇게까지 중2병 걸린 말은 안 했어!”

아니, 했다.

하지만 본인에게는 자각이 없었다.

이런 건 대부분 본인만 모르는 법이다.

“하지만 이 성은 무슨 원리로 움직이는 거야? 마력은 어디서 끌어오고?”

“이 아래에 있는 유적을 이용해서 【마력 웅덩이】에서 조금 빌려왔어. 아직 여유가 있어 보이니까 지하를 팍팍 확장 중이야.”

“너…… 정말 하고 싶은 건 다 하고 사는구나. 나도 그런 짓까지는 안 했어.”

“【던전 크리에이터】를 응용한 거지. 난 그걸 할 수 있으니까.”

“그런 게 가능한 사람은 케모 씨나 제로스 씨 정도밖에 없어. 웬 난공불락의 극악 처형 요새를 만들었어?”

“로망이 거기 있으니까. 이름은 초수인 요새 『막구워스』[#5]로 할까 생각 중이야.”

#5 초수인 요새 『막구워스』 애니메이션 「초시공요새 마크로스」의 패러디.

"그러지 마…… 명작에 흠집 나잖아. 이런 요새에 왜 그런 이름을 붙여!"

위험한 로망이었다.

틀림없는 【케모 러븅】의 제자라고 재인식한 순간이었다.

"아도 씨, 무사해?!"

"다치진 않았지?"

"마법을 하나 날렸을 뿐인데 다칠 리가 없잖아. 걱정도 탈이야."

'젠장, 인기도 좋아……. 왜 나한테는 여자가 안 붙는 거야?'

자자는 마음속으로 피눈물을 흘렸다.

그만큼 부러웠다. 독신에게는 견딜 수 없는 광경이었다.

"그럼 동맹 이야기는 어떻게 할래? 내 바람은 상호 불간섭이야."

"그게 적당하겠어. 지금 상황에서 인간과 손을 잡기는 어렵겠지."

"솔리스테어 마법 왕국이라면 또 다르겠지만. 그 나라는 수인도 받아주니까."

"그 나라…… 살기 좋은 나라였지. 미안한 짓을 했어……."

"무슨 짓 저질렀어?"

"소속한 나라 입장상, 그럴 일이 조금……."

사신의 파편을 이용한 인체 실험…… 그 과정에서 마을 하나가 사라졌다.

그 외에도 작은 전투가 있었고 아도에게는 괴로운 기억이었다.

"일단 서로 관여하지 않고 적대하지 않도록 말해 둘게. 그 왕이라면 들어줄 거야."

"왕이라는 사람이 그렇게 말을 쉽게 들어줘?"

"그냥 소심한 사람이야. 그래서 주변 사람이 행동력이 강하지. ……너무 강해서 전쟁을 계획할 정도로."

"괜찮아? 쿠데타가 일어나는 건 아니지?"

"나도 안 그랬으면 좋겠지만, 또 모르지. 혈기를 주체하지 못하는 인간은 어디에나 있으니까."

앞날은 알 수 없지만, 당장의 문제가 해결되어 한숨 돌렸다.

지금은 같은 전생자와 알게 됐고 손을 잡았다는 사실이 중요했다.

좌우지간 아도는 목적 달성에 크게 다가갔다.

◇ ◇ ◇ ◇ ◇ ◇ ◇

패전으로부터 닷새 후, 사다미츠는 간신히 살아남아 마차를 갈아타며 메티스 성법신국 성도【마하 루타트】로 귀환했다.

기사단에 막대한 피해를 입은 사정을 설명하기 위해 법황【미하로프】에게 안내받았다.

그곳에는 네 명의 성녀와 사제들이 있었다. 그리고 중앙 대제단 앞에 미하로프 법황이 서 있었다.

"용사 이와타, 잘 돌아오셨소……. 그곳에 사신은 있었소이까?"

"……그 전에 하나만 물어보자."

"제가 아는 거라면 뭐든 말씀드리죠."

"용사가 송환된 적 없다는 게 무슨 소리야? 게다가 용사 소환을 반복한 탓에 세상이 위기란 건 또 뭐고! 그러니까 뭐, 너희가 우리를 부려먹으려고 소환했다는 소리야?! 똑바로 대답해!"

사제들이 웅성거렸다.
"어디서 그런 낭설을……. 우리는 용사들을 분명히 돌려보냈습니다."
"죽여서 저세상으로 보냈다는 말이 아니라? 그건 그나마 나아. 문제는 용사 소환으로 세상의 균형이 무너지고 있다고 하잖아! 너희가 하는 짓 자체가 사악한 의식 아니냐고!"
"누가 그런 얼토당토않은 소리를 했는지는 모르나, 그건 거짓말입니다."
"아, 그래? 끝까지 잡아떼시겠다? 이걸 알려준 건 현자야. 너희가 자랑하는 신성 기사단을 일격에 날려 버리는 현자. 용사를 이끄는 현자가 거짓말을 하겠냐? 4신이 세상의 적이라고 하더군."
【현자】— 그 단어는 지금 이야기의 신빙성을 뒷받침하기에는 충분하고도 남을 임팩트가 있었다.
사제 일동은 법황에게 눈길을 돌렸다.
"설마…… 현자라는 존재가 지금 이 세상에 있을 리가……."
"있어. 우리가 두 눈으로 똑똑히 봤어. 우리 용사보다 훨씬 강한 마도사를……."
용사보다 강한 존재. 그것은 이미 전설로 사라진 자들의 재래였다.
그러나 그 전설 속 존재는 이 나라를 적으로 간주하고 있었다.
간과할 수 없는 사태였다.
"심지어 수인들에게 강력한 기술을 전수했어. 성 하나가 통째로 마도구더라니까. 위력도 괴물같이 강해. 현자는 틀림없이 4신을 적대시하고 있어."

"현자가 수인족에 가담하다니?! 그럴 리가…… 현자는 용사를 이끄는 자가 아니오?"

"그 용사와 4신의 행실이 잘못됐다면 어떻게 할래? 현자가 바로 적이 되는 거 아니야? 게다가 4신은 그냥 대리인이라며!"

"그, 그건……."

"난 때려치운다. 그런 괴물같은 놈들을 어떻게 상대해! 너희는 나한테 책임져야 해. 우리를 가지고 논 대가를 치러야지 않겠어~?"

사다미츠는 수인족 제압에 실패했지만, 4신교의 아킬레스건이 되는 정보를 얻었다. 이것을 이용하면 평생 놀고먹을 수 있다고 생각했다.

"그, 그 이야기를 아는 사람이 더 있습니까……?"

"나야 모르지. 들은 인간도 있겠지만, 돌아오기 전에 어딘가로 사라졌어."

"그렇……습니까……."

미하로프 법황은 조용히 왼손을 들었다.

"흐억?!"

그 순간, 사다미츠의 등에 날카로운 통증이 퍼졌다.

뒤에는 언제부터 있었는지 사제 한 명이 검으로 사다미츠의 등을 찌르고 있었다.

"사교의 농간에 타락한 가엾은 용사여, 우리가 신의 사도의 이름으로 정화하겠노라. 각오하라……."

"이, 이 자식들……."

"숭고한 4신의 성스러운 이름 아래, 오염된 영혼에 정화의 빛을!(몰라도 될 것을 알아서 명을 재촉하는군. 괜한 욕심을 부려서는…….)"

""""""정화의 빛을!""""""

빛이 사다미츠의 몸을 감쌌다.

거기서 발생한 열이 그를 서서히 불태웠다.

"크아아아아아아아아아아아아아아아!"

"처음부터 추악한 자였지만, 비명마저 추악하구나."

사다미츠는 자신이 얼마나 멍청했는지 이때 겨우 깨달았다.

꿀 발린 말 뒤로 칼을 감추고 있었다.

그 사실을 생각도 못하고 들떴던 자신이 얼마나 어리석었는지 드디어 알았다.

용사에게 4신교는 처음부터 적이었다.

"크하하하하…… 나는…… 죽는 건가……? 하지만 너희는 나보다 끔찍하게 죽을 거다……. 그…… 마법은…… 너희를…… 훨씬…… 능……가…… 꼴, 좋."

마지막 말을 끝내기 전에 사다미츠는 재가 되었다.

그가 마지막으로 무슨 말을 하려고 했는지는 아무도 몰랐다.

"흥. 신의 기적을 능가하는 마법이 있을 리가 만무하다."

미하로프 법황은 사다미츠의 말을 믿지 않았다.

그러나 그는 가까운 미래에 그것을 알게 된다.

아도가 아닌, 또 다른 현자— 아니, 【대현자】에 의해서.

제3화 아저씨, 납치되다

서류가 쌓인 서재 안에서 델사시스는 공무와 사업을 동시에 진행하고 있었다.

웬일로 크레스톤도 그 자리에 함께 있었다. 방 안에는 무거운 분위기가 감돌았다.

"【메티스 성법신국】이 르다 이루루 평원을 침공하고 격퇴당한 모양이군요. 용사 이와타는 마지막 보고 후 부상으로 사망했다고 하지만…… 아마 처분당했겠죠."

"뭔가 낌새가 수상쩍구먼. 용사 기사단의 병력은 일부만으로도 우리 군을 웃돌아. 그 기사단이 괴멸했다고? 상상이 안 되는군……. 심지어 상대는 수인족이라고 하지 않나?"

"그것과 관련해 재미있는 정보가 있습니다. 수인족 측에 【현자】가 있다나요? 그 정보원도 이미 확보해 뒀습니다. 놈들에게 죽으면 안 되니까요."

"여전하구먼. 얼마나 첩보에 힘을 쏟는 게냐? 가끔은 네가 무서워……."

"다 나라를 지키기 위해서입니다. 저는요, 아버지…… 그 사람이 사랑한 이 나라를 지키고 싶습니다. 저한테는 별 볼 일 없는 나라라도 그녀만은 자유롭고 정이 있는 나라라고 했죠. 그러니까 한평생을 바쳐 지켜 나갈 생각입니다."

"그러냐……. 그보다 지금 발언은 공작으로서 조금 문제가 있는 게 아니냐?"

델사시스의 얼굴에는 진심이 보였다.

소년 시절 델사시스는 공허했다.

모든 것을 꿰뚫어 보는 듯한 무섭도록 빠른 사고력은 그에게 아이다운 내면을 앗아갔다. 그만큼 머리가 좋았다는 뜻이지만, 그 탓에 귀족 간의 관계가 몹시 추하고 무의미해 보였다.

그런 그가 변하기 시작한 것은 이스톨 마법 학교에 입학했을 때부터였다.

좋은 친구를 만나서라고 생각하던 크레스톤은 아들의 성격이 차츰 둥글어지자 때가 됐다고 생각하여 유력 귀족 딸들과 혼담을 추진하고 말았다.

하지만 그것이 실수였다고 지금은 후회한다.

델사시스도 알고는 있었다. 공작 가문에 태어난 이상 자신이 정말로 사랑하는 여성과 생애를 함께할 수 없다는 것을.

그래도 그 여성— 밀레나를 메이드로 고용해 곁에 두며 크레스톤은 두 사람의 관계를 지켜봤다. 아들에게 그렇게나마 사과하고 싶었다.

당시 일을 생각하면 크레스톤은 마음이 아팠다. 자신에게도 원인이 있기 때문이리라.

여담이지만, 밀레나를 고용할 때 친구인 미스카도 따라왔다.

그 여성이 크레스톤조차 놀라게 하는 거물이 될 줄은 이때는 예상하지 못했다.

"그 사람이 사랑한 세상을 망가뜨린다면 설령 대국이라도 무너뜨리겠습니다. 저는 그 아이의 행복을 이어받았으니까……."

“정말로 할 것 같아 무섭구나, 델……. 미안하다, 내가 괜한 짓을 하는 바람에…….”

델사시스에게는 지금 처들과 결혼하기 전부터 마음에 둔 여성, 밀레나가 있었다. 그녀만 있으면 아무것도 필요 없다고 생각할 정도로 깊이 사랑했다.

그러나 귀족은 책무를 짊어질 필요가 있었다.

그리고 정략 결혼도 그 책무 중 하나였다.

국왕이 소개해 피할 수 없는 약혼이었기 때문에 델사시스는 혼인할 수밖에 없었다. 크레스톤이 아들에게 좋아하는 사람이 있다고 알게 된 것은 이야기가 거의 결정된 후였다.

미리 알았다면 혼사를 막았을 것이다.

현재 처들과 아이를 낳은 후에도 밀레나와 밀회를 나누는 날은 오래 계속됐다.

하지만 여자의 감은 날카로워 델사시스의 밀회를 눈치챈 부인들이 밀레나를 저택에서 떨어뜨려 놓았다.

당시 밀레나는 임신한 상태였고 그때 태어난 자식이 세레스티나였다.

정략결혼이라는 입장상 델사시스가 결혼하기 전부터 다른 여성과 사랑했다고는 말할 수 없었다.

그래서 밀레나가 뒤집어쓰지 않아도 될 오명까지 홀로 뒤집어쓰게 되었다.

하지만 밀레나는 그렇게 되리란 것을 이미 알고 있었다.

자신이 오래 살 수 없다는 것조차 받아들이고 있었다.

혈통 마법【미래 예지】. 미래를 내다보는 힘은 대가로 사용자의 수명을 깎는다. 제어할 수 없으면 수명은 계속 줄어들 뿐이다.

그리고 이 마법은 고대부터 여러 사람의 표적이 되어 왔다. 미래를 예지하는 압도적인 힘은 그만큼 사람들의 마음을 매료했고 그때마다 비극을 낳았다.

밀레나의 일족은 오랜 시간에 걸쳐 힘을 이어받지 않는 아이가 태어나는 미래를 만들고 일족 모두가 희생함으로써 이 저주받은 혈통 마법을 세상에서 없애려고 했다.

다행히 태어난 세레스티나는 미래 예지 마법을 이어받지 않았다.

밀레나를 포함한 일족의 비원이 마침내 이루어진 것이었다.

델사시스는 미래 예지 혈통 마법에 관해서는 알고 있었지만, 수명에 미치는 영향을 안 것은 밀레나가 숨을 거둔 뒤였다.

밀레나는 죽음조차 각오하고 일족의 진실과 세레스티나의 미래를 델사시스와 크레스톤에게 맡기고 세상을 떠났다. 숨을 거둘 때는 무척 편안한 얼굴이었다고 한다.

델사시스에게 세상은 시시하고 하찮았다.

그런 그에게 빛을 되어 주고, 강하게 마음을 끌던 여성을 구하지 못한 것에 후회했다. 그래도 그녀가 맡기고 간 뜻을 이루기 위해 그는 지금도 위험한 일에 가담하고 있었다.

사실 반쯤 취미일지도 모르지만…….

아무튼 델사시스는 세레스티나의 행복을 지켜야만 했다.

그래서 귀족들이 접근하지 못하게 백방으로 손을 썼다.

설령 표면적으로 딸을 사랑할 수는 없을지라도…….

“다 지나간 일입니다. 전 이사벨라와 에리스텐도 사랑해요. 하지만 그 아이는 자유롭게 살았으면 합니다. 귀족의 관습으로 속박하고 싶지 않습니다.”

“안다. 나도 더러운 구더기가 꼬이면 없앨 각오는 되어 있어. 다가오는 파리들은 태워 죽여주마.”

“아버지는 조금 지나치지만요……. 그건 그렇고 르다 이루루 평원에 거대한 구멍이 뚫렸다고 합니다. 베토르스텐 백작령에 난 것과 같은 규모라는군요.”

“뭣이?! 그건 어느 진영의 공격으로 난 게냐?”

“수인족입니다.”

약 한 달 전, 베토르스텐 백작령의 산기슭에 갑자기 거대한 구멍이 뚫렸다.

그 결과, 산자락에 있던 하삼 마을의 수원이 소실되어 베토르스텐 백작은 울면서 자금 원조를 요청했다. 지금은 우물 파기 사업에 쫓기고 있었다.

그 원인은 대충 파악했지만, 이번 원인은 따로 있었다.

“설마 제로스 공과 동등한 자가 수인족 쪽에 있다는 말인가?!”

“아마도 수인족 측에 있다는【현자】겠죠. 제로스 공과 동문이거나 제자일지도 모르지요.”

하삼 마을의 구덩이가 제로스 때문에 생겼다고 완전히 들통난 상태였다.

제로스는『마력 웅덩이가 과잉 반응으로 폭발했다』라고 둘러댔으나, 델사시스는 권모술수가 난무하는 인외마경 귀족 사회에서 살아남았다. 제로스가 하는 거짓말쯤이야 바로 간파해 버렸다.

애초에 연륜이 달랐다.

조사원을 보내서 조사하면 당연히 진실은 어느 정도 드러나게 마련이었다.

"녀석들은 얼마나 피해를 입었지?"

"병력 약 1만, 그중 살아남은 자가 453명입니다. 그 나라에 적대 의사를 가진 건 틀림없어요."

"현자가 신의 나라를 적대시하나? 어떻게 된 까닭인고……."

"그 이유는 대충 짐작이 되지만, 뭐라고 확신은 못 하겠군요."

델사시스는 독자적인 정보망을 가지고 있었다.

그 정보망은 거의 사람이 사는 영역 전체에 이르며 정보는 모두 델사시스에게로 모인다.

정보 수집 과정은 알 수 없으나, 정보의 정확성은 무시무시하게 높았다.

"……슬슬 그 나라가 사라져줬으면 좋겠구먼."

"그건 저도 같은 생각이지만, 지금은 어렵겠군요. 성가신 무리가 있으니까요."

"【4신교 혈련(血連) 동맹】 말인가……. 정도를 모르는 맹신자 집단이었지? 위험하면 이단 심문을 역이용해서 없앨 수 있지 않나?"

"그걸로는 부족합니다. 더 큰 힘이 있다면 모르겠지만."

"흠…… 아직은 지켜봐야 하나."

지금은 정보 수집을 우선하기로 하고 다음 문제로 눈을 돌렸다.

이것이 또 귀찮은 문제였다.

"일루마나스 지하 가도 정비가 정체되는군요. 단단한 암벽이 진로를 가로막는다고 합니다."

"【가이아 컨트롤】로도 안 되나? 그 마법이라면 바위라도 움직일 수 있을 텐데?"

"흙이라면 문제가 없겠지만, 이건 광물이 함유됐는지 마법이 제대로 기능하지 않는 모양입니다. 미스릴이나 다마스쿠스 강도 있다는군요."

"그건 광맥이 아니냐? 파 볼 수는 없는가?"

"광맥은 아니라고 합니다. 그냥 미량 포함된 광물이 마법을 방해할 뿐이라는데…… 실제로는 어떤지 잘 모르겠군요."

"흠…… 비장의 수단을 쓰는 수밖에 없구먼."

두 사람의 머리에 회색 로브 마도사가 떠올랐다.

다만 그러자니 큰 문제가 있었다.

"그는 유능하니까요. 또 부탁해 봐야겠군요."

"델, 아무리 그래도 사람을 너무 부려먹는 건 아니냐? 뭐, 그야 대체할 인재가 없는 건 안다만……."

"어쩔 수가 없습니다. 전투도 공사도 잘하는 그 사람 잘못이죠. 그나저나 용사가 두 명 이 나라에 들어왔다고 하는데 그들은 어떻게 하시겠습니까?"

"목적을 알 수 없으니까 당분간은 내버려 두게. 지금은 중요한 시기야. 다소 무리를 하더라도 제로스 공을 활용해야 해. 그 지하 가도는 우리에게 중요한 카드가 될 테니까."

"보수도 아쉽지 않게 치르고 있습니다. 이건 국가사업이니까요.

……나구리, 이 정도면 되겠나? 불안하다면 협조해 달라고 편지라도 한 장 써주겠네.”

델사시스는 방문 쪽으로 말을 걸었다.

그곳에는 한 드워프가 팔짱을 끼고 서 있었다.

“그래주면 고맙지. 그 친구가 빠져나가면 우리도 곤란하니까 의뢰 편지라도 써줘. 그거만 받고 바로 현장으로 가겠어. 그럼 난 준비나 해 둘까.”

“기대하고 있겠네, 나구리.”

수염 난 드워프는 자신만만하게 씩 웃었다.

햄버 토목 공사의 나구리. 정과 의리, 신뢰를 중시하며 입이 무거운 사나이.

그는 언제나 핫한 현장을 찾는 현장주의자였다. 어려운 일일수록 그의 영혼은 격렬하게 불타오르며, 일이 곧 삶의 보람인 장인이었다.

그리고 아저씨가 없는 곳에서 이야기가 마음대로 진행되어 갔다.

음모는 현장이 아니라 회의실— 아니, 서재에서 벌어지는 것이었다.

“그나저나 아버지, 전에 각국 대사를 불러서 회의했을 때, 알톰 황국 대사는 지하 가도가 있는 줄 모르던데 어떻게 된 일이죠?”

“그건 알톰 황국에서도 황족처럼 일부 지위가 높은 자와 측근밖에 몰라. 진두지휘도 나름대로 지위가 있는 인물이 비밀리에 움직이고 있지. 드워프들도 여러 부락의 족장이 입막음을 해서 외부로 정보가 새지 않아.”

"그렇군요……. 드워프와 르페일 족은 의리파니까 규정은 죽어도 지키겠죠."

"그래서 지금까지 극비리에 진행되어 왔지만…… 마지막에 큰 문제에 부닥쳤구먼그래."

"그건 제로스 공이 애써 줄 겁니다. 후후후……."

설사 지인이라도 이용할 수 있는 것은 뭐든지 이용한다. 그의 몸에는 귀족의 푸른 피가 흘렀다.

◇ ◇ ◇ ◇ ◇ ◇ ◇

제로스는 근처 식당에서 가벼운 식사를 마치고 집으로 돌아왔다.

잡식성인 꼬꼬들 덕분에 잡초가 줄고 해충도 잡아먹혀 농작물에는 전혀 피해가 없었다.

작물을 돌볼 부담이 줄어든 까닭에 지금은 남는 시간을 세탁기 제작에 쓰고 있었다.

하지만 그 작업은 큰 진척이 없었다.

"으음…… 왜 수압 조정이 잘 안 되지? 마석 문제인가? 아니면 마법식? 어디서 마력이 새나……. 폭주한다면 이유가 있을 텐데 판명이 안 되네."

세탁기 구조 자체는 단순했다.

세제를 넣고 패널에 마력을 불어넣어 충전하면 그 후에는 자동으로 돌아간다.

사실 세탁기 자체에는 문제가 없었다. 제로스는 깨닫지 못했지만, 자신의 마력량이 너무 많아서 나름대로 조절해도 과잉 공급으로 폭주하는 것이었다.

'대체 뭐가 잘못됐지? 설계를 몇 번이나 재검토해도 문제가 발견되지 않아. ……거참, 이상하다. 구조는 단순하니까 실패할 확률은 낮을 텐데.'

원인이 자기 자신이라는 사실을 전혀 깨닫지 못하는 아저씨는 계속 머리를 쥐어짰다.

제작자인 제로스에게 익숙한 게임의 시스템상 오류가 아니라, 현실이기에 발생하는 개인의 능력 차이로 인한 문제였다.

"이건…… 다른 사람에게 시켜서 관찰하는 편이 나으려나? 이런 도구는 원래 시제품 단계에서 여러 차례 가동 시험이나 내구성 시험을 해야 하고, 어쩌면 다른 원인이 있을지도 모르니까."

원인을 찾을 수 없으니까 다른 사람에게 맡겨 보기로 생각했다. 하지만 세탁기 고장으로 옷이 망가지면 안 되니까 적어도 루세리스에게 부탁할 수는 없었다.

아이들의 생활비만으로도 벅찬 교회에 옷을 새로 살 여유는 없었다. 실패했을 시 부담이 너무 컸다.

"그럼 이걸 누구한테 부탁한다……."

가만히 그런 생각을 하는데 교회와 자택 옆으로 난 골목에서 척 보기에도 공사장 인부 같은 남자들이 걸어오는 것이 보였다.

그중 앞장서서 걷는 드워프 몇 명이 눈에 익었다.

"잘 지냈어, 총각? 한가해?"

나구리가 함박웃음을 지으며 말을 걸어왔다. 무척 수상했다…….

"나구리 씨, 이게 한가해 보입니까? 보링 씨도 계시네요……. 여러분, 다 같이 어디 가시나요?"

"자, 갈까?"

나구리가 팔을 덥석 잡았다.

그가 끌고 온 토목업자들도 마치 짠 것처럼 제로스를 붙잡고 놓아주지 않았다.

"가, 가다뇨…… 어디를요?"

"바로 저 앞이야~. 가자고, 총각."

"보링 씨? 그러니까 그게 어디냐고요?!"

"좋은 곳이야. 같이 시원하게 땀을 흘리자고~. 같이 다리도 건설한 사이잖아."

"서, 설마……."

바로 그 설마였다. 햄버 토목 공사가 움직일 때 그곳에는 역경이 기다리고 있었다.

토목 작업을 하면서 노래하고 춤추는 미쳐 버린 역경의 현장이…….

토목 공사는 자연과의 싸움이다.

지형을 살리고 자연을 살리고 지혜와 기술로 최고의 건축물을 쌓아 올린다.

햄버 토목 공사는 그 방면의 전문가였다. 대답 따위 듣지 않아도 뻔했다.

"따끈따끈한 현장이야~. 정말로 할 맛 나는 일이지. 즐겁고 신나는 일이 우릴 기다리네~♪"

"일은 좋은 거야~. 힘든 일을 완수하는 성취감에 빠지면 헤어나오지 못해~."

"싫어어어어~! 근로기준법도 없는 현장에는 가기 싫어!"

"신경 쓰지 마. 한숨 자면 도착해 있을 거야. 얘들아!"

""""""""오오!""""""""

다부진 노동자들에게 들린 아저씨는 도축장으로 가는 송아지처럼 끌려갔다.

"저기…… 제로스 씨? 어, 어디 나가시나요?"

"안녕하신가, 수녀 아가씨. 총각 좀 잠시 빌려 갈게. 별일 아니니까 걱정은 하지 마."

"왜 당신이 대답해! 루세리스 씨, 도와주……."

도움을 요청하기 전에 드워프들이 입을 틀어막았다.

그리고 곧장 골목으로 연행되자 어디선가 많이 본 마차가 대기하고 있었다.

"빨리 타, 노친네들! 달리고 싶어서 미치겠다고~! 어서 날 즐겁게 하란 말이야!"

"하, 【하이 스피드 조나단】이잖아?! 왜 하필 저걸 고용했어요?!"

햄버 토목 공사의 용의주도함에 전율했다.

그들은 처음부터 강제 연행할 속셈이었다.

"이 녀석이 제일 빨라. 이제 그만 포기하고 타…… 아차, 먼저 이걸 써야지."

"우읍?!"

천으로 입을 막은 순간, 아저씨의 정신은 점차 아득해졌다.

그 천에 수상한 액체라도 묻혀 놓았으리라.

완전히 납치범의 소행이었다.

“형씨, 출발해. 현장까지 초특급으로 몰아줘.”

“좋지~, 히헤헤헤…… 요즘은 일이 많아서 좋아! 가랑이가 마를 틈도 없구만, 기분 최고다! 할배들~, 나가떨어지지나 마! 기대대로 초고속으로 보내줄게!”

“믿음직하군. 그렇게 해.”

“오늘도 잘 부탁해.”

“오케이~♪ 맡겨만 둬. 오늘도 오금이 저리는 비트를 연주해주마! 키헤헤헤헤헤헤!”

마차는 달린다. 처음부터 초스피드로.

그들은 간다. 초특급으로 핫한 공사 현장으로.

불쌍한 아저씨를 한 명 짐칸에 태우고…….

제4화 아저씨, 고대 유적의 존재를 예측하다

—챙, 챙, 챙!

뭔가 단단한 것을 부수는 소리가 울려 퍼졌다.

몽롱한 정신 속에서 제로스는 그 소리에 귀를 기울였다.

정신은 아직 깊은 어둠 속에 잠겨 있었다. 그 소리를 더듬으며 어둠이라는 늪에서 의식을 깨우려고 하지만, 마치 납덩이를 달아

놓은 듯 반응은 둔했다.

희미한 정신은 이대로 어둠 속 바닥까지 가라앉기를 원했다.

—턱, 깡, 챙, ~~두두두두두두두두두두두~~!

“““““으하하, 으하하, 으하하하, 얼쑤~!”””””

“우리는 건설업자!”

“““““얼쑤, 얼쑤~!”””””

“머리는 나쁘지만, 실력은 천재적! 영혼이 이끄는 대로 렛츠 워킹!”

“얼쑤, 얼쑤, 얼쑤, 얼쑤~!”

“흩날리는 땀은 눈물보다 빛나네~, 일하는 모습은 뷰티풀~♪ 이 솜씨를 썩히면 갈 곳은 땅속뿐이다! 우리 앞에 불가능 따위 없다네~. 휘두르는 곡괭이에 마력을 담으면, 사악한 암석, 빛이 되어 사라진다.”

“““““스파킹!”””””

“쓰러지는 자식이 있으면 패서 깨울 뿐!”

“““““곡괭이만 있으면 어디든지 간다네~. 일하지 못하는 드워프는 그냥 쓰레기다!”””””

“너무 많이 섞었잖아[#6]?! 그리고 음정도 이상해!”

제로스가 견디다 못해 깨어났다.

어디선가 들어본 소절이 살짝살짝 섞였는데 곡조와 가사가 아예 달라 신경 쓰여서 눈이 저절로 뜨였다. 게다가 곡괭이로 두드리는 소리는 8비트.

#6 너무 많이 섞었잖아 「타임 보칸」의 엔딩곡, 퍼포먼스 그룹 〈일세풍미 세피아〉의 대표곡 「전략, 길 위에서」, 「드래곤볼Z」의 오프닝, 「공룡전대 쥬레인저」의 엔딩곡 등 다양한 노래에서 가사를 따와 조금씩 섞었다.

아저씨의 마음속에는 설명하기 힘든 이질감이 응어리처럼 남아 버렸다.

그리고 동시에 떠올렸다. 자신이 햄버 토목 공사에게 납치당했다는 사실을—.

"여긴…… 어디야? 내가 어디로 잡혀 온 거야?"

처음 눈에 들어온 것은 희미하게 빛나는 천장이었다.

아마 발광 이끼가 퍼져서 광원 역할을 하는 듯했다.

"……그렇다면 여기는 지하?"

마석을 이용한 램프가 곳곳에 설치되어 있었고 그 빛이 주변을 대낮처럼 환하게 비추었다.

그러나 그게 전부가 아니었다. 돌을 쌓아 만든 건물 자체가 희미한 빛을 발하고 있었다. 다시 봐도 천장에 난 발광 이끼와는 다른 종류의 빛이었다.

"이건…… 벽으로 사용한 돌이 빛나는 건가? 아무리 봐도 마법 기술 같은데, 이런 지하에 그런 기술이 있어?"

낡은 석조 건물이 늘어선 마을을 관찰했다. 지하 도시라고 부르기에는 규모가 작았다.

하지만 그것은 현대 지구에 살던 사람의 감상이며, 중세 시대 세계관을 감안하면 충분히 큰 규모라고도 할 수 있었다.

계속해서 주위를 둘러보자 완곡한 거대 암벽이 보였다. 그곳에 설치한 발판을 딛고 많은 인부들이 열정적으로 곡괭이질을 하고 있었다.

아무래도 이곳이 나구리와 보링이 말한 **현장** 같았다.

"오, 총각, 정신이 들었나?"

"보링 씨?! 여긴…… 대체 어디죠?"

드워프는 겉모습으로 분간하기 어려웠다. 그래도 제로스가 구별할 수 있는 것은 귀에 익은 목소리와 그가 수염을 잘랐기 때문이었다. 만약 수염이 있었으면 아마 구별하지 못했을 것이다.

그만큼 그들은 분간하기 어려웠다.

"여기? 여기는【일루마나스 지하 대유적】이야. 우리 현장이지."

"역시 지하였나요? 게다가 대유적…… 그러고 보니 이곳 건축물은 모두 석조군요. 멀리서 봐도 꽤 오래된 것 같네요."

"오래됐지. 사신 전쟁 시절의 유적이니까. 그리고 드워프가 사는 도시기도 해."

"아하……."

일단 제로스는 상황을 확인하기 위해 정보를 모으기로 했다.

보링의 이야기에 따르면【일루마나스 지하 대유적】은 사신 전쟁 시기에 지어진 드워프들의 셸터라고 한다. 드워프들이 이 땅에 모인 이유는 알 수 없으나, 그들은 이 거대 지하 공간에 정착했고 물건을 만들어 외부에 팔면서 이곳을 조금씩 확장했다.

지하 광물 자원은 적지만, 채굴도 병행할 수 있기 때문에 오랜 시간에 걸쳐 세 나라(현재의 솔리스테어 마법 왕국, 메티스 성법신국 국경 부근, 알톰 황국)를 연결하는 지하 대터널을 파면서 교역했다.

하지만 개통 초기에는 많은 드워프가 오가던 지하 가도는 곧 코볼드나 고블린이 들어와 살면서 차츰 위험한 장소로 변해 갔다.

지금은 용병이 한바탕 마물 토벌을 하고 간 후라서 수가 많이 줄었지만, 또 얼마 안 가서 다른 무리가 들어 살 가능성이 있으므로 방심은 금물이었다.

"흠, 하지만 그냥 마물 토벌을 위해 절 연행한 것 같지는 않군요. 설마 다른 문제라도 있나요?"

"지금부터 그걸 설명할게. 잠시만 더 들어줘."

약 30년 전, 당시 공작이었던 크레스톤의 명령으로 이 지하 가도를 더욱 확장하는 계획이 수립되어 극비리에 알톰 황국과 협력하여 오랜 시간 동안 차근차근 공사가 진행되어 왔다.

그 당시에는 단순히 솔리스테어 마법 왕국과 알톰 황국을 잇는 지하 가도를 정비해서 양국의 교통을 원활히 한다는 간단한 구상이었다. 그러나 원래 유적이었던 지하 가도는 적의 침입을 막기 위해 복잡하며 많은 상인이 오가기에는 부적합했다.

그래서 계획은 더욱 효율적인 경로를 개척하기 위해 새로운 지하 가도를 파는 장대한 계획으로 변경되었다. 그리하여 새 경로를 찾기 위해 유적 조사가 개시됐는데, 그 과정에서 조사단은 어디선가 나타난 마물에게 습격받았다.

이 사건으로 조사단에는 용병도 동행하게 됐고 경로 탐색과 마물의 출처 조사가 병행됐다.

그리고 경로 탐색이 끝날 즈음, 마물이 어디서 왔는지도 판명됐다. 먼 옛날 붕괴한 메티스 성법신국 쪽 지하 유적이 번식장이 되어 그곳에서 마물이 나온 것이었다.

새 지하 가도의 굴삭 공사와 마물 토벌 작전은 동시에 진행됐다.

그 작전에 참가한 사람은 평소 행실이 안 좋은 범죄자 예비군인 용병과 중범죄를 저지른 죄인, 범죄 노예들이었다.

요컨대 인해 전술이었다. 하지만 효과는 있었고 최근 겨우 마물 토벌이 끝났다고 했다.

"30년 동안 희생자도 많이 나왔지만, 이제 곧 지하 가도도 완성된다고 믿었어……. 이 앞에서 거대한 공동(空洞)을 파내기 전까지는."

공사는 순조롭게 진행됐지만, 얼마 전 새로운 지하 대공동이 발견됐다.

인부들은 원활한 물자 운반을 위해서 곧바로 드워프 유적 도시와 이 대공동을 잇는 공사에 착수했다. 제로스가 지금 있는 이 장소가 바로 암벽을 따라 난 그 유적 도시였다.

때를 같이하여 알톰 황국도 지하 대공동을 발견했다. 지도로 확인하자 그 공동은 일정 구간을 끼고 동일 선상에 위치한다는 사실이 밝혀졌다. 이것을 이용하지 않을 이유는 없었다.

큰 진척에 기분이 좋아진 인부들은 대공동 사이를 잇고자 공사에 열을 올렸다. 이로써 작업 기간이 단축되리라는 희망 때문이었지만, 거기서 큰 문제가 하나 발생했다.

지금 눈앞에 있는 암벽이었다.

"흠…… 그래서요?"

"문제는 여기부터야. 우리끼리 해결할 수 있었다면 자네를 부르지도 않았어."

햄버 토목 공사는 한 달 전부터 현장에 투입되어 공사를 진행해

왔지만, 결과는 썩 좋지 않았다.

곡괭이를 휘둘러도 암벽이 단단하고, 【가이아 컨트롤】을 써도 효과는 미미했다. 게다가 힘겹게 낸 구멍은 어느샌가 원래대로 복구되어 버렸다. 장소에 따라서는 마법을 튕겨 내는 곳도 있는 등 공사는 좌초되고 말았다.

"마법을 튕겨 내고 구멍이 저절로 막혀? 신기하네요……."

"나도 그렇게 생각하지만, 실제로 보면 알아. 아무래도 자잘한 금속이 섞여서 마법 효과를 방해하는 것 같아."

"이상하네요. 금속이 섞여도 마법은 작동할 텐데요? 그래도 튕겨 나온다면 【마법 장벽】일 가능성이……."

"그렇게 말해도 우리는 마도사가 아니라서 못 알아들어."

이 세계에서는 아직 금속이 마법 효과를 없앤다는 이야기가 미신처럼 퍼져 있어, 암석에 금속이 조금이라도 섞이면 마법이 제대로 통하지 않는다고 믿었다. 마법을 모르는 사람들이 특히 많이 하는 착각이었다.

그러나 마법이 무력화되는 곳이 자연 발생하는 경우는 거의 없었다.

유일한 예외는 던전뿐이며, 그게 아니라면 인위적으로 만들어진 경우밖에 없었다.

'인위적? 설마, 그 암벽은……. 아니야. 아직 단정할 수는 없어. 하지만 시험은 해 봐야겠지. 그럼 어디…….'

제로스는 잠깐 생각하다가 문득 고개를 들고 보링을 봤다.

"보링 씨. 그 암벽으로 가보겠습니다. 실제로 제 눈으로 확인해 보지 않으면 아무것도 몰라요."

"오오, 부탁하지. 믿을 사람은 자네뿐이야. 이미 공사 일정이 늦어졌어."

"이해할 수 없는 부분이 많으니까 여러모로 조사해 보겠습니다. 가능하면 작업하는 사람이 적은 쪽으로 안내해주세요. 공사 현장에는 사고가 따르는 법이니까요."

"그래. 가자고."

보링에게 안내받아 암벽 쪽으로 갔다.

그 도중에 왠지 무장한 용병들이 눈에 띄었다.

"왜 용병이 이렇게 많죠? 고블린과 땅개들은 퇴치했다고 하지 않았나요?"

"최근 스켈레톤이 출몰하기 시작했어. 나 참, 안 그래도 공사가 늦어지는 마당에 귀찮게시리……. 처음 예정에 있던 루트를 뚫어도 되겠지만, 또 이런 암벽이 나오지 않으리란 보장도 없으니 원……."

"스켈레톤이라……. 그러고 보니 지하 도시의 광원 마도구에 공급하는 마력은 어디서 나오죠? 이걸 전부 마석으로 충당할 수는 없을 텐데요."

"모르겠는데? 옛날부터 있었으니까 이상하게 생각하지 않았는데, 듣고 보니 어디서 마력을 끌고 오는 거지? 이러니까 살아 있는 유적이라고 불리는 거겠지."

'마력이 어디서 공급되는지 몰라? 마력 웅덩이가 없으면 이 많은 마도구를 움직이는 건 불가능해. 어딘가에 마력 공급원이 있을 거야. ……대체 어디지?'

보링의 말을 믿는다면 이곳에는 예전부터 광원 마도구가 수없이 설치되어 있었고, 그 마력 공급 장소는 불명. 게다가 이상하게 단단하고 재생 능력까지 붙은 암벽.

제로스의 머리에 어떤 가설이 떠올랐다. 하지만 확증은 없어 직접 눈으로 확인해 볼 수밖에 없었다.

아저씨는 살짝 즐거워졌다. 만약 가설이 옳다면 재미있는 것을 보게 될 가능성이 컸다. 그렇게 생각하는 사이 두 사람은 암벽 아래에 도착했다.

"오, 제로스 씨, 깼어?"

"사람을 이렇게 갑자기 끌고 오는 법이 어딨습니까? 방법도 완전히 납치잖아요. 제가 아니었으면 고발당했을 거예요."

"미안해, 미안해. 우리도 시간이 촉박해서 강경책을 써 버렸어."

말을 건 사람은 납치의 공범, 나구리였다. 사과는 하지만 미안한 기색은 전혀 없었다.

드워프는 일이 관련되면 장인 기질이 강하지만, 보통은 굉장히 무신경한 종족이었다.

"제 사정도 생각해주세요. 에휴…… 그래서 이게 그 문제의 암벽인가요? 가까이에서 보니까 제법 높네요."

"그래. 이거 때문에 죽겠어. 어떻게 좀 해 봐."

"궁금한 게 있어서 시험해 보고 싶은데 괜찮을까요?"

"뭐든 괜찮아. 일을 시작할 수만 있으면 더 바랄 게 없어."

"그럼 바로 시작하죠. ……【가이아 컨트롤】."

제로스가 전력을 다해 【가이아 컨트롤】을 발동했다. 그 효과로 암벽 표면에 2미터 크기의 구멍이 파이고 주위에서 감탄사가 흘러나왔다.

하지만 제로스의 목적은 따로 있었다.

암벽 구멍은 지름이 2미터나 됐지만, 깊이는 3미터 정도였다. 그 지점에서 효과가 확산되어 마치 프라이팬처럼 안쪽이 평평했다. 그 상태를 유심히 관찰했다.

보통은 오목 렌즈처럼 움푹 파여야 하건만, 칼로 벤 듯 깔끔한 평면. 그리고 주위에 떨어진 금속 섞인 모래.

이것은 암벽 너머에서 모종의 힘이 가해졌다고 봐야 했다.

아마 마법 장벽으로 판단되지만, 이러면 다른 문제가 발생한다.

"그렇군……. 이거 귀찮겠어."

"뭐 좀 알아냈어?"

"아직이요. 하지만 조금만 더 있으면 재미있는 걸 보실 수 있을지도 모르겠네요."

"뭐, 뭐야? 재미있는 거……?"

그 현상은 제로스를 포함한 많은 인부들 앞에서 일어났다.

제로스의 마법 효과로 나온 모래가 일제히 움직이더니 다시 암벽으로 돌아가 구멍을 메워 갔다.

자연에서 일어날 리 없는 그 현상 앞에 모두 숨을 헉 들이켰다.

"아니…… 이건……."

"말도 안 돼. 이렇게 빨리 구멍이 막혀……? 이게 무슨 조화야?"

"지도는 가지고 계신가요?"

"우리가 뭘 본 건지부터 설명해주면 좋겠는데……."

"할 테니까 지도부터 가지고 오세요. 이 지하 도시를 포함한 주변 지도가 필요해요. 가능하면 다른 지하 도시까지 포함된 게 좋겠네요. 설명은 지도를 보고 확인한 다음에 하겠습니다."

"아, 알았어……. 어이, 누가 지도 좀 가져와! 우리 운명이 걸렸어. 빠릿빠릿하게 움직여!"

인부들은 허둥지둥 달려갔지만, 굳이 스무 명 이상이 갈 필요는 없었다.

그들이 그렇게 당황할 만큼 공사가 늦어졌다는 증거일 것이다. 실패하면 위약금을 물어야 하므로 초조한 것은 당연했다.

이것은 엄연한 국가사업. 실패는 용납되지 않는다…….

결국 온갖 지도가 수북이 쌓였다.

"현재 위치는 어디쯤이죠?"

"음…… 대충 여기야. 이걸로 뭘 알 수 있어?"

"조금만 기다리세요. 여기가 현재 위치라면…… 이 암벽은 완만하게 휘었나? 그렇다면 알톰 황국 쪽 동일 선상에도 비슷한 공동이 있으니까…… 어? 드워프 지하 도시도 이곳을 끼고 있군. 그럼……."

제로스는 지도와 눈싸움을 하면서 머리를 굴렸다.

인벤토리에서 컴퍼스를 꺼내서 암벽의 휜 부분을 기점으로 중심점을 찾아 천천히 원을 그렸다.

"제 추측이지만, 저 암벽은 마법 방벽의 일종이에요. 【가이아 컨트롤】과 유사한 원리의 마법과 마법 장벽을 합쳐서 만든 벽이죠. 어떤 공격을 받든 마법 효과는 상쇄하고 부서진 부분을 재구축하는 겁니다. 쉽게 말하면 자동으로 수리하는 벽이죠."

"잠깐, 저게 마법 방벽이면 저 안쪽에는……."

"저 규모라면 아마 도시가 있을 거 같군요. 이 유적의 조명을 유지하려면 엄청난 마력이 필요합니다. 그 마력을 이 안에 있는 도시에서 끌어오는 게 아닌가 싶군요. 아마도 구시대의 도시입니다……. 그러지 않고서는 설명이 안 돼요."

""""""구시대의 도시라고오오오오오?!""""""

일루마나스 지하 대유적은 드워프가 세운 유적이었다.

그리고 그 지하 유적은 새롭게 발견된 대공동과 완만한 곡선을 그리며 인접해 있었고, 재생하는 정체불명의 암벽이 그 사이를 가로막는 형태였다.

적어도 지도를 참조하면 그렇게 보였다.

"저건 암벽처럼 보이지만, 정확히 말하면 천장의 무게를 분산하는 원형 외벽입니다. 아마 엄청 두꺼울걸요? 게다가 자기 수복 능력이 작동한다는 건 구시대 도시는 지금도 기능이 살아 있다는 겁니다."

"세상에……. 이거 공작 어르신께 보고해야겠군."

드워프가 이곳에 도시를 세운 이유는 구시대 유적에서 마력을 공급하는 기술이 있었기 때문이리라. 적을 막기 위해 복잡한 지하 가도를 만든 까닭은 이해할 수 있지만, 이 벽을 따라서 도시를 지을 이유는 없었다. 생각할 수 있는 이유는 조명의 마력 공급원이었다.

즉, 이 암벽은 일루마나스 지하 대유적이 생기기 이전부터 존재했을 거라고 추측할 수 있었다. 우연일 가능성도 없진 않지만, 다양한 관점에서 고찰한 끝에 아저씨는 그 가능성을 부정했다.

'그나저나 지하 마도 도시라……. 【소드 앤 소서리스】에도 몇 군데 있었지만, 설마 아니겠지……?'

【소드 앤 소서리스】에서 지하 도시라고 하면 무섭도록 선진적인 과학 도시였다.

아니, 마법을 과학 기술과 융합한 문명이니까 마도 과학이라고 표현해야 옳을까?

이 이세계가【소드 앤 소서리스】의 바탕이 되었다고 가정하면 그런 지하 도시가 발견돼도 이상하지는 않았다.

"그래서 저 벽을 뚫으려면 어떻게 해야 해? 뭔가 방법이 있을 거 아냐."

"바깥쪽에서는 안 됩니다. 아무리 부숴도 바로 복원하니까요. 입구가 있을 텐데 어디에 묻혀 버렸나……."

대공동은 아마 지하 도시들을 잇는 운송로를 만들려고 파낸 자리일 것이다. 하지만 사신 전쟁으로 공사가 중단되고 작업 기구는 외벽을 구성하는 재료로 쓰여 아무것도 없는 지하 공동만이 남은 것으로 추정됐다.

"아니, 그럼 우리가 지금까지 해 온 일이 다 헛고생이었다고?"

"그런 셈이죠. 저만한 규모의 장벽은 저도 못 만듭니다. 아마 내부에 마력을 보내는 시설이 있을 텐데……."

"거기까지 가서 때려 부수게?"

"설마요! 그런 짓을 하면 이 지하 도시도 땅속에 매장됩니다. 어떻게든 입구를 찾아서 내부로 들어가 그 구시대의 도시― 헷갈리겠지만 유적이라고 부르죠. 그 유적을 그대로 이용하는 편이 나아요."

하지만 정작 중요한 입구의 위치를 몰랐다.

만약 발견하면 살아 있는 구시대의 유적이 통째로 손에 들어온다.

그로 인해 얻는 경제 효과는 결코 무시할 수 없었다.

"문제는…… 입구가 어디 있느냐, 죠."

"그게 문제야~. 윰보, 넌 뭔가 아는 거 없어?"

"내가 어떻게 알아! 그런데 그 손에 든 도끼는 뭐야?"

"아무것도 아니야. 신경 쓰지 마. 하하하하하."

"그래? 와하하하……."

나구리는 아직 음식을 빼앗긴 원한을 잊지 않았다.

좌우지간 이대로 가면 공사가 진행되지 않으므로 일행은 지하도시 유적에 침입할 경로를 찾기 위해 정보 수집에 나섰다.

흩어져서 각자 다른 인부와 용병에게 정보를 얻으며 다닌 지 약 한 시간 후. 그들은 드디어 하나의 결론에 도달했다.

"음…… 모인 정보를 종합하면 용병들은 호위 의뢰와는 별개로 어딘가로 사냥을 나간다고 합니다. 이런 지하에서 볼 수 있는 마물은 한정되죠. 고블린과 땅개들을 대부분 소탕한 이 마당에 무엇이 남아 있느냐? 바로 스켈레톤입니다!"

"조무래기 마물이잖아. 그게 그렇게 중요해?"

"잘 생각해 보세요. 이곳은 지하라서 사람이 죽으면 항아리에 넣어 밖에서 화장한 다음 묻는다고 합니다. 다시 말해 시체가 안 남죠. 그 장례 문화는 예나 지금이나 변함이 없을 겁니다. 그럼 스켈레톤은 어디서 오는가? 정답은…….”

“아하, 벽 안쪽인가……. 스켈레톤이 태어날 정도로 시체가 나뒹굴고 있다는 말이군?”

“사실 마물을 토벌하다가 죽은 용병들일 가능성도 있지만요…….”

“그건 아니야. 토벌을 확인한 후에는 폐석으로 구멍을 죄다 막아 버리거든. 최근에는 우리가 마법으로 강화까지 하니까 마물로 변해서 나올 걱정은 없어.”

“그렇다면 역시 이 안쪽에서 왔겠군요.”

“거기 말고는 없겠지……. 그런데 용병들은 왜 스켈레톤이 나오는 곳을 우리에게 보고하지 않은 거야? 계약 위반이라고.”

“정확한 이유는 모르지만, 아마 그들이 이득을 보기 위해서겠죠. 그게 뭐가 됐건 스켈레톤이 어디서 오는지는 그들이 자세히 알겠네요.”

예상하지 못한 사태로 공사가 늦어져 드워프와 인부들은 가뜩이나 짜증이 나 있었다.

그 감정이 제로스의 한마디에 단숨에 터져 나왔다.

“오호라…… 그것들이 정보를 숨겼다, 이 말이지?”

“일이 진행되지 않아서 열불이 났는데 잘됐군. 잠깐 이야기를 나눠야겠어…… 주먹으로 말이야. 스트레스 해소다!”

“그래…… 나라에 보고하면 돈벌이가 줄어든다고 생각했겠지. 그러고도 남을 족속들이야.”

“미발견 유적인데 오죽하려고. 그걸 보고하면 보물도 고스란히 나라에 넘겨줘야 하니까 말이지. 여튼 이것들이 우릴 아주 우습게 봤군. 들키면 용병 길드 등록이 취소될 계약 위반이잖아!"

"가자, 얘들아! 그 망할 자식들을 교육해주러!"

""""""우오오오오오오오오오오오오오오오오오오오!""""""

이곳은 국가사업 현장이었다. 고의로 정보를 은폐하면 극형을 받아도 할 말이 없었다.

만약 그럴 의도가 없었다고 해도 스켈레톤이 나오는 장소를 알고 있었다면 보고할 의무가 있었다. 그러나 인부들은 그런 정보를 듣지 못했다.

이렇게 되면 국가 권력을 방패로 용병들을 협박해도 죄가 되지 않는다.

오히려 범법자는 용병들이니까.

마물이 발생하는 일루마나스 지하 대유적 정비는 인부들의 안전을 대가로 하는 위험한 일이었다.

인명이 걸린 일인데도 용병들이 정보를 은폐한 것은 계약 위반이며 최소 노예형, 최악의 경우 목이 달아날 수도 있었다.

용병 랭크 강등으로 끝난다면 굉장한 행운이라고 해도 과언이 아닐 만큼 중죄였다.

하지만 나구리를 포함해 인부들에게 그런 사정은 아무래도 상관없었다.

그들에게 중요한 것은 공사가 늦어진 원인이 용병들에게 있다는 그것 하나뿐이었다.

현장에서 일하는 인부들은 살기를 감추지도 않은 채 용병들을 혼내주러 갔다.

"사망자가…… 나오지는 않겠지?"

사망자가 나올지 안 나올지는 용병들의 태도에 달렸다.

얼마 후, 아저씨는 멀리서 퍼지는 고함과 비명을 들었다.

◇ ◇ ◇ ◇ ◇ ◇ ◇

지하 도시에 울리던 처절한 비명이 끊겼다.

식은땀을 흘리며 공사 현장에서 기다리는데 공사 전사들이 쇠사슬을 끌며 돌아왔다.

용병들을 실컷 두들겨 패고 쇠사슬로 결박해서 끌고 온 것이었다.

아주 상쾌하게 웃으면서…….

그들은 언제든 최선을 다해 살아간다.

"이럴 줄 알았지……."

마치 목욕이라도 하고 나온 것처럼 상쾌한 얼굴이었다. 대단히 만족스러워 보였다.

그에 반해 용병들은 몹시 심각했다. 얼굴이 배로 붓고 인간의 골격으로는 불가능한 방향으로 팔다리가 돌아갔다. 그 가혹한 응징은 용병들의 의지를 완전히 꺾어 놓았다.

'이거…… 용병을 고용할 필요가 있나? 일꾼만으로 고블린이나 코볼드를 청소할 수 있겠는데?'

그들의 팔심에 아저씨는 의문을 품을 수밖에 없었다.

"여어, 총각. 역시 이것들이 정보는 숨기고 있었어. 벽에 동굴 같은 곳이 있는데 그 안쪽 균열에서 해골들이 나오나 봐."

"그리고 더 안쪽으로 들어가면 찌그러진 철문이 있어. 거기로 들어간 사람들은 돌아오지 못했대."

돌아온 보링과 나구리가 저마다 결과를 보고했다.

역시 유적이 있는 것 같았다.

"문……이요?"

"그래. 정확히 말하면 방벽 위에 만든 감시대 같은 곳이라고 해. 부식한 금속 문 구멍으로 스켈레톤이 튀어나오나 봐."

"……나라에 보고하는 편이 좋겠네요. 운이 좋으면 그 유적이 중요한 거점이 될지도 모릅니다. 그나저나 스켈레톤이라……."

스켈레톤이 발생한다는 것은 그 유적에 시체가 방치되어 있다는 뜻이었다.

애초에 스켈레톤은 마물이 아니었다. 마력의 특성으로 생기는 현상 중 하나였다.

마력은 사람의 정신에 간섭한다.

마도사란 마법식을 정신이라는 파도에 실어 술식을 전개해서 현상으로 일으키는 이들이었다.

그에 비해 스켈레톤은 원래 죽은 사람이며 사람이 죽을 때 남긴 감정이나 기억 중 일부가 마력에 기록되어 마치 의지가 있는 것처럼 행동한다. 이것이 흔히 말하는 레이스, 즉, 사령이었다.

사령은 장시간 세상에 머물면 자연의 자정 작용으로 소멸해 버린다.

하지만 사람의 의지가 담긴 마력은 소멸을 두려워해 물질에 깃들어 몸을 구축하는 마력 소모를 줄이려고 한다. 그것이 시체에

씌면 스켈레톤으로 변한다.

그렇지만 고작해야 마력체. 시간이 지나면 인격은 사라지게 마련이고 그 인격을 유지하기 위해 사람을 덮친다. 그것은 모든 언데드의 공통점이었다.

"얼마나 많은 스켈레톤이 있는지 모르겠지만, 입구를 넓혀 집단으로 상대하는 편이 낫겠네요."

"지도로 봐도 안쪽 유적은 상당히 넓은 거 같아. 그 방법밖에 없겠군."

"야, 무기 준비해! 또 피 튀는 싸움이 시작된다!"

""""""우오오오오오오오오!""""""

공사 전사들의 스트레스는 터지기 직전까지 쌓여 있었다.

그 분노를 스켈레톤에게 풀 작정이었다.

그 후 나구리를 중심으로 유적 입구를 파내기 위한 역할 분담이 시작됐다.

그들은 무슨 짓을 해서든 이 일을 완수할 생각 같았다. 흘러넘치는 열의가 멈출 줄 몰랐다.

그 기세를 누가 말릴 수 있으랴…….

결국 이날 작업은 중단됐다.

당연한 소리지만 스켈레톤이 출몰하는 곳에서 하는 공사는 위험하며, 아무 준비도 안 된 곳에서 무작정 공사를 시작할 수도 없었다. 우선은 사전 준비부터 철저히 하자는 이야기가 나왔다.

햄버 토목 공사뿐이라면 문제가 없겠지만, 다른 인부 대부분은 전투에 익숙하지 않았다. 만약 스켈레톤이 나타나면 희생자가 나올 가능성이 매우 컸다.

그런 이유로 현재 햄버 토목 공사는 스켈레톤이 나타나는 균열을 미리 돌아보며 앞으로의 작업에 관해 의논했다.

일을 위해서라면 위험 지대로 들어가서 전투까지 한다.

그것이 바로 햄버 토목 공사의 육체파 노동자들이었다. 그들의 사전에 타협이란 없었다.

최고의 순간을 맛보기 위해서라면 그들은 신에게조차 싸움을 걸 각오가 있었다.

'언제쯤 돌아오려나…….'

철저하게 얻어터진 용병들을 곁눈질하면서 아저씨는 한가하게 차를 마셨다.

지금 제로스가 있는 곳은 많은 인부를 위해 만든 가설 숙소였다.

원래 지하 도시에 있는 숙소는 그렇게 많지 않고 도저히 현재 인원을 모두 수용할 크기도 아니었다. 그래서 인부들이 간이 숙소를 만들었다.

그 조립식 사무실 같은 건물에는 지금 수십 명이 누워 있었다.

"여기는 땅속이라서 기본적으로 따뜻하지만, 식량은 외부에서 반입해야 해서 문제야……. 드워프는 용케 이런 곳에서 사는구나. 평소 식량 보급은 어떻게 하지?"

"광석이 적게나마 채굴되니까 밖에서 그걸 팔아서 식량을 사와."

"보링 씨, 저쪽에 안 가 봐도 되나요?"

"나구리가 감독하니까 괜찮을 거야. 아무튼 식량 보급 말인데, 요즘은 초고속 택배 마차가 와서 상황이 많이 좋아졌나 봐."

"……초고속?"

제로스의 머리에 흥분해서 폭주하는 펑키한 소환사의 모습이 스쳤다.

"혹시 슬레이프니르 세 마리가 끄는 마차인가요? 왜 그런 위험 인물을……."

"위험하다고? 이름은 모르지만, 우리도 일 때문에 자주 이용하는데 유용한 친구야. 이번 총각 이송에도 한몫했고."

"위험한 거 맞네요! 납치예요! 범죄라고요!"

"현장에 빨리 도착하고 식량 보급도 편해져서 고마울 따름이야. 떠드는 소리는 이해하지 못하겠지만."

"……의외로 좋게 평가받는군……. 내가 너무 나쁜 면만 봐 왔나?"

사람에게는 모두 좋은 면과 나쁜 면이 있지만, 【하이 스피드 조나단】은 그저 해악이라고만 생각했었다. 그렇지만 장소가 다르면 상황도 입장도 달라졌다.

'조만간 대륙 간 장거리 운송도 할 것 같군. 길드의 운송 마차는 괴물인가…….'

솔직히 언제 쉬는지 짐작도 되지 않았다.

광속으로 도시를 오가며 사냥터에서 마물 운반까지 했다.

피해도 있었지만, 그 이상으로 세상에 공헌한다는 생각이 들기 시작했다.

말이 아니라 성수를 쓰는 시점에서 충분히 괴물이지만.

"처음에는 너무 흔들려서 토했지만, 익숙해지면 제법 편리해. 평소에는 성격도 착하고."

"그런 흥분 상태로 폭주하는데 타고 싶겠습니까? 평소에는 착한 사람이라도 그 속도는 솔직히……."

아저씨가 제작한 【할리 선더스 13세】와 동등하거나 그 이상의 속도를 내는 마차.

그런 살벌한 마차에는 두 번 다시 타고 싶지 않았다.

그런 이야기를 하는 사이 나구리가 돌아왔다.

"회의 끝났어. 내일부터 본격적으로 움직일 거야. 미안한데 총각은 뼈다귀들을 제압하러 돌아다녀줘."

"그건 괜찮지만, 유적 입구는 절벽 중간에 있다면서요? 그걸 파들어 가려고요?"

"이미 사전 조사는 했고 대충 견적도 나왔어. 내 예상으로는 한나절이면 입구가 발굴될 거야. 인해전술은 진작 각오했어."

"아니, 정확히는 몰라도 크기가 성문만 할 텐데, 한나절 안에는 못 끝내죠."

상식적으로 20미터를 훌쩍 넘는 절벽을 한나절에 무너뜨리기란 어려웠다.

하지만 나구리와 보링은 자신만만하게 웃어 보였다.

"걱정 붙들어 매. 저런 절벽쯤이야 세 시간이면 싹 밀어 버릴 수 있어."

"그래. 우리가 바로 유적 입구를 찾아주지!"

"당신들 바보지!? 그렇게 무리하게 일하면 다른 작업자들이……."

"저 녀석들도 의욕적이야. 봐, 저 얼굴을. 엄청 굶주렸지? 요즘 일을 제대로 못 해서 쌓인 게 많아."

돌아보자 인부들은 요상하게 번들거리는 눈으로 암벽을 보며 어렴풋이 웃고 있었다.

그들은 모두 일에 목숨을 건 노동자. 다른 말로는 중증 워커홀릭이라고도 한다.

이미 다른 말은 필요 없었다.

왜냐하면 그들은 오랜만에 일을 할 수 있다는 사실에 기뻐하며 당장에라도 곡괭이를 휘두르고 싶을 정도로 좀이 쑤셨다.

그들은 건전하게 일하고 싶을 뿐이지만, 570명이나 되는 사람이 하나같이 히죽대는 풍경은 무서웠다.

"전에 말했지? 우리는 일 말고는 할 줄 아는 게 없는 버러지들이라고."

"그게 진심이었군요……. 이 사람들은 얼마나 일을 좋아하는 거야?"

"예를 들면…… 가족이 정나미 떨어져서 외면해도 그만둘 수 없을 만큼 우리는 일을 사랑해!"

"그냥 글러 먹은 인간이잖아! 가족을 소홀히 하면서까지 일을 우선하다뇨?!"

"뭐 어때~? 가족이야 가만히 둬도 알아서 살겠지. 죽는 것도 아닌데 일을 우선한다고 안 될 건 또 뭐야?"

"보링 씨?! 어처구니없는 소리를 아무렇지 않게 하시네. 불량 가장이나 할 말이라구요?!"

흔한 일반 가정의 경우, 일에 치여서 가족을 소홀히 하는 일이 많지만, 그것은 일과 가정에 할애할 시간이 맞지 않아서 생기는 단절이었다.

그러나 여기 있는 자들은 스스로 가정을 버리는 한이 있어도 일을 선택할 남자들이었다. 인식이 일반인과 정반대였다. 보통은 가족을 위해서 일하며 어떻게든 가족과 함께할 시간을 내려고 하지만, 그들은 의도적으로 일을 우선하고 가족을 방치했다. 지금까지 몇 명이 이혼했을지 궁금했다.

더는 할 말이 없었다.

말한다고 알아들을 작자들이 아니니까…….

“내일 아침 일찍 시작이니까 오늘은 푹 쉬어. 유적 내부는 자네한테 맡길게.”

“후…… 알겠습니다. 오늘은 정신적으로 지쳤으니까 내일을 위해 마력을 아껴 둘게요.”

“부탁하지. 자네는 우리 회사의 비밀 병기야.”

“사원 취급인가요? 아르바이트 아니었어요?!”

이날, 아저씨는 자신도 모르는 사이 햄버 토목 공사의 일원이 됐다는 사실을 알았다.

머리가 지끈거렸지만, 제로스는 드워프 두 명에게 가설 숙소 2층으로 안내받았지만, 결국 자정이 넘도록 잠들지 못하고 다음 날 수면 부족으로 피곤한 아침을 맞이했다.

제로스는 잊고 있었다. 드워프가 술이라면 사족을 못 쓰는 종족이란 것을.

그리고 축제를 좋아한다는 것을.

제5화 아저씨, 유적 내부로 들어가다

"흐아암~. ……졸려."

드워프들이 술판을 벌이고 떠드는 통에 잠을 못 잔 아저씨는 예정보다 늦게 일어났다.

이미 밖에서는 작업이 시작되어 드워프를 포함한 인부들이 절벽 동굴 위에서 땅을 파내려 갔다.

그 작업 속도가 무시무시했지만, 이미 아저씨는 이 이상한 상황에 아무 감정도 들지 않았다. 생각해 봤자 의미가 없다고 깨달은 것이었다.

그런 아저씨를 본체만체 인부들은 새로운 거대한 문을 발견해서 발굴 작업에 착수해 있었다.

'문이 있다는 건 일루마나스 대유적은 피난처를 확장하면서 만들어졌나? 혹시 가옥에 사용된 정체 모를 빛나는 자재도 처음부터 이곳에 존재한 물건인가?'

드워프 가옥에 사용된 어렴풋이 빛나는 돌은 제로스도 어떻게 만들어졌는지 짐작되지 않았다.

그런 것을 드워프들이 만들 수 있을 리 없었다. 지금 발굴 중인 지하 유적 내부에서 주민이 피난하기 위해 비상용 통로에 사용하던 것을 가져다 쓴 것으로 보였다.

"어허, 왜 이렇게 늦게 일어났어? 잠을 못 잤어?"

"나구리 씨…… 이게 누구 탓인데요. 그렇게 떠드는 데 잠이 오겠습니까?"

"미안해. 우리는 그게 당연한 거라서 미처 그 생각을 못 했군. 으하하하하!"

"왜 그렇게 기운이 넘치세요……. 적어도 동틀 무렵까지 마시지 않았나요? 지하라서 시간은 정확히 모르겠지만."

"우리는 사흘 밤낮 식음을 전폐하고도 일할 수 있어. 그게 인간과 우리의 차이지."

다시 한 번 드워프의 강인함을 느꼈다.

술통을 한 시간 만에 비우는 술고래에 밤새 마신 뒤 일해도 쓰러지지 않는 굳건함.

무엇보다 아무리 마셔도 취하지 않는 튼튼한 간이 부러웠다.

제로스도 술은 좋아하지만 그리 강하지는 않았다.

"그보다 점심쯤에 작업이 끝날 거야. 준비는 됐어?"

"준비는 됐지만, 작업이 빠르네요. 마치 기계 같군요."

단시간에 발판을 만들고 위에서 【가이아 컨트롤】로 바위를 잘게 부수며 내려갔다. 수십 명이 달려든 작업은 무섭도록 빠르게 진행됐다.

모두 마법으로 이루어지므로 마력 결핍으로 쓰러지는 사태가 아니고선 인적 피해도 나오지 않는다.

또한 마력을 소진한 인부도 【마나 포션】으로 마력을 회복해 다시 작업으로 돌아갔다.

“인해전술치고는 정교한 작업이네요. 벌써 반이나 끝났나요…….”

“이게 프로의 솜씨지. 일을 대충 하는 자식은 모두에게 몰매 맞아. 다들 목숨 걸고 하는 거야.”

“이런데도 악덕 기업이 아니라는 게 웃기네요. 보통은 관두는 사람이 줄을 이을 텐데.”

“단련된 몸이니까. 그나저나…… 바위 안에서 그런 게 나올 줄은 생각도 못 했어.”

제로스와 나구리 앞에는 암석 지대를 파서 만든 성문 윗부분이 모습을 드러내고 있었다.

아마 성곽 외벽의 문이겠지만, 문 바깥쪽에는 정교하고 아름다운 조각과 장식이 있었다. 그에 비해 벽은 그저 밋밋하고 투박했다.

‘이 문, 왠지 어디서 본 것 같은데…….’

무서운 기세로 전모를 드러내는 문을 보고 제로스는 묘한 기시감을 느꼈다.

제로스는 이 문을 분명히 어디선가 봤다. 하지만 그게 어디였는지 기억나지 않았다. 목에 생선 가시가 걸린 것 같은 찜찜함이 자꾸만 마음을 괴롭혔다.

“총각, 왜 그래? 그렇게 인상을 쓰고.”

“아…… 이 문을 어디서 본 것 같은데 기억이 안 나서요. 어디였더라~?”

“그럴 리가. 지금까지 발굴된 적 없는 유적이야. 이런 양식의 문은 나도 처음 봐. 태고의 유적은 죄다 부서져서 제대로 보존되어 발견된 사례는 이번이 최초야.”

나구리가 하는 말도 일리가 있지만, 제로스는 분명히 본 적이 있었다.

그러나 아무리 머리를 쥐어짜도 기억나지 않았다. 목까지 올라온 것이 나오지 않아 답답함이 밀려왔다.

"우와~, 정말로 유적이 있었어! 대유적 안에 유적이 있는 게 이상하지만…… 음? 그런데 이거 어디서 본 것 같은 느낌이……."

"이리스, 이건 구시대의 유적이야. 이렇게 완전한 형태로 현존하는 유적은 아무 데도 없어. 네 착각 아니야?"

"그보다 안에 들어간 파티는 아무도 못 돌아왔다고 하지? 혹시 전멸했나?"

귀에 익은 목소리를 듣고 제로스가 돌아보자 그곳에는 이리스와 쟈네, 레나가 있었다.

아마 세 사람 모두【일루마나스 지하 대유적】확장 공사 호위 의뢰를 받고 온 모양이었다.

국가 관련 의뢰는 그녀들의 주머니 사정을 크게 개선할 좋은 기회였다.

"이게 누구야? 여러분도 호위 의뢰를 받았나요?"

"으엑?! 저 아저씨는 왜 여기 있어?!"

"우리처럼 호위 의뢰로 온 거 아니야?"

"하지만 건설 회사 사람들과 같이 있어. 게다가 저 인부 아저씨들…… 뭔가 이상하지 않아?"

아저씨는 싫은 티를 내는 쟈네에게 살짝 상처받았다.

그리고 인부들에 대한 이리스의 의견에는 전적으로 동의했다.

발판 위에서는 인부들이 격렬하게 춤추며 암벽을 파고 있었다. 그 모양이라도 작업은 순조롭게, 경이적인 속도로 진척됐다.

"그냥 건설업자예요. 그나저나 여러분은 저 안에 안 들어갔죠? 새 유적을 발견하면 보고할 의무가 있다고 하는데……."

"아니, 우리는 그런 불법 행위는 안 해. 용병은 신용이 최우선이니까."

"게다가 몇 명이 들어가서 안 돌아왔다는 이야기도 들리고……. 위험해 보이잖아."

"뭐~? 난 들어가고 싶었는데."

위험할 뻔했다.

만약 섣불리 발을 들였다면 이리스는 이곳에 없었을지도 몰랐다.

'용병이 돌아오지 않아……? 정신없이 보물을 긁어모으고 있거나 전멸했거나, 둘 중 하나겠지. 후자라면 성가신 마물이 있다고 봐야 해. 과연 뭐가 나오려나…….'

제로스에게는 어떤 마물이 나오든 상대가 되지 않겠지만, 인부들과 용병들에게는 치명적일 수 있었다.

혹시 모를 사태에 대비해 경계를 늦추지 않도록 마음을 단단히 먹었다.

"그런데 아저씨, 저 문 말이야…… 어디서 본 적 없어?"

"이리스 양도 그렇게 생각하나요? 저도 아까부터 그게 계속 마음에 걸렸어요. 틀림없이 어디서 본 적이 있는데 전혀 기억이 안 나네요."

"분명히【소드 앤 소서리스】였는데……."

"소드 앤 소서리스? 앗……."

떠올랐다. 그 문의 정체가.

【소드 앤 소서리스】에는 지하 도시가 여러 곳 존재했다.

그중 초보 유저가 처음으로 가게 되는 지하 도시, 이더 란테.

그곳의 성문이 지금 눈앞에 버티고 서 있었다. 그리움 반, 놀라움 반이었다.

"서, 설마…… 정말로【이더 란테】? 이럴 수가……."

"이더 란테…… 그거야, 아저씨! 그 지하 도시 문이랑 똑같아!"

"역시 그 세계는……. 그럼 지금 있는 곳은 다른 지하 도시를 잇는【이던 지하 가도】란 말인가……."

이더 란테는 지름 10킬로미터 크기의 원형 도시였다.

지맥을 흐르는 마력을 이용해 도시 천장과 외벽이 강화됐고, 천장에는【조광 결정】이라고 불리는 거대한 크리스털이 설치되어 그 크리스털을 조작해 낮과 밤 시간을 관리했다. 또한【조광 결정】의 빛에는【성광(聖光)】 효과가 있어서 언데드 계열 마물을 정화하는 힘이 있었다.

초보 유저가 처음 진행하는 이벤트가 이【조광 결정】을 가동하라는 퀘스트였다.【조광 결정】에 흐르는 마력이 모종의 이유로 차단되어 원인을 조사하고 해결한 뒤 우글거리는 언데드와 고스트 계열 마물을 해치우며 조작실로 향한다.

그 이벤트가 시작되는 곳이 이던 지하 가도인데, 이곳에는 그 지하 가도가 존재하지 않았다. 대신 방치된 지하 대공동이 있을 뿐이었다.

"역시 이던 지하 가도가 생기기 전에 멸망했나……? 그렇다면…… 아니, 우선 지금은 안쪽 상황 파악부터 해야겠군."

"그립다~. 한 파티로는 공략 불가였지? 나도 레이드 퀘스트라고는 생각하지 못했어. 도시 안은 몬스터 소굴에 어두컴컴해서 아무것도 안 보이고……."

"그건 어디까지나 그쪽 세상 이야기죠. 여기서는 【스컬 레기온】이 나올 것 같네요. 2천 년 이상 방치됐으니까 마력을 흡수해서 더 흉악해지지 않았을까요?"

"아저씨, 상상도 하기 싫은 소리 하지 마. 엄청나게 안 좋은 예감이 들어……."

이미 문까지 발굴이 진행됐다.

거대한 문은 금속제였지만, 오랜 세월 땅속에 묻힌 탓인지 부식 상태가 심각했다.

문이 손상되지 않은 것이 신기할 정도였다.

—쿵! 끼익, 끼기기기이이이익!

갑자기 쇠가 삐걱대는 소리가 들려왔다.

인부들은 작업을 중단하고 소리가 난 곳을 돌아봤다.

"뭐, 뭐야?!"

"야, 문이…… 뭔가 나오려고 해!"

"뭔가가 뭐야?!"

"내가 알겠냐?! 뭔지는 몰라도 느낌이 안 좋아!"

"전원 대피이이이이!"

인부들은 일제히 대피하기 시작했다.

현재 성문은 약 3분의 2 정도가 발굴됐고, 그곳을 막던 거대한 금속 문이 막대한 힘에 의해 열리려고 하고 있었다.

조그맣게 열린 문 위쪽 틈새로 흰 손가락이 튀어나와 억지로 문을 잡아당겼다.

"아, 아저씨…… 저건……."

"음…… 【스컬 어거스트】인가? 별명은 【가샤도쿠로[#7]】. 【스컬 레기온】의 상위 몬스터."

스켈레톤과 사령은 같은 존재끼리 결합하는 능력이 있다.

그리고 결합한 수만큼 능력치도 오르며 강력한 마물로 변한다.

"이것 봐, 저런 게 나오면 여기도 위험한 거 아니야?"

"나구리 씨는 사람들을 데리고 대피해주세요. 이제는 제가 나설 차례입니다."

"이미 하고 있어. 밖으로 나오려면 시간이 좀 걸리겠지만, 저런 걸 해치울 수 있어?"

"못 할 건 없죠. 살아 있는 생물도 아니니까 봐줄 필요 없이 화끈하게 처리할게요."

위험한 적수라고는 생각하지 않았다.

풍기는 마력은 상당하지만, 그래도 강하다는 느낌이 들지 않았다.

"세 사람은 인부들을 호위해주세요. 안쪽에는 저런 게 더 있을지도 모르고, 호위 임무는 원래 용병이 할 일이죠?"

"그래……. 하지만 저걸 이길 수 있어? 이상하게 거대해!"

"저 마물에 사용된 뼈만큼 스켈레톤이 줄었다는 뜻이니까 오히

#7 가샤도쿠로 거대한 해골의 형상을 한 일본의 요괴.

려 고맙죠. 아무튼 가루로 만들면 될 겁니다."

"제로스 씨…… 무섭지 않아요?"

신기하게도 공포는 느끼지 않았다.

【그레이트 기브리온】과 싸울 바에야 뼈 뭉텅이와 싸우는 편이 나았다.

크기는 비슷해도 바퀴벌레인 기브리온이 훨씬 성가셨다. 놈은 그 거구로 고속으로 기어 다니는데다가 하늘까지 날았다.

그 공포에 비하면 거대한 스켈레톤은 단순한 뼈다귀에 불과했다.

"덩치만 큰 뼈가 왜 무섭죠?"

"왜냐니, 언데드야! 신성 마법이 없으면 해치울 수 없잖아?!"

"마력이 담겼으면 검으로도 해치울 수 있습니다. 저건 그렇게 튼튼하지 않아요."

어디까지나 아저씨 기준에서는 그렇다는 이야기였다.

고스트나 스켈레톤은 마력에 생물의 감정이나 기억이 남아 태어나는 유사 마력체였다.

몸을 유지하는 모든 것이 마력으로 보강된 탓에 외부에서 다른 마력이 개입하면 바로 사라져 버리는 약한 존재였다. 그러나 보유 마력량에 따라서 그 힘은 강해졌다.

스켈레톤 정도라면 다소 마력이 담긴 무기로도 쓰러뜨릴 수 있지만, 【스컬 어거스트】라면 그렇게 쉬운 상대가 아니었다. 무수한 마력체가 결집한 존재이기에 마력량도 엄청나게 높고 그 마력으로 몸을 구축하는 수많은 뼈를 강화했다. 보통은 마도사가 집단으로 덤비지 않으면 이길 수 없는 마물이었다.

어디까지나 **이 세계에서는.**

"인부들 전부 대피시켰어!"

"그럼 이제 처리할까요? 언데드는 재미가 없어서 의욕이 안 생기네……. 소재도 적고 인골이니까 화장도 해야 하고."

"아저씨…… 지하에서 화염은 위험해. 산소 부족으로 큰일 나지 않을까?"

"그럼 얼린 다음에 진동파로 부수죠. 뼈 빙수, 먹을래요? 칼슘은 많겠네요."

"안 먹어. 사람 뼈를 먹긴 싫어. 구울도 아니고……."

아저씨는 처리법을 생각하면서도 지연 술식을 사용해서 스톡을 차례차례 봉인해 나갔다.

제로스의 마법 매체인 반지에는 마법을 저장할 수 있는 능력이 있고 저장할 수 있는 수는 최대 열 개. 반지 외에도 검이나 나이프에도 같은 능력을 부여해 개인이 저장할 수 있는 마법을 포함하면 총합은 100개를 가뿐히 넘었다. 하지만 그런데도 마력이 부족해지지는 않았다.

안쪽에서 무엇이 기다릴지, 얼마나 있을지도 판명되지 않았다.

아저씨는 섬멸 준비에 여념이 없었다.

"잠깐, 아저씨! 느긋하게 준비할 때야?! 이제 곧 나온다고!"

"저건 우리가 감당할 수준을 넘었어. 제로스 씨 혼자서 정말로 괜찮겠어요? 군대를 기다리지 않아도 돼요?"

"아저씨라면 괜찮아. 정말로 쓸데없는 걱정이야."

"강한 건 알지만, 상대가 저거라고. 이리스야말로 왜 그렇게 침착해?"

"【섬멸자】를 방해하면 안 되니까 우리는 안쪽에서 나오는 스켈레톤을 막는 편이 나아. 어차피 강한 적은 아저씨밖에 못 해치워."

이리스만이 이 상황을 이해했다.

그녀는 각성 스킬【한계 돌파】에 도달하지 못했다. 그렇기에 조심성 없이 내부에 침입하지 않고 상황을 보며 엄호하기를 선택했다.

쟈네와 레나는 이런 사태를 예상하지 못했고 언데드와 싸우는 것도 이번이 처음이었다.

지금부터 무슨 일이 일어날지 몰라 긴장으로 몸에 힘이 저절로 들어갔다.

"무지막지하게 크네. 정말로 스컬 어거스트인가? 어쩌면【본즈 퓌러】일지도 모르겠군. 레벨에 따라서 다르지만, 그건 단단해서 영……."

"빛 속성 마법에 약했지?【샤이닝 레인】도 통해?"

"통하지만, 어차피 뼈가 뭉친 것뿐이라서 얻을 게 없어요. 있다면 경험치인데 저한테는 의미가 없어서……."

"아저씨, 이 세계에 온 뒤로 레벨 안 올랐어?"

"이미 1,000을 넘긴 지 오래니까 강한 마물을 대량 학살해야 레벨이 오를까 말까 합니다. 뭐, 더 올릴 생각도 없지만요."

제로스는 사신을 해치워서 레벨이 대폭 상승했다.

이제 모 대산림 지대 깊은 곳에서 폐관 수련이라도 하지 않는 한 레벨이 오르지 않는 단계였다. 이미 인간을 초월한 레벨이므로 그럴 마음도 들지 않았다.

게임이라면 모를까 현실 세계에서까지 레벨에 매달릴 생각은 없었다.

그리고 스켈레톤 같은 뼈 마물은 아이템을 떨어뜨리는 경우가 적어 싸우면 피곤하기만 한 상대였다. 기껏해야 큰 마석이나【영자 결정】정도일까.

일단【저주받은 뼈】라는 소재는 정화해서【성스러운 뼛가루】— 감염증에 잘 듣는 약재로 바꿀 수 있지만, 원래 인골이었다고 생각하면 재료로 이용할 생각은 들지 않았다. 유골이라면 애도해 주고 싶은 것이 사람의 마음이었다.

언데드라도 대형 동물이었다면 마음이 편했겠건만…… 한탄스러웠다.

"앗, 나오려나 본데?"

"나오겠네요~. 문 앞 바위를 억지로 밀어내고 있어요. 얼마나 밖에서 놀고 싶었으면……."

"너희 참 태평하다……. 저런 괴물한테 정말로 이길 수 있어?"

"해보면 알겠죠. 신기하게 무섭지는 않네요."

내키지는 않았지만 이것도 일이었다.

"아저씨라면 괜찮겠지만…… 일반인이나 우리는 저거랑 못 싸워. 생긴 것부터 무섭고 싸우면 아마 죽어."

"그래?"

"그런데 아저씨…… 나, 조금 신경 쓰이는 점이 있어."

"신경 쓰이는 점?"

"응. 우리랑 이 세상 사람들의 스테이터스는 다르다는 기분이

들어."

"흠…… 재미있는 생각이네요. 이따가 자세히 들려주세요. 지금은 저걸 처리하는 데 집중할게요."

아저씨는 이리스의 이야기를 잠시 미뤄두고 거대한 해골을 쳐다봤다.

==

【스켈레톤 카이저】 Lv520

HP: 15463/15463

MP: 8521/8521

==

감정 결과가 나왔다. 【소드 앤 소서리스】에 나온 것과는 다른 마물 같았다.

어쩌면 다른 큰 차이가 있을지도 모르지만, 지금 그것을 조사할 방법은 없었다.

"저거, 용사들보다 강하네요. 저런 게 안에 우글대겠죠."

"격이 500을 넘는다는 소리야?! 우리한테는 승산이 전혀 없어!"

"그러게. 솔직히 정면에서 싸우기 싫어."

"저는 쉽게 잡습니다. 다만, 안에 얼마나 있을지 몰라서 문제죠. 차라리 정화를 난사하고 다닐까?"

예상 이상으로 고레벨 몬스터였다.

제로스라면 한 방에 처리되지만, 인부들이나 일반 용병들에게는 위협적이었다. 이리스도 마음만 먹으면 이길 수 있을지도 모르지만, 괜히 여기서 목숨을 걸 필요는 없었다.

"빛 마법이 약점이라면 상대해 볼 수도 있겠지만…… 마도사가 여러 명 필요하겠어. 만약 우르르 쏟아져 나오면 여기 있는 용병들로는 절대로 못 이길 거야. 그냥 추측이지만, 전에 안으로 들어간 용병들은 아마 모두……."

"사망 확정이겠죠. 생존자가 있으면 다행이겠지만, 너무 낙관적인 기대죠. 언데드는 산 자에게 이끌리는 성질이 있으니까……. 그래도 욕심에 눈먼 자들의 자업자득이에요."

언데드가 생물을 덮치는 가장 큰 이유는 자기 존재를 유지하기 위함이었다. 자정 작용으로 살아생전의 기억과 감정이 차츰 사라지기 때문에 자신이 소멸한다는 공포를 느낀다.

소멸을 막으려면 다른 마력체와 융합하거나 새롭게 동질의 마력체를 만들어 흡수하는 방법밖에 없었다. 하지만 그런 자기 보존도 반드시 성공하는 것만은 아니었다.

새로 마력체를 흡수하면 거기에 있던 감정이 활성화되며, 기억이 통합되면서 또 다른 소멸의 공포가 따라붙는다. 그리고 점점 손을 댈 수 없는 존재로 성장해 간다.

통합된 의식은 당연히 뒤틀리며 살아 있는 모든 것에 격렬한 증오를 느낀다.

"그럼 다녀올게요."

"안녕히 다녀오세요~."

제로스는 가벼운 발걸음으로【스켈레톤 카이저】에게 걸어갔다.

마치 산책이라도 가는 듯한 걸음걸이였다.

"이, 이봐…… 정말로 괜찮아? 저 괴물은【빅 스파이더】와는 달라."

"그러게 말이야. 저런 괴물을 혼자 상대하겠다니……."

"보면 알아. 【섬멸자】는 누구한테도 안 져!"

이리스는 제로스의 승리를 믿어 의심치 않았다.

그러나 쟈네와 레나는 제로스가 강하다는 사실은 알아도 실제로 그 실력이 어느 정도인지 정확히 알지 못했다.

이리스가 아무리 호언장담해도 말만으로는 와닿지 않았다.

그러는 사이 【스켈레톤 카이저】가 제로스를 표적으로 인식했다.

거대한 팔을 들어 올려 제로스를 내려찍었다.

—쿠구우우우우우웅!

그 팔을 피한 제로스가 【스켈레톤 카이저】의 머리로 뛰어올랐다.

"【빙결화(氷結華)】."

주문 없이 마법이 발동했다.

스켈레톤 카이저는 순식간에 희게 얼어붙어 뜻대로 움직이지 못했다.

제로스는 거기에 추가타를 가했다.

"추멸(追滅)의 쉘 불리이이이이이이이이이이이잇[#8]!"

한 번쯤 말해 보고 싶었던 대사를 외치며 스켈레톤 카이저의 머리에 주먹을 때려 박았다. 동시에 지연 술식이 해방되며 저장된 마법이 그 위력을 떨쳤다.

조금 전 준비했던 마법이었다.

—콰과과과과과과과과과과과과가과과과아아아아앙!

#8 쉘 불릿 애니메이션 『스크라이드』의 주인공이 사용하는 능력. 만화판에서는 「ㅇㅇ의 쉘 불릿」이라는 기술 이름으로도 사용된다.

강력한 마력이 일으키는 진동파로 스켈레톤 카이저가 가루로 변해 갔다.

아무리 강인해도 분자 단위로 붕괴시키는 진동파에 견뎌낼 재간은 없었다. 마치 흰 눈처럼 가루가 날리며 땅속 유적에 환상적인 광경을 연출했다.

또한 마력 파동으로 사령은 소멸시킬 수 있었다.

"우와, 고유 진동으로 공격하는 마법, 【웨이브 퍼니셔】……. 위력이 정말 상상 이상이야."

"이건 꿈인가……? 용사와 동급이거나 그 이상인 마물을……. 저 아저씨, 대체 얼마나 강한 거야……."

"누가 괴물인지 모르겠어. 너무 압도적이야. ……하지만 예쁘네."

"다른 마물이 더 나오지 않을까? 당신네는 싸울 준비 안 해도 돼?"

긴장감 없는 감상을 늘어놓는 여성 파티를 보고 나구리가 조용히 중얼거렸다.

용병은 호위를 위해 이곳에 왔고 이 경우 용병들이 총력을 다해 인부와 지하 도시 주민을 지켜야 하지만— 그들에게 할 수 있는 일이라고는 조금 잔뼈 굵은 스켈레톤을 상대하는 정도였다.

문으로 들어가자 그곳은 암흑천지였다.

미세한 빛조차 들지 않는 어둠이 펼쳐져 주변 상황을 전혀 알 수 없었다.

아저씨는 속으로 이게 무슨 고행[#9]이냐며 투덜댔다.

"【라이트】."

초보 마법을 사용해서 불빛을 만들자 그곳은 무수한 스켈레톤이 득실대는 죽은 자의 도시였다.

B급 공포 영화보다 현실감이 있었다. 그중에는 최근 죽은 것으로 보이는 자들이 좀비처럼 섞여 있었다.

보물을 찾아 침입했다가 용병들의 말로일 것이다.

"으으, 바이오 ㅇ저드…… 아니, 영화 미ㅇ라인가?"

언데드들은 생자의 기운을 느끼고 동시에 돌아봤다.

그리고 제로스를 발견하기 무섭게 일제히 달려들었다.

"【샤이닝 노바】."

【샤이닝 노바】. 빛 속성 최강 공격 마법이며 주위 언데드를 깡그리 정화해 불태운다. 주변에는 이미 적뿐이었다. 그렇다면 이것저것 따질 것 없이 쓸어버려도 상관없었다.

애초에 이곳은 말 그대로 고스트 타운이었다. 스켈레톤 따위의 마물로 변하는 사령까지 소멸시키면 뒷일이 편하겠다는 판단이었다.

강력한 빛이 도시 한 구역을 덮어 그곳에 있던 언데드들을 순식간에 정화했다.

빛에 타들어 재로 변하고, 사령은 모두 방대한 마력 파동에 흩어져 사라졌다.

'흠…… 우선 도시 안에 있는 언데드를 청소하고 【조광 결정】 관리실까지 갈까? 뭘 하려고 해도 빛이 들지 않으면 귀찮아.'

#9 고행 천일회봉행(千日回峰行). 천 일에 걸쳐 밤중에 히에이 산을 오르는 고행.

방벽 자기 수복 능력이 가동한다면 이 유적은 아직 살아 있다는 뜻이었다.

게다가 【조광 결정】은 유적 마력으로 작동하므로 이곳 어딘가에 관리실이 존재할 것이었다. 【소드 앤 소서리스】와 구조가 같다면 헤매지 않고 찾아갈 수 있으리라고 아저씨는 판단했다.

문제는 지금은 조그만 조명 마법 하나로 주변을 밝힐 수밖에 없어서 거기까지 가는 동안 불편을 감수해야 한다는 것이었다.

제로스는 유적에 빛을 되찾고자 행동을 개시했다.

막아서는 언데드를 모조리 섬멸하면서…….

제6화 아저씨, 에어 라이더를 탐내다

제로스가 도시 유적에 침입하고 두 시간 뒤, 이리스와 용병들은 의미 없이 시간만 보내고 있었다.

가끔 안쪽에서 들리는 부서지는 소리가 제로스의 생존을 알려줬다. 용병들은 답답한 마음으로 그 소리를 듣고 있었다.

유적 안에는 수많은 마도구와 귀중품이 잠들어 있었다. 이것을 손에 넣으면 일확천금도 꿈이 아니었다.

그러나 안에는 자신들이 감당할 수 없는 마물이 많아서 손가락만 빨다가 이 기회를 놓쳤다.

게다가 이곳은 국가사업이 추진되는 현장이었다. 이곳에서 새로운 유적이 발견됐다면 국가의 명령이 있을 때까지는 출입이 금지된다.

그것이 곧 국가의 재산이기 때문이며, 하물며 살아 있는 구시대의 유적이라면 그 가치는 감히 헤아리기 어려웠다.

사실 그런 규칙이 있건 없건 언데드가 무수히 활보하는 탓에 어지간히 실력에 자신이 있는 것이 아닌 한 들어가는 것은 자살 행위였다.

또한 이미 이 유적의 존재는 델사시스 공작에게 전해졌다. 【하이스피드 조나단】의 활약 덕분이었다. 놀랍게도 어제 이미 보고를 끝내고 오늘 문 발굴 작업 도중 공문을 들고 돌아왔다.

그 탓에 공작 가문에서 엄령이 떨어져 용병들은 유적 내부로 침입할 수도 없었다.

엄령이 내려온 큰 이유는 언데드와 저주받은 도구 때문이었다.

언데드는 마력에 많은 원한이 집중된 경우도 있으며 그런 마물이 존재하는 유적에서 저주받은 물건이 많이 발견됐다.

자질구레한 상태 이상이라면 딱히 문제가 없지만, 간혹 생명에 지장을 주는 위험한 것도 존재했다.

최악의 경우 그 장비에 정신을 지배당하는 자도 적지 않으며 그렇게 되면 죽일 수밖에 없었다.

그런 희생자를 내지 않기 위해서라도 구시대 유적은 인부들에 의해 일시적으로 봉쇄됐다.

현재 기사단과 솔리스테어 파 마도사들이 이곳으로 오기 위해 준비 중이었으며, 예외로 제로스에게는 조사원으로서 내부 침입 허가가 내려왔다.

사실 사후 승낙이었지만, 희생자가 나오는 것보다는 나았다.

하지만 그것을 고분고분 따를 만큼 용병들은 말귀를 잘 알아듣는 자들이 아니었다.

아니, 이 경우 양식 없는 자들이라고 말해야 옳을까?

"왜 그 마도사만 안에 들어갔어! 보물을 독점하면 어떻게 하려고!"

"그래, 우리도 스켈레톤 정도라면 해치울 수 있어! 우리도 들여보내!"

"강한 마물이 그렇게 자주 튀어나올 리가 없지! 수작 부리지 말고 우리도 보내줘!"

이 모양이었다.

몸집 작은 개가 더 시끄럽게 짖는다는데 그들이 딱 그 꼴이었다. 그들은 기본적으로 랭크가 낮고 매일 그날 생활할 돈밖에 벌지 않는 게으른 성격이었다. 그런 주제에 유능한 신인은 눈엣가시로 여기는 하류 인생들이었다.

생각이 있는 용병들은 멀리서 구경만 할 뿐이었다.

그런 자들을 노려보는 것이 햄버 토목 공사를 포함한 건설 회사 사람들이었다.

그들은 위험한 현장에 자주 다니며 웬만한 용병보다 훨씬 실력이 뛰어났다. 게다가 마물과 도적을 상대할 일도 많은, 말 그대로 공사 전사였다.

"여기는 국가사업 현장이야. 저 유적은 조사가 안 돼서 아무도 내부 상태를 알 수 없어. 게다가 언데드가 생기는 것을 보면 독기로 오염됐을 가능성이 커."

"그게 뭐 어쨌다고?"

"줍기만 해도 저주받는 물건이 굴러다닌다는 말이야. 너희가 저주받든 말든 상관할 바 아니지만, 그런 걸 바깥으로 내보낼 수는 없다고!"

"그딴 건 너희 사정이지! 나한테는 돈이 중요해. 나라 놈들이 오면 전부 몰수당하잖아!"

욕심에 눈먼 자들은 남의 말을 듣지 않았다.

그것은 다른 용병들도 마찬가지라서 인부들과 일촉즉발의 상황으로 대치했다.

"한판 붙어 볼까, 약해 빠진 용병 자식들! 엉?"

"덤벼! 그 수염을 깨끗하게 밀어주지. 거지 같은 드워프!"

—빠각!

용병과 나구리의 주먹이 스쳐 서로의 안면에 꽂혔다.

하지만 날아간 것은 용병뿐이었다. 나구리는 얼굴에 생채기도 나지 않았다.

날아간 용병은 바닥을 튀며 굴러가서 암벽에 격돌하고야 멈췄다. 완전히 흰자위를 들어내고 기절했다.

"쯧, 입만 산 자식. 이딴 실력으로 잘도 용병을 해 먹는군. 동네 불량배 수준이잖아?"

"조도?! 넌 오늘 죽었어, 할배!"

"너희 같은 모자란 손자 둔 기억 없어! 불만이 있으면 격이 500이나 되는 괴물을 혼자 쓰러뜨려 봐! 저기 들어간 마도사는 단신으로 그렇게 했으니까!"

"그런 괴물이 세상에 넘쳐나는 줄 알아?! 저리 꺼져!"

"어딜 들어가려고! 야, 이 멍청이들을 막아!"

""""우오오오오오오오오오오오오오오오오오오오오오오오오오!"""""

""""돈벌이를 방해하지 마아아아아아아아아아아아아아아!"""""

그렇게 난투극이 시작됐다.

탐욕스러운 바보와 일밖에 모르는 옹고집들이 뒤섞여 서로에게 주먹질을 해댔다.

암묵적인 규칙으로 이런 패싸움에 무기 소지는 금지였다. 남자들은 모두 맨주먹으로 결판을 내려고 했다.

만약 여기에서 무기를 들면 용병으로서, 인부로서 신용을 잃는다.

물러날 수 없는 남자의 대화는 주먹으로 결정된다.

성격이 썩어 빠졌든 옹고집이든 그들 마음속에는 포기할 수 없는 자존심이 있었다.

"남자는 바보구나……. 아무리 나이를 먹어도 애야."

"레나…… 그렇게 생각하면 말려 봐. 시니컬하게 얼굴 괴고 한숨 쉬지 말고."

"싫어. 내 취향인 애가 있으면 몰라도, 저기에는 땀내 나는 남자들뿐인걸."

"레나 씨…… 은근히 너무해. 그럼 우리는 어떻게 하지?"

그녀들의 일은 인부 호위며 땅속에 둥지 튼 마물 토벌이었다. 유적 내부 탐색은 의뢰에 포함되지 않았고 애초에 탐색 허가 자체가 떨어지지 않았다.

그렇다면 해야 할 일은 명확했다.

"계속 여기를 지켜야겠지. 선불리 행동했다가 범죄자가 되면 시간만 날려. 귀여운 BOY와 사랑을 나눌 수 없다구."

"끝까지 취미 우선이냐……. 관점에 따라서는 엄청나게 믿음이 가는 용병이야. 나는 이해할 수 없는 영역이지만."

"미소년은 좋은 거야. 때 묻지 않은 순수함이 있고 귀여워. 어른이 되면 끝없이 더러워지고 세상 풍파에 닳아 빠져."

"레나 씨…… 그거 평범한 범죄거든요?"

레나는 한결같았다. 무슨 일이 있어도 흔들리지 않는 쇼타콤이었다.

유적을 탐색하러 가지 않는 것도 범죄자로 붙잡혀 시간을 낭비할 바에야 그 시간에 소년들과 재미를 보겠다는 생각 때문이었다.

그녀는 비뚤어진 사랑으로 살아가는 여자였다.

좌우지간 패싸움을 벌이는 남자들 속에는 교활한 인간도 적잖게 있었다. 버려서는 안 될 자존심조차 없는 양아치였다.

한 남자가 난투에서 빠져나와 혼자 보물을 차지하려고 유적 성문으로 몰래 이동하고 있었다.

"헹, 멍청이들은 실컷 싸우라지. 보물은 내 차지야…… 헤헤헤."

설령 성격이 썩어 빠졌어도 1 대 1로 싸우는 사람은 최소한의 신용은 있었다.

하지만 거기에도 끼지 못하는 아주 조금 영악할 악당은 남을 이용하거나 속일 생각만 하며 강자 옆에서 호시탐탐 주머니를 불릴 기회를 노린다. 이 남자도 그런 인간 중 하나였다.

그런 그 앞에 비척비척 걸어오는 용병이 보였다.

모두 네 명이었다. 그리고 남자는 그 용병들을 알고 있었다.

"모코스?! 게다가 포르치노프…… 살아 있었어?!"

그것은 남자의 동료였던 용병이었다.

전에 술을 마시고 숙취에 시달리는 동안 그의 동료는 먼저 보물을 챙기려고 유적 안으로 들어갔다.

그리고 돌아오지 않았다.

"이, 이봐…… 괜찮아?"

"아…… 아으……."

굉장히 겁에 질렸는지 동료는 제대로 말을 하지 못했다.

그 반응에 남자는 유적으로 들어가도 될지 망설임이 생겼다.

모코스라는 용병은 언제나 겁이 없는 대담한 남자였다. 나쁘게 말하면 생각 없고 난폭한 인간이지만, 싸움이 벌어지면 이렇게 믿음직할 수 없었다.

그런 모코스가 초췌하고 생기 없는 얼굴로 걸어왔다.

사령은 생자에게 마력을 강제로 빼앗으니까 어쩌면 그 영향이 아닐까, 하고 생각했다.

사정이 뭐든 간에 약해진 동료를 무시하면 그는 많은 용병에게 신뢰를 잃는다.

딱히 진심으로 신뢰하는 동료는 아니었지만, 세간의 눈도 고려해 어쩔 수 없이 그는 모코스에게 다가갔다. 교활한 성격 탓에 남의 눈치를 살피는 것이었다.

"어이, 모코스! 대체 왜 그—?!"

남자가 다가간 순간, 갑자기 모코스가 그에게 달려들어 목을 물었다.

그리고 힘 조절도 하지 않고 살을 물어뜯었다.

"으아아아아아아아아아아아아아아아아악!"

절규와 대량의 피가 터져 나오고, 그 절규가 난투를 중단시켰다.

모두 동시에 돌아보고는 피를 흘리며 쓰러지는 남자에게 달려든 용병을 목격했다.

"아, 아니…… 저것들, 뭘…… 하는 거야?"

"뜯어먹어……? 인간을……."

"서, 설마…… 저건……."

"식인귀【구울】……. 하지만 저것들은 얼마 전까지 평범한 인간이었는데……."

"잠깐, 안쪽을 봐!"

문 안쪽에 펼쳐진 어둠 속에서 스켈레톤이 우글우글 나타났다.

그 사이에는 눈에 익은 자들까지 섞여 있었다.

"설마, 이렇게 빨리 구울이 됐다고? 말도 안 돼……."

"게다가 저 스켈레톤 수……. 그 마도사는 뭐 하는 거야!"

"아무리 강해도 한 명이야! 안이 넓으니까 어떻게 혼자서 전부 커버하겠어!"

언데드의 수가 점차 늘어났다.

이대로 가면 이곳이 스켈레톤과 구울로 뒤덮이는 것도 시간문제였다.

"젠장! 전원, 방벽 쌓아!"

"""""좋지! 【가이아 컨트롤】, 【록 포밍】!"""""

제일 먼저 움직인 것은 햄버 토목 공사였다.

그들은 신속하게 반응해 방벽을 쌓았다. 돌발 사태에 굉장히 익숙한 눈치였다.

"방벽을 넘어오는 녀석들을 집중적으로 노려!"

"""""오오오오오오오오오오오오오오오오오오오오오오오오오오!"""""

오랜 시간 격리됐던 구울과 스켈레톤은 사고 능력이 거의 없었다.

그저 생자를 덮쳐 생기를 흡수하는 기계나 다를 바 없었다. 그렇기에 동작은 단조로우나, 수가 많아도 너무 많았다.

"우리도 가자. 이리스는 마법으로 수를 줄여줘!"

"알았어!"

"난 가능한 한 스켈레톤을 줄여 볼게. 용병도 많으니까 아군을 공격하지 않게 조심해."

스켈레톤과 구울은 방벽을 넘으려고 했지만, 쉽게 넘지는 못했다.

그리고 동작이 느려서 각개 격파가 용이했다.

그중에 특히 눈부신 활약을 보이는 집단이 햄버 토목 공사였다.

"시체 자식들, 넘을 수 있으면 넘어와! 머리 내미는 놈부터 박살 내주마!"

"일을 못 해서 스트레스가 쌓였는데 마침 잘 만났다! 다 때려 부숴 버려!"

"이것들 건설업자 맞아? 왜 이렇게 강해……."

"몰라. 우리는 무서운 녀석들에게 싸움을 걸었었군……."

드워프가 휘두르는 도끼와 망치는 스켈레톤을 쉽사리 깨부쉈다.

스켈레톤의 레벨은 이곳에 있는 용병들보다 상당히 높았다. 그런 스켈레톤을 한 방에 처리하니 용병들도 놀라지 않을 수 없었다.

그게 가능한 큰 이유는 항상 사용하는 토목 작업 마법에 있었다.

드워프는 마력이 많은 반면 기본적으로 육체파 전사였다. 그런 그들이 평소 토목 작업으로 마력 조작 능력과 보유 마력량이 늘어나면서 자연스레 마력을 자유자재로 다루게 됐다.

스켈레톤은 사령이 실체화한 【임프】나 【데몬】과 달리 마력체로서 굉장히 약한 존재였다. 마력이 담긴 무기로 직접 공격하면 빙의체인 뼈를 통해 마력이 전파되어 본체인 영체에게 직접 피해를 가했다.

그 피해로 힘이 분산된 영체는 자기 존재를 유지하지 못하고 소멸하는 것이었다.

그런 원리를 빼고 보더라도 몰려드는 스켈레톤에게 위풍당당하게 맞서며 적을 닥치는 대로 휩쓰는 모습은 가히 압권이었다.

용병들은 말이 나오지 않았다. 전투가 본업인 그들의 체면이 말이 아니었다.

"너희도 멍청하게 구경만 하지 마! 어리바리한 것들은 기초 콘크리트에 묻어 버린다!"

"""""썰, 예썰!"""""

나구리가 용병들을 장악했다.

용병— 원래 전투의 프로일 텐데 공사장 일꾼들이 훨씬 강했다.

이렇게 되면 인부들을 지휘하는 나구리가 자연스럽게 용병의 지휘도 맡게 된다.

용병 중에 믿음직한 인물이 없으니까 어쩔 수 없었다.

"칫, 또 단체 손님이 납셨군."

"무슨 상관이야? 전부 때려 부수면 돼!"

거대한 망치가 스켈레톤을 휩쓸고, 곡괭이를 부메랑처럼 던지고, 삽으로 양단하고, 크레인을 매다는 사슬로 공방 일체의 공격을 펼쳤다.

정말로 건설업자인지 의심스러울 정도로 그들은 전투에 능숙했다.

공사 전사들은 건축 기술과 전투 기술을 능란히 나눠 쓰는 프로페셔널이었다.

"마법 공격, 간다아아아~!【에어 버스트】!"

지하에서 화염 마법을 쓸 수도 없어서 이리스는 바람 마법으로 스켈레톤과 구울을 날렸다. 한곳에 몰려 있던 스켈레톤을 일망타진하고 구울은 전신 골절로 움직이지 못했다.

원래부터 시체라서 봐줄 필요는 없었다.

"우랴!"

쟈네는 대검으로 구울을 두 동강 내고, 그 기세를 떨어뜨리지 않은 채 다가온 스켈레톤을 파괴했다. 그리고 검에 담긴 마법을 작동해 후방에 있던 스켈레톤을 불태웠다.

전에 제로스가 만든 검이며 마력을 불어넣으면 검에 불이 붙고, 그것을【파이어 볼】로 날릴 수도 있었다. 일반적으로 마검이라고 불리는 무기였다.

"쟈네, 방화는 적당히 해. 이런 곳에서 불이 번지면 큰일 나."

"방화 아니야!"

레나는 스켈레톤의 검을 방패로 받아넘기고 시미터로 머리를 깼다.

항상 포위당하지 않게 계속 움직이면서 틈을 찔러 마력을 담아 베었다.

아마 세 사람 중 가장 기교파일 것이다. 이상한 취미만 없었으면 좋은 용병이었겠지만, 역시 그 점은 옥의 티였다.

"스켈레톤은 해치운 느낌이 안 들어. 뼈뿐이라서 손맛이 약해."

"오래된 뼈가 삭아서 망정이지 아직 단단한 뼈였다면 힘들었을 거야……. 구울은 지금도 귀찮지만."

"귀찮아졌어……. 한꺼번에 정화할래!【퓨리피케이션 포스】!"

언데드 용 범위 정화 마법이 광범위하게 퍼지며 스켈레톤과 구울이 소멸했다.

그래도 아직 적은 많았고 문에서도 끊임없이 나오고 있었다. 발이 느린 것이 그나마 다행이었다.

"【포스 블래스트】 7연발!"

순수한 고밀도 마력탄이 무리 지은 스켈레톤을 무더기로 분쇄하며 뻗어 나갔다.

마법이 훑고 지나간 자리에는 무참하게 파괴된 스켈레톤 잔해만이 굴러다녔다.

"굉장해……. 나도 마법이나 배울까?"

"솔리스테어 상회에서 사게? 그거 의외로 비싸."

"하지만 저 위력은 매력적이야. 전투의 폭도 넓어지고."

용병들이 마법을 사려면 용병 길드에서 심사받고 허가 증명서를 얻어야 했다.

이것은 용병 중에 행실이 악한 자가 많고 도적으로 전락해 범죄에 사용되는 전례가 있었기 때문이었다. 이스톨 마법 학교 학생은 입학 시 이름이 등록되기 때문에 비교적 자유롭게 구입할 수 있지만, 성적이나 로브 색에 따라서 살 수 있는 마법 종류가 제한됐다.

특히 최근 용병의 마법 스크롤 구입은 관련 법률이 엄격해져 불만을 품는 사람도 많았다.

그것은 종래의 마법보다 다루기 쉬운 새 마법이 공표되어 범죄 발생률이 높아지리라는 예상 때문이었지만, 용병들은 그런 정치적인 이야기에는 관심이 없었다.

그래서 한탕 벌기 위해서 보고도 하지 않고 미탐사 유적에 침입하는 무모한 짓을 벌인다.

그 결과가 구울이 된 처량한 최후였다.

"구울이 성가셔. 스켈레톤보다 빠른 데다가 강해……."

"에휴, 저 녀석들은 죽어도 하필 저렇게 죽냐……. 멍청하게."

구울도 기본은 스켈레톤과 마찬가지로 사령이 시체에 빙의한 마물이었다.

빙의한 사령의 수가 많을수록 힘이 강해지며 조종당하는 시체의 강화 한계치도 높아진다.

원래 시체라서 육체 한계를 고려할 필요도 없으며 생전 인물의 기억을 이용하므로 전사라면 제법 능숙하게 싸울 수 있었다. 게다가 시체가 신선한 만큼 신체 능력은 높았다.

종합하면 시체가 신선하고 사령이 군체(레기온)로 빙의하면 구울은 굉장히 강해졌다.

그 구울이 이리스를 향해 맹렬하게 돌진해 왔다.

"이리스?!"

"앗, 위험해!"

이리스가 무서운 기세로 달려오는 구울을 발견했을 때는 이미 코앞까지 온 상황이었다.

검을 쳐들고 성가신 적을 없애려는 구울. 그 구울을 보고 이리스는【룬 우드 지팡이】를 빙글 돌려 아래에서 퍼 올리듯 구울의 턱을 부쉈다.

"체리오오오오오오오[#10]!"

의미를 알 수 없는 기합과 함께 이리스는 연속 찌르기를 퍼붓고 마지막으로 장타(掌打)로 구울을 날렸다.

그런 이리스의 뒤에서 새로 다른 구울이 검을 들고 달려들었다.

이리스가 살짝 몸을 틀자 검은 그대로 땅을 때리고 말았다. 그 틈을 놓치지 않고 이리스는 지팡이를 짚고 구울의 머리에 돌려 차기를 먹였다.

"그어, 아으아……."

"보여…… 나에게도 구울의 움직임이 보여! 고마워, 메이케이 사범님……."

이리스가 한순간 허공을 올려다보자 『꼬꼬, 꼬끼꼬꼬.(움직임은 보는 게 아니야. 온몸으로 느끼는 거야.)』라며 상쾌하게(?) 웃는 순백색 꼬꼬의 허상이 떠올라 있었다.

그녀는 싸움터에서 절대로 방심하지 말라고도 가르쳤다.

이리스는 쓰러진 구울에게 즉시 마법 공격을 날렸다.

"【샤이닝 게이저】!"

소녀의 작은 손으로 주먹을 쥐어 땅을 찰싹 때리자 바닥에서 흰 빛줄기가 간헐천처럼 치솟아 구울을 집어삼켰다. 구울이 높이높이

#10 체리오 라이트 노벨 『칼 이야기』의 등장인물 토가메가 외치는 독특한 기합.

날아올랐다.

그 구울에 씐 사령은 정화되어 단순한 시체로 돌아갔다.

마법사가 되고 싶었던 이리스는 이세계에서 훌륭한 【물리 마도사】로 전향했다.

이것은 꼬꼬들이 지도한 훈련의 결실이었지만, 마도사라는 관점에서 보면 뭔가 잘못된 느낌이 들었다.

이리스는 대체 어디로 가려는 것일까.

"이리스…… 날아다니는군."

"꼬꼬들도 기뻐하지 않을까?"

"그렇지만…… 저건 이미 마도사의 싸움 방식이 아니지 않나?"

"……그러게. 쟈네도 꼬꼬에게 훈련받아 볼래?"

"……싫어."

이리스는 동료들에게 묘한 시선을 받는 줄도 모르고 팔에 화염마법을 두르고 스켈레톤을 불태웠다.

검게 탄 스켈레톤에게 『불탔지?[#11]』라고 말하는 것도 잊지 않았다.

아무튼 언데드의 습격은 인부와 용병들에게 미연에 방지됐다.

기사단이 이 땅에 도착한 것은 그로부터 나흘 후였다.

"【라이트닝 레인】."

제로스는 우글대는 언데드를 무수한 번개로 쓸어버리며 어둠 속

#11 **불탔지?** 게임 『The King of Fighters』 시리즈의 주인공, 쿠사나기 쿄의 승리 대사.

을 유유히 걸었다.

마법의 순간적인 불빛만이 그의 앞길을 비추었고, 어둠에서는 스켈레톤이나 고스트 같은 잔챙이부터 스켈레톤 카이저 같은 거물까지도 튀어나오지만 나오는 족족 섬멸당했다.

특히 스켈레톤 카이저는 한 번에 처리하지 않으면 분리해서 군단이 될 수 있었다. 【샤이닝 노바】로 소탕하는 것도 마력 소비가 심해서 자신을 미끼로 한곳에 유인해서 몰아 잡을 수밖에 없었다.

다행히 언데드는 마력이 그대로 노출되는 마물이므로 【마력 감지】 스킬이 있으면 위치를 알 수 있었다.

건물 내에 매복한 사령까지 소멸시키고 다녔지만, 혼자서 모두 처리하기에는 도시가 너무 넓었다.

'사령이나 고스트는 마력체니까 감지하기 편하지만, 놓치는 녀석이 생기는구만. 뭐, 별로 강하지도 않으니까 밖에 있는 사람들이 알아서 하겠지. 무시하고 난 영사관에나 갈까?'

대충 청소가 끝났다고 판단했는지, 제로스는 다음 행동으로 넘어가기로 했다.

'내가 아는 이더 란테와 구조가 같다면 【조광 결정】을 제어할 수 있는 관리실은 영사관 아래에 있어. 하지만 왜 【악마(데몬)】가 없지? 이렇게 독기와 악령으로 가득하면 【악마】가 태어날 법도 한데…….'

제로스는 이상하게 생각했다.

전에 요정 부락에서 설명한 대로 【악마】는 독기에 오염된 마력 웅덩이에서 태어난다.

이 도시는 거대한 마력 웅덩이나 다름없었고 2400년 이상 사람의 손을 타지 않았다. 그렇다면【악마】가 없는 쪽이 이상했다. 보통은【레더 데몬】이 수도 없이 활개치고 있어야 할 마력 농도인데【악마】가 단 한 마디로 보이지 않았다.

"뭐, 가다 보면 알겠지. 그나저나 시체 썩은 내가 지독하네."

2400년 이상 방치된 도시건만, 도처에 시체 특유의 악취가 아직 남아 있었다. 공기가 정체된 곳에 오랜 시간 방치된 탓이리라.

제로스도 이 독특한 악취에는 넌더리가 나서 얼굴을 찌푸렸다.

'응? 아, 저건…… 설마?!'

바로 목적을 이루려던 제로스는 얼마 가지 않아서 어떤 물건을 발견했다.

그것은 비유하자면 바퀴 없는 바이크. 지하 세계에 어울리지 않는 물건이 아무렇게나 나뒹굴고 있었다. 아저씨는 자기도 모르게 달려갔다.

"서, 설마【에어 라이더】?! 왜 지하 도시에 이런 게……."

【에어 라이더】. 말 그대로 하늘을 오가는 바이크였다.

중력 제어 마법으로 부유 능력을 갖추고 공기를 제트 엔진처럼 분사해 전진한다.

속도 조절은 에어 제트와 전방부에 장착된 에어 노즐로 이루어진다. 참으로 로망 넘치는 아름다운 마도구였다.

고대 마법 문명의 수준이 얼마나 높았는지 보여주는 상징과 만난 아저씨는 무심코 군침을 삼켰다.

【소드 앤 소서리스】에서는 현존하는 수가 적고 유적에서 잔해로 발견되는 경우가 많았다.

가끔 NPC가 레이드에서 타고 다니던 희귀한 탈것이며 누구나 가지고 싶어 하던 편리한 아이템이 눈앞에 떨어져 있었다.

"이…… 이거 내가 가져도 되나?"

먼지가 쌓이고 금속 부분이 녹슬었지만, 상태는 양호했다.

여기서 얻지 않으면 평생 구할 수 없을 것이다.

국가 기사단이 오면 이곳에 있는 마도구는 모두 몰수당한다. 지금이 최대의 기회고 아저씨라면 아무도 모르게 빼돌릴 수 있었다.

아저씨에게는 바로 인벤토리라는 사기 수납공간이 있으니까.

하지만 국가사업 현장에서 절도는 중죄였다. 그것이 고대 유물이라면 더 말할 것도 없었다.

'어쩌지……. 어떻게 해야 하지…….'

아저씨는 오른쪽을 봤다.

아무도 없다.

왼쪽도 봤지만, 아무도 없다.

씩 웃은 아저씨는【에어 라이더】를 인벤토리 안에 넣었다.

이날 아저씨는 횡령을 저질렀다.

솔리스테어 마법 왕국에서는 고대 유물 횡령은 중죄였다.

그래도 흘러넘치는 감정을 주체할 수 없었다.

그리고 아무 일도 없었던 것처럼 제로스는 그 자리를 떴다. 기분 좋게 폴짝폴짝 뛰면서…….

전생자의 능력은 정말로 비겁했다.

제7화 아저씨, 악마를 패다

제로스는 달려드는 스켈레톤과 사령을 처리하며 도시 중앙에 도착했다.

옛날에는 아름다운 경관이었겠지만, 지금은 과거의 영광은 흔적도 없이 사라졌다. 가로수는 말라비틀어져 쓰러졌고 건물 잔해가 어지럽게 흩어져 있었다.

어둠 속에서 보이는 광경을 무시하고 걷던 제로스는 영사관으로 보이는 건물 앞에 도착했다.

그 건물의 구조는 어느 건축물과도 달랐다. 굳이 비유하자면 SF 영화에 나와도 이상하지 않은 디자인이었다. 아무리 봐도 현재 이 세계의 분위기와는 어울리지 않았다.

아마도 실용성을 우선했는지, 내부로 들어가자 바로 넓은 로비가 나왔다.

"여긴…… 접수처 같군. 판타지 느낌이 영 안 나지만."

구조 자체는 제로스에게 익숙했지만, 지금은 사람이 없는 폐허였다.

이 영사관 안에도 과거 많은 공무원이 일했을 것이다.

실제로 이 로비에는 백골 시체가 굴러다녔다. 그중에는 나이프나 식칼이 꽂힌 두개골도 있었다.

아마 폭동이 일어나서 공격받지 않았을까? 제로스는 【소드 앤 소서리스】의 한 이벤트를 떠올렸다.

그 이벤트는 이더 란테 도시 기능이 정지해 폭동이 심각해지기 전에 천장【조광 결정】을 가동해야 한다는 내용으로, 시간 경과에 따라 상황이 악화되어 최악의 경우 유저는 폭도와 전투를 벌이며 강제 게임 오버가 된다.

【조광 결정】을 가동하려면 이더 란테 최심부 지하 동력 시설을 움직여야 했다. 그러려면 특수한 가공이 된 마석【마정석(魔晶石)】을 관리실에 설치된 받침대의 패널에 꽂아야 했다.

'보아하니 이 영사관은 그 세계보다 덜 발전한 모양이야. 건물도 좁고. 문명이 발달했으면 지금쯤 상당히 고도의 기술이 흘러넘쳤을 텐데 말이야. 이거 참, 영고성쇠란 무서워. 그나저나…… 그 중앙의 지상 엘리베이터도 그렇고, 도시 경관……은 조금 다르지만, 원을 그리는 도시 구조가 이더 란테랑 닮았어. 아니, 어쩌면 이게 오리지널인가?'

구시대의 도시 구조를 보고 제로스는 희미한 기억 속에서 자신이 아는 이더 란테와의 유사점을 끄집어냈다.

이건 의심할 여지가 없다고 태평하게 생각하면서도 제로스는 지하 관리실로 향했다.

건물 구조는【소드 앤 소서리스】와 달랐으나, 지하 관리실은 기억대로였다.

바닥과 천장, 벽 일면에 기하학적 문양이 빼곡하게 새겨졌고 강화 마법으로 강도를 높여 놓았다.

아무래도 이 도시는 도시 안에 있는 스무 개의 거대한 기둥으로 천장 암반을 받치며 강화 마법을 끊임없이 걸어서 낙반을 방지하는 듯했다.

“이더 란테는 거의 갈 일이 없었지. 그 시점에서 초보자 마을에는 볼일이 없었으니까.”

상위 유저라서 거점은 다른 곳이었고 초보자가 모이는 지하 도시에는 거의 들를 일이 없었다. 가더라도 변덕 때문이고 오래 머문 기억은 없었다.

도시에 있어도 거점에서 도구 제작에 열중하며, 가끔 물건을 팔러 도시를 돌거나 지옥 같은 사냥 삼매경. 이더 란테를 기억하는 것만으로도 기적이었다.

아저씨는 그런 생각을 하는 와중에도 주위 기척을 살피며 지하 3층 관리실까지 내려갔다.

“으…… 여기도 백골투성이구만. 일단【퓨리피케이션】.”

어디에나 백골이 굴러다니는, 그야말로 죽음의 도시였다.

예상은 했지만, 시체가 없는 곳이 없었다.

한숨 쉬면서도 시체에 정화 마법을 걸자 역시 빙의했던 사령이 소름 끼치는 신음을 흘리며 사라져 갔다.

‘어디 보자, 제어판이…… 아, 찾았다.’

【조광 결정】제어판은 관리실 구석에 있는 돌기둥에 마력을 불어넣자 나왔다.

게임 시절 기억을 더듬어 같은 행동을 해 보자 돌기둥에 걸린 다수의 잠금이 해제되어 사방으로 열리더니 패널이 나타났다. 내부에 있는【마결석】은 회색이었다.

‘마력이 바닥났어. 더는 못 쓰겠군……. 설마 이세계에서 이런 초반 이벤트를 다시 하게 될 줄은 몰랐어.’

【마결석】은 손바닥 크기의 아름다운 육각형 막대기였다. 이미 수명을 다했는지 내부에 마력은 담겨 있지 않았다. 하지만 제로스는 이와 같은 물건을 제법 소지하고 있었다.

【마결석】 크기는 통일되어 있으며, 대형 마도구에 자주 이용됐다. 제로스가 제작한 【할리 선더스 13세】에도 동력을 제어하는 부품으로 사용된 바 있었다.

또한, 이벤트로 권력자에게 주문받는 경우가 잦아서 대량으로 가지고 있어도 버릴 일이 없었다. 주문보다 고품질의 【마결석】을 가져다주면 추가 보수도 쏠쏠해서 돈벌이에 좋은 이벤트였다며, 제로스는 과거를 추억했다.

새로운 【마결석】을 중앙에 두자 마력에 반응했는지 자동으로 받침대가 닫혔다.

'이제 빛이 들어오겠지?'

받침대에 파인 홈에 마력이 흘러들어 건물에 빼곡하게 새겨진 기하학 문양이 빛나기 시작했다.

『……국, 지하 제7 도시 【이더 란테】, 행정 관리 시스템 기동. 현재 시스템 상황을 확인 중…… 지상 공군 관제실과의 교신, 불가. 라이프라인 완전 정지…….』

"앗, 정말로 이더 란테였구나."

예상은 했지만, 【소드 앤 소서리스】의 도시 이름이 나오자 두 세계의 연관성을 느끼지 않을 수 없었다.

『조광 시스템, 기동 개시…… 마력 전달 라인을 검출 중…… 라인을 확보했습니다.』

『마력 전달 시스템, 정상으로 가동 중.』

『중앙 용맥 관제 시스템에 우회로를 열겠습니다. 현재 가동률은 32퍼센트, 메인 중추 시스템에 접속.【용의 심장】에 마력이 도달했습니다. 레이라인의 우회로를 열겠습니다.』

『지금부터 조광 시스템에 마력 공급을 개시합니다. 파손 부위 외 도시 기능이 완전히 가동할 때까지 앞으로 약 60분이 소요됩니다.』

감정이 담기지 않은 음성 시스템이 현재 상황을 보고했다.

그 음성을 들으며 아저씨는「이건 판타지가 아니지 않나~?」하고 피식 웃었다. 아무리 봐도 문명 수준이 달랐다.

굳이 비교한다면 지금 세상이 중세 유럽이고 고대 마법 문명은 현대 지구 문명이라고 해야 할까? 아니, 그 이상일 것이다.

『조광 시스템에 마력 공급을 개시합니다.』

『완전히 가동할 때까지 약 한 시간이 소요됩니다. EMERGENCY,【용의 심장】에서 고밀도 마력체를 확인. 주민 여러분은 서둘러 셸터로 대피해주십시오.』

그 안내 방송을 듣자마자 제로스가 뛰었다. 그와 동시에 엄청난 속도로 방호벽이 내려왔다.

"멈춰, 인마아아아아아아아?!"

서둘러 대피하라고 해 놓고 방호벽 안쪽에 가둘 판이었다.

시스템이 고장 났는지, 그 정도의 긴급 사태인지는 모르겠지만, 하마터면 방호벽에 깔릴 뻔한 아저씨는 통로를 달리며 식은땀을 흘렸다.

어떤 점에서는 작위급 마력체보다 위험했다.

좁은 통로를 무시무시한 속도로 달려서 어떻게든 밖으로 빠져나오긴 했지만, 솔직히 간 떨어지는 줄 알았다.

무슨 액션 게임 같아서 심적 스트레스가 장난이 아니었다.

아저씨는 지치지는 않았지만, 거친 숨을 몰아쉬었다.

'어떻게…… 허억허억, 빠져……나왔군…….'

제로스가 밖으로 나옴과 동시에 관리실은 완전히 폐쇄됐다. 아마 고밀도 마력체를 해치울 때까지 방호벽은 열리지 않을 것이다.

영사관 밖은 마력이 돌아온 덕분에 【조광 결정】에 빛이 들어와 천장이 보이게 됐다. 하지만 완전히 기동하지 않은 탓에 도시 전체를 비출 광량은 아니라서 지금도 주변은 어두웠다. 도시로 들어왔을 때보다 조금 나아진 정도였다.

천장을 지탱하는 몇몇 기둥에는 빛의 라인이 복잡하게 뻗어 있었다.

마치 기계 기판 같은 무늬였다.

'도시 기능은 잘 가동하나 보네. 설마 이런 아슬아슬한 탈출극을 벌이게 될 줄은 몰랐지만……. 직원을 대피시킬 생각이 없는 거야? 아니면 긴급 상황에 희생을 용인하는 건가…….'

이래저래 이유를 생각해 봐도 납득하기는 어려웠다.

그러나 관리 시스템이 그만한 위기 상황이라고 판단했기 때문이며, 이런 자동 시스템에는 긴급 시 우선 사항이 반드시 설정되어 있었다.

적반하장까지는 아니더라도 조금만 더 탈출하기 쉽게 해줘도 되지 않냐는 생각이 들 수밖에 없었다. 바꿔 말하면 이런 상황을 겪은 것 자체가 재수가 없었다고 봐야겠지만.

"흠…… 왔나?"

방대한 마력 기운을 느끼고 돌아보자 칠흑빛 마력이 불길처럼 일렁거리고 있었다.

틀림없이 강하다고 판단한 제로스는 스테이터스 화면을 열어 순식간에 장비를 변경했다.

참고로 이렇게 장비 변경이 가능하다고 깨달은 것은 사실 모브 마을에서 목욕했을 때였다.

별 생각 없이 게임처럼 옷을 갈아입을 수는 없을까, 하고 생각한 제로스는 스테이터스 화면의 장비란을 만지다가 우연히 알게 된 것이었다.

그리고 제로스가 바꾼 장비는 【섬멸자】라는 별명이 붙었을 때 입던 칠흑의 장비였다.

손에 든 【마법장(魔法杖)】에 자연스럽게 힘이 들어갔다.

'형태는 안 보여……. 실체화하지 않았나? 아니, 그럴 리는 없겠지. 이런 고밀도 마력은 실체화하지 않으면 마력 소비가 클 거야.'

제로스는 마음속으로 분석하면서도 【악마】에게서 절대로 눈을 떼지 않았다.

그 악마는 천천히 마력을 응축하더니 인간의 형상으로 변했다.

소름 끼칠 만큼 반듯한 얼굴, 금색 눈동자에 푸른 머리카락. 등에는 날개가 돋았고 제복 같은 옷을 입었다. 비슷한 것을 찾자면 군복에 가까웠다.

【악마】는 제로스를 바라보더니 악의 없이 미소 지었다.

"이게 누구인가? 반갑습니다, 열등한 인간이여. 부르지도 않았는데 내 거성에 온 것을 환영합니다."

"말하는 투가 무슨 연극 같네요, 악마 양반. 혹시 이름이 있나요? 이름이 있으면 좀 알려주시죠."

"아뇨, 저는 이곳에서 나간 적이 없어서 이름이 없습니다."

"그거 아깝네요. 그렇게 잘 생겼는데 이름이 없으면 여성들이 아쉬워하겠어요."

"그렇게 바라신다면 당신이 붙여주셔도 상관없습니다. 그것이 당신이 살아 있었다는 증거가 될 테지요."

"에이, 전 천수를 누리고 갈 예정이니까 그런 농담은 하지 마세요. 재수 없게……."

실없는 말을 주고받으면서도 악마의 눈은 사냥감을 노리는 동물과 같았다.

【소드 앤 소서리스】 세상에서 악마는 원념과 마력의 집합체이자 사령의 기억과 인격이 모두 하나로 통합된 존재였다.

그 지식이 이 세계에도 똑같이 적용된다면 이 악마는 2400년도 전에 태어나서 소멸하지 않고 진화해 왔을 것이다.

제로스를 사냥감으로 인식하는 것으로 보아 역시 게임일 때와 마찬가지로 산 자의 영혼과 생기를 먹는 듯했다.

"안타깝게도 당신은 여기서 사라질 겁니다. 저한테 먹혀서 말이죠."

"하하하, 또 그런 농담을. 나이 먹을 만큼 먹은 아저씨한테 할 소리는 아니네요. 그런 말은 여성한테 하시죠?"

"후후후…… 제법 재미있는 분이군요. 하지만 저는 농담을 하지 않습니다. 그리고 저에게는 성별은 의미가 없지요. 산 자는 모두 제 식량이니까요."

"무서운 말을 하시네. 엉덩이를 노리는 건 흰 원숭이만으로 이미 충분하거든요?"

"정말로 유쾌한 분이로군요. 신물이 납니다, 밉살스러워서."

악마가 홀연히 사라졌다.

거기에 맞춰 제로스가 왼손에 든 【마법장】을 휘두르자 챙! 하고 높은 소리가 울렸다.

마법장에 붙인 칼날과 악마의 손에서 뻗은 긴 손톱이 부딪치며 불똥이 튀었다.

"거참 살벌한 분이네. 난데없이 선제공격입니까?"

"후후후, 그걸 받아 낸 당신도 상당히 실력이 있으시군요. 며칠 전에 온 자들과는 확실히 다르네요."

악마는 손톱으로 가차없이 공격을 퍼부었고 제로스는 방어하면서 빈틈을 찔러 공격을 가했다.

"과찬이에요. 이미 나이가 있어서 조용하게 은거하고 싶어요."

"저한테 먹히면 쉴 수 있습니다. 영원히."

"그렇게 오래 쉬면 살찌잖아요. 건강에 신경 쓰는 편이라서 가능하다면 밭이라도 갈면서 지내고 싶군요."

"한마디를 안 지네요. 벌써부터 배를 가르는 게 기대됩니다."

"그게 가능하다면 말이죠. 이래 보여도 제법 셉니다, 저……."

말과는 달리 격렬한 공방이 펼쳐졌다.

제로스가 찌르면 악마는 그것을 피해 반격하고, 그 공격을 봉술로 튕겨 다시 공격한다.

어지럽게 변화하는 공방이 아무도 보지 않는 도시 속에서 오갔다.

"흠…… 쉽게 죽어주지는 않는군요. 그렇다면 이건 어떨까요?"

"뭐 좋은 거라도 보여주시게요?"

"미리 말하면 재미없죠. 후후후."

악마가 마력을 끌어올리자 마력 속에서 푸른 화염에 휩싸인 인간의 두개골들이 나타났다.

두개골은 의지가 있는 것처럼 날아다니며 사방에서 제로스를 덮쳤다.

"좋은 구경거리네요. 답례로【흑뢰연탄(黑雷連彈)】."

제로스는 주위에 칠흑으로 빛나는 전기 구슬을 만들어 곧바로 두개골을 요격했다.

흑뢰는 두개골을 쉽사리 박살 내고 그대로 악마를 향해 뻗어 나갔다.

"큭, 이런 것쯤……."

"도망치지 마시죠? 답례 선물인데 똑바로 받아주지 않으면 섭섭하죠."

"그건 사양하겠…… 아닛?!"

악마는 필사적으로 피하려고 하지만, 흑뢰의 추적은 집요했다.

마치 자신에게 이끌리는 것처럼 고속으로 접근하며, 피하려고 해도 방향을 바꿔 다른 각도에서 덮쳐 왔다.

악마는 회피를 단념하고 맞받아치기로 마음먹었다.

"앗, 깜빡하고 말 안 했는데, 그거 맞으면 위험합니다?"

"무슨, 크아아아아아아아아아아아아아아아악?!"

흑뢰를 튕겨 내려고 한 순간, 손톱에 닿은 즉시 흑뢰가 파열하며 방전 공격으로 악마를 마비시켰다. 그 틈에 다른 흑뢰가 사방을 둘러싸고 몰려들었다.

악마는 피하지 못하고 직격했다. 실체를 얻어도 악마는 마력체. 마법 공격은 충분한 피해를 줄 수 있었다.

보통 마도사의 마법이라면 상쇄할 수도 있었겠지만, 제로스의 마법에는 무식한 양의 마력이 응축됐다. 닿기만 해도 마력체는 사라져 버린다.

'마력 웅덩이에 정착한 녀석이니까 이 정도로는 안 죽겠지. 귀찮은 게 나왔어.'

귀찮은 표정으로 악마를 응시했다.

그 악마는 겉으로는 큰 피해를 받은 것 같지 않았다.

"마력을 조금 깎았을 뿐인가? 이래서【악마】는 귀찮아. 겉으로는 얼마나 피해를 줬는지 판별하기도 힘들고 말이야."

"꽤 아팠습니다. 인간 주제에 제법 강하군요. 점점 더 죽이고 싶어졌어요."

"그건 사양할게요~. 기다리는 처자식이 있어서."

"그렇다면 그 처자식도 먹어드리겠습니다. 그 전에 당신을 죽여야겠군요."

농담을 주고받으면서도 서로를 성가신 적이라고 인식했다.

한쪽은 방대한 마력 집합체, 한쪽은 무슨 짓을 할지 모를 인간 마도사. 어느 쪽이든 귀찮은 상대라고 생각하면서도 어떻게 해치울지 머리를 굴렸다.

그러나 제로스가 선수를 치고 나섰다.

"지연 술식 해방! 【샤이닝 노바】!"

"뭐, 뭐라고……."

악마는 제로스와 함께 빛에 파묻혔다.

본래 【샤이닝 노바】는 범위 정화 마법인 동시에 파괴 마법이었다.

실체화하면 몸에서는 항상 마력이 소비되는데 정화로 그 마력을 대폭 증발시켰다.

제로스도 공격 마법을 스스로 맞게 되지만, 그에게는 【바꿔치기 넋전】이라는 아이템으로 공격을 모면할 수단이 남아 있었다.

이 아이템은 어떤 공격 효과에서든 단 한 번 벗어나게 해주지만, 받아넘긴 것은 【샤이닝 노바】의 폭발이었고 정화의 빛은 몸으로 받았다.

원래 정화의 빛은 언데드나 마력체에게만 효과가 있었다. 물론 악마에게도 막대한 효과를 발휘한다.

"으윽…… 설마 자기까지 말려들게 하다니……."

"근거리에서 맞았고 기껏해야 팔 하나가 날아갈 마력인가요? 그래도 힘을 빼놓기에는 충분한 효과네요."

"이 자식…… 자기도 그 공격을 맞았으면서 왜 멀쩡한 거냐……."

"트릭을 알려주는 마술사가 있을까요? 그건 그렇고 본성이 드러났군요."

조금 약해졌다고 방심해도 될 마물이 아니었다.

특히 이 【악마】는 방대한 마력을 억눌러서 인간 형태로 변했다.

그것은 자신의 마력을 완전히 장악해 자기 뜻대로 부릴 수 있다는 증거였다.

"누구한테 기어올라, 인간 주제에에에에에에에에에에에에에에에에에에에에에에에에!"

"의외로 다혈질이었군……. 2차 형태도 나오고 만화가 따로 없구만~."

악마는 차츰 비대해지더니 거의 사이클롭스 같은 거구로 부풀어 올랐다.

피부는 적갈색에 단단하게 변했고 머리에는 완만하게 굽은 뿔이 돋았다. 그리고 등에는 거대한 날개와 긴 꼬리…….

곳곳이 비늘과 굵은 털로 덮였다.

"미미한 버러지가 얌전히 죽으면 될 것을…… 기어코 내 화를 돋구는구나!"

"그런 엑스트라 악역 같은 말은 하지 마시죠. 이야기 초반에 잘난 체하면서 등장해 놓고 3화 만에 당하는 잔챙이 같으니까."

"닥쳐라아아아아아아아아아아아아아아아아아아아!"

악마의 긴 꼬리가 건물을 부숴 잔해를 제로스에게 날렸다.

그 잔해 속으로 돌진해 파편을 발판 삼아 맹속력으로 접근해 지연 술식을 해방했다.

"【빙화무산】, 【흑뢰연탄】, 【볼캐닉 게이저】, 【풍룡폭박진】, 【그래비티 버스트】."

"크와아아아아아아아아아아아아아아아아아아아악!"

얼어붙고, 흑뢰에 꿰뚫려 내부가 타들고, 분출한 용암에 녹고,

거대한 회오리에 휘말려서 진공 칼날로 난도당하고, 움직이지도 못하는 상황에 중력 압쇄에 짓눌렸다.

물 흐르듯 이어지는 연속 공격에 악마는 그저 유린당했다.

아저씨가 생각해 낸 싸움법은 『실력을 드러내기 전에 철저하게 힘을 뺀다』였다.

애초에 정정당당하게 싸우겠다고 말한 적도 없었다.

상대방이 아직 간을 볼 때 압도적인 화력으로 찍어 눌러 최대한 힘을 빼놓는다. 그다음에는 냉정하고 찬찬히 확실하게 처리하면 끝이다.

"【앱솔루트 제로】, 【가이아 프레셔】, 【디스트럭션 타이푼】, 【프로미넌스 노바】×5, 【익스플로드】×7, 【라이트닝 블래스터】×20."

"아, 자, 잠깐……."

"【코로나 네이팜】×25, 【코키토스】×3, 【천지폭렬】, 【마그나 인페르노】, 【아이스버그 프레스】×7, 【어비스 폴】."

"그……그만…… 부탁…… 말로……."

자비 없는 마법 융단폭격이 악마가 입을 뗄 새도 없이 쏟아졌다.

방심하는 사이 철저하게 공격을 퍼부어 상대방의 능력을 원천봉쇄해 정신이 들었을 때는 지옥의 문턱에 세워 놓는다.

이래서는 누가 악마인지 모르겠다.

이 인정도 없고 타협도 없는 섬멸의 폭풍은 얼마간 더 이어졌다…….

◇ ◇ ◇ ◇ ◇ ◇ ◇

“뭐, 뭔가…… 엄청난 소리가 들리는데?”

“그래…… 유적 안쪽에서 무슨 일이 벌어졌나?”

문 앞에서 대기하는 용병들은 조금씩 밝아지는 유적 내부를 들여다보고 있었다.

그래도 아직은 어두워서 깊숙한 곳까지는 보이지 않았지만, 가끔 엄청난 빛과 함께 연속으로 울리는 폭음에 얼굴이 새하얘졌다.

그것은 그만한 마법을 퍼붓지 않으면 이길 수 없는 적이 있다는 뜻이었다. 조금 전에 근거 없는 자신감을 내세워 침입했다면 휘말렸을 가능성이 컸다.

최악의 경우 자신들이 그 공격 대상과 맞닥뜨렸을 거라고 생각하면 자신들을 막아준 인부들에게 아무리 감사해도 모자랐다.

“요란하게도 하는군. 그 아저씨…….”

“그러게. 하지만 저렇게 해야 할 적이 있다는 증거겠지? 정말 위험한 유적이었나 봐.”

“아저씨…… 진심으로 섬멸할 생각인가 봐. 대체 뭐랑 싸우는 걸까?”

이리스 파티도 상황을 보고 있었지만, 그 폭음에는 그다지 놀라지 않은 눈치였다.

“여기 2천 년 정도 폐쇄됐었다고 했지? 게다가 마력 웅덩이…….”

“아마 그랬을걸? 그런데 그게 왜?”

“……어쩌면 악마가 태어난 게 아닐까? 그렇다면 2천 살…… 상당히 강력한 악마일 거야.”

“이리스…… 악마는 옛날이야기에나 나오는 존재야. 실제로 본 사람은 없어.”

“하지만 이렇게 시체가 많고 독기도 어마어마하게 발생했잖아? 그만한 독기가 마력 웅덩이에 흘러들면 악마가 태어날 거야.”

“네 말은 아저씨가 지금 혼자서 악마랑 싸우고 있다, 이거야?!”

이리스의 예상은 맞았다.

전에 【페어리 로제】와 싸울 때 제로스가 『악마가 태어날 상황이었다』라고 한 사실이 떠올랐다.

그리고 이 유적이 이더 란테라고 가정하면 악마 발생 조건에 딱 들어맞았다. 최하층에 있는 동력이었다.

“아마도……. 아저씨도 전력으로 싸우는 것 같아. 엄청 흉악한 적으로 보여.”

이리스의 말을 듣고 쟈네와 레나는 침묵했다.

악마는 옛날이야기에나 등장하며 발생 조건을 포함한 자세한 정보는 현세대의 그 누구도 알지 못했다.

그런 사실을 아는 이리스도 제로스와 같은 상식 밖의 마도사라고 두 사람은 깨달았다.

다행히 이리스의 실력은 상식의 범주에 머물러 있기에 제로스만큼 비상식적이지는 않았다.

그런 괴물같은 마도사가 진심으로 싸우지 않으면 안 될 존재라니…… 두 사람은 생각하고 싶지도 않았다.

그리고 유적 안쪽에서 들리는 폭음은 아직도 계속되고 있었다.

◇ ◇ ◇ ◇ ◇ ◇ ◇

현재 제로스는 악마와 한창 전투 중이었다.

폐허가 되긴 했어도 이더 란테는 유적으로서 아름다움을 유지하고 있었건만, 일부 지역은 그 경관을 완전히 잃었다.

휘몰아치는 마법 폭풍으로 가루가 될 때까지 파괴된 것이었다.

악마와 함께 도시를 파괴하는 장본인은 그 잔해 위에 선 칠흑의 마도사였다.

'아직 살아 있군……. 예상보다 질기네. 악마 주제에 건방지게…….'

【부에르】라고 불렀나 보지만, 그 랭크가 어떤 의미인지는 몰랐다.

【감정】 스킬의 상태가 좋지 않아 악마의 정보를 알려주지 않았다. 정말로 변덕쟁이 스킬이었다.

이 세계의 상식도 아직 완전히 이해하지 못한 마당에 구 마법 문명의 상식을 어떻게 알겠는가. 과거의 지혜와 지식은 모두 망각 속으로 잊혀졌다.

뭐, 아무튼 간에 아저씨가 유린하던 악마는 아직 존재했다.

철저하게 공격을 가해 힘을 뺐지만, 끈적하게 감도는 마력이 악마가 소멸하지 않았음을 알려줬다.

어디에 숨어 있느냐가 문제지만, 다짜고짜 난사한 마법 공격 때문에 악마의 마력이 주위로 확산되어 마력만으로 기척을 추적할 수 없었다.

'차라리 이 일대를 전부 정화하는 편이 빠르려나?'

이렇게까지 철저하게 파괴했으니까 이제 와서 유적을 신경 쓸 필요는 없었다.

그렇게 생각하고 정화 마법을 발동하려고 했을 때, 제로스의 몸에 강한 압력이 가해졌다.

"읍, 우아아아아악?!"

"크크크…… 방심했구나, 버러지이이이이이!"

"큭, 실체화를 풀었어?! 악마에게 그런 능력이……. 아니, 요정이 하는데 악마가 못 할 리는, 으아아아아아아아아아아아!"

악마는 일시적으로 실체화를 풀고 이 순간을 숨죽여 기다렸다. 그리고 틈을 찌르자마자 뿔 달린 뱀으로 실체화해 제로스를 휘감았다.

조여 오는 압력이 제로스를 괴롭혔다.

"이대로 너를 졸라 죽이고…… 영혼을 먹어 치워주겠다!"

"끅, 크흐흑…… 너, 바보냐……."

"뭣이?"

"꺼져……【샤이닝 노바】!!"

악마는 제로스 본인까지 말려들게 하던 마법 공격을 잊고 있었다.

강력한 마법 공격 속에서 피해를 입지 않는다는 것은 싸움에서 굉장한 이점이었다. 적진 한복판에서 마법을 난사해도 상관없었다. 이보다 흉악한 공격이 어디 있겠는가.

한 번이라도 이 공격을 맞으면 보통 경계하겠지만, 악마는 지금까지 자신보다 강한 상대와 싸운 경험이 없었다. 반대로 제로스는【소드 앤 소서리스】세계에서 지겹도록 강자와 싸웠다.

"크오아아아아아아아아아아아아아아아아아아아아아아아아아아!"

악마는 제로스와 함께 빛의 기둥에 파묻혔다.

빛이 사그라든 뒤, 그곳에는 칠흑의 마도사만이 남아 있었다.

"【바꿔치기 넋전】이랑 【대역 인형】을 쓴 자폭 테러에는 나도 고전했었지~."

게임에서 PK 유저가 자주 쓰던 전법이 공격 무효화 아이템을 이용한 자폭이었다. 섬멸자는 그 자폭 테러에 똑같은 수법으로 맞대응했다.

하지만 그러면 PK 유저도 아이템을 모아서 오기 때문에 마지막에는 자폭 대전으로 발전했다. 아이템이 먼저 떨어지는 쪽이 패배하며 이겨도 져도 재정에 심각한 타격을 입는 헛된 싸움이었다.

"으음, 상황이 이 모양이면 중추 마나 스폿도 보고 와야 하나? 귀찮게시리……."

악마가 태어난 이상 이 도시 중추부에도 많은 시체가 있을 것이었다. 닥치는 대로 정화하지 않으면 다시 언데드가 태어날지 몰랐다.

혼자 투덜대면서도 걸음을 내딛으려고 했을 때, 바닥에 떨어진 악마의 검은 뿔이 보였다.

아주 드물지만, 마력체의 일부가 아이템으로 드롭될 때가 있었다. 원래 자연계의 마력 속으로 흩어져 버리지만, 응축된 마력이 물질로 남는 경우였다.

또한, 이런 아이템은 장비에 더해주면 특수한 효과를 발휘했다.

악마의 뿔이나 손톱은 무기 강화에 사용되는 우수한 소재로 제법 유명했다.

"흠……【데몬 제너럴】 클래스였군. 어디에 쓸 데가 있을지도 모르니까 가져가자."

【악마의 뿔】과 【마석】을 주운 제로스는 다시 영사관 안으로 들어갔다.

마력 웅덩이가 있는 중추 블록으로 가는 동안, 아저씨의 공격을 받은 사령들은 반항의 여지도 없이 정화되어 갔다.

이리하여 이더 란테는 구석구석까지 말끔하게 정화됐지만, 고대 도시의 기능이 되살아난 탓에 곳곳에서 소란이 벌어졌다는 사실을 제로스는 몰랐다.

대현자는 무책임할 정도로 마이웨이였다.

제8화 아저씨, 또 사고 치다

아저씨의 분투가 있고부터 나흘 뒤, 델사시스 공작의 명령으로 【일루마나스 지하 대유적】에 1개 중대가 파견됐다.

그들과 동행한 역사학자가 도시를 주의 깊게 조사한 결과, 도시를 가득 메운 백골은 이 도시가 외부로부터 완전히 격리되어 굶어 죽은 주민의 시체로 판명됐다.

아마 낙반으로 지하에 갇혀 구조를 기다렸으나 식량 부족으로 폭동이 일어나 영주가 살해당했으리라.

굶주린 사람들은 시체를 먹지 않으면 살아남을 수 없는 상황에 빠졌고, 곧 주민들의 동족상잔이 벌어졌다.

결국 모든 사람이 죽고, 이더 란테는 시체만 굴러다니는 죽음의 도시가 됐다.

그리고 도시를 가득 채운 독기가 주민을 언데드로 바꿨다.

그것은 어디까지나 학자들의 추론이었지만, 틀리지는 않았을 것이다.

제로스 본인도 같은 생각이었다.

그로부터 약 일주일이 지났다. 기사들은 마도구와 장식품을 모았고 인부들은 이더 란테 반대쪽 북문에서 가도 공사를 시작했다. 늦어진 공사 기한을 맞추려는 생각이었다.

이 도시에서 발견된 보석은 대부분 저주받았고 그렇지 않은 것도 높은 확률로 독기에 오염되어 있었다. 발견된 마도구라고 사정은 다르지 않았다. 이래서는 마도사들이 연구할 수 없었다. 조사하려면 먼저 신관의 도움을 빌려 정화해야만 했다.

물론 아무리 우수한 신관이라도 산처럼 쌓인 장식품과 마도구를 한 번에 정화하지는 못할 것이다. 게다가 지금 신관에게 도움을 받는 것은 정치적으로도 악수였다.

골치 아픈 상황에 빠지고 말았다.

유적을 시찰하러 온 크레스톤은 그 문제를 아저씨에게 상담했다.

"……사정이 그런데 어떻게 안 되겠는가? 제로스 공."

"방법이 없지는 않지만, 정말 많이도 모으셨네요. 그나저나 설마 크레스톤 씨가 직접 오실 줄은 몰랐습니다."

"살아 있는 고대 도시라고 하지 않나. 나도 모르게 일을 팽개치고…… 커흠! 구시대 연구에 관심이 있어서 이렇게 조사하러 온 게지."

'할 일이 없나? 의외로 쉽게 돌아다니네, 이 할아버지…….'

은거한 몸이라고 해도 크레스톤에게는 공작 가문의 일원으로서 처리할 업무가 있었다.

그 일을 팽개치고 이곳에 온 것은 그만큼 중요한 거점으로 보기 때문이거나 단순히 호기심대로 행동했거나, 둘 중 하나일 것이다.

그것은 넘어가더라도, 이대로 저주를 정화하지 않으면 그 부채를 공작가가 떠맡게 된다. 저주 받은 도구의 수가 많아도 너무 많아서 정치적 이유를 빼고 정화할 신관을 고용해도 상당한 거금을 요구받을 것이다.

애초에 구시대 도시에 신관을 들이면 메티스 성법 신국에 정보를 넘기는 격이므로 그것만은 피해야 했다. 그 나라라면 트집을 잡아서 점령하려고 들 가능성도 있었다.

즉, 현재 믿을 사람은 대현자뿐이었다.

그런 고로 제로스가 개인적인 흥미로 조사하는 관리실에는 대량의 마도구가 반입되었다. 【감정】도 할 겸 제로스에게 정화를 의뢰하기 위해서였다.

그러나 아무리 아저씨라도 산처럼 쌓인 도구를 조사할 마음은 들지 않았다.

안타깝게도 마음을 울리는 멋진 아이템이 없었기 때문이었다.

"이걸 써 볼래요? 【정해(淨解) 결정】."

"처음 듣는 결정이구먼……. 【마정석】의 한 종류인가?"

"뭐, 비슷하죠. 일회용이지만, 언데드에게 집단으로 둘러싸였을 때 쓰는 호신용 아이템입니다. 강력한 정화 마법이 담겨 있죠. 해방하고 몇 초 후에 꽝! 인적 피해는 전혀 없으니까 안전합니다."

"흠, 이것들보다 그 마도구에 관심이 가는구먼. 한번 써 보겠네."

인벤토리에서 결정석을 여러 개 꺼내서 크레스톤에게 건넸다.

크레스톤이 받은 아이템 【정해 결정】은 원래 【폭렬 결정】이라고 불리는 소재 아이템을 인위적으로 만들 때 실패하면 탄생한다.

【폭파 결정】은 광산에서 가끔 발견되지만, 그 이름대로 충격을 가하면 대폭발을 일으킨다. 이 세계에서도 광산에서 가끔 사고의 원인이 되고는 했다. 주로 깎아서 분말 상태로 만들어 화약으로 사용됐다.

천연 화약이라고 생각하면 되지만, 수가 적어 총 따위의 병기에 이용하기에는 채산성이 맞지 않아 평범하게 화약을 제작하는 편이 나은 수준이었다.

그 【폭렬 결정】을 의도적으로 만들려고 시행착오를 겪어서 태어난 것이 아무 속성도 갖지 않은 약한 결정체였다. 심지어 제작에 필요한 재료는 고가인 레어 소재뿐이라서 마법을 가둬서 쓰는 일회용 아이템으로는 지나치게 비쌌다.

가끔 언데드 대량 발생 레이드가 일어나서 『기껏 만들었으니까 정화 마법을 담아 수류탄으로 쓰면 되지 않을까?』라고 【케모 러븅】이 발안해서 제작된 아이템이었다.

다행히 마법 봉입 허용량이 이상하게 높아 고위력 마법을 담을 수 있었다. 반대로 말하면 그것밖에 장점이 없었다. 게다가 제작

성공률이 굉장히 낮았다.

"그럼 바로 써 볼까. 얍."

크레스톤이 마법을 해방해 【정해 결정】을 쌓여 있는 도구 위로 대충 던졌다. 이렇게 산더미처럼 쌓였어도 이곳에 있는 것은 일부였다.

결정이 부서지고 눈부신 빛이 도구들을 감쌌다.

—으어어어어어어어어어어어어어어어어어어어!

지옥 밑바닥에서 나는 것 같은 고통과 한이 맺힌 목소리가 울려 퍼졌다.

일단 정화는 성공한 모양이었다.

"얼마나 원념이 서렸던 건지 원……."

"내가 알겠나? 아무튼 이제 걱정 없이 마도구를 조사할 수 있겠구먼. ……헌데 제로스 공은 아까부터 뭘 하는 겐가?"

"도시 관리 기능을 조금 조사해 봤습니다. 아무것도 모르는 마도사들이 이것저것 만지기 전에 기능을 조금이라도 기억해 둬야 좋을 테니까요."

지하 관리 시설은 여러 개로 나뉘어 있었다. 지금 있는 곳은 도시 방위 관리 시스템실이었다.

지하 도시 내의 환경 유지 시스템도 연동하는지, 주로 기온과 환기, 기후를 연출하는 시스템도 확인됐다.

어마어마하게 고도의 문명이었을 텐데 그런 도시를 일격에 날려 버린 사신의 힘을 생각하면 절로 몸이 떨렸다.

'용케 이런 엄청난 문명을 멸망시켰군. 사신은 사실 무적 아냐?'

구문명의 유물은 어느 것이고 마력으로 움직이는 듯했지만, 프로그램을 비롯한 시스템은 제로스가 아는 지구의 기술과 비교해도 손색이 없었다. 물론 언어는 다르나 『자동 번역 스킬』이 작동해 작업은 순조롭게 진행됐다.

제어판을 만지며 관리 기능을 조금씩 장악해 갔다.

"사신…… 그런 걸 어떻게 봉인했대~? 아무리 생각해도 못 이기지 않나? 이런 고도 문명조차 간단히 멸망시키는 존재를 상대하다니…… 절대로 불가능하잖아……."

"하지만 용사들은 목숨을 바쳐 그 일을 해냈어. 아주 멋진 이야기 아닌가."

"글쎄요~? 협박당해서 어쩔 수 없이 따르지 않았을까요? 『원래 세계로 돌아가려면 사신을 해치울 수밖에 없다』 같은 소리를 해서……. 과거의 용사들도 원래 세계에 가족이 있었을 텐데."

"환상을 깨는구먼. 그래도 그 나라의 전신이 된 세력이라면 그럴 만도 해. 그 후로 용사를 빈번하게 소환하게 됐으니까."

용사 소환에는 막대한 마력이 필요했다.

30년 동안 비축한 마력으로 시공에 구멍을 뚫어서 용사들을 소환했다.

그러나 시공에 구멍을 뚫으려고 소비되는 방대한 마력은 이 세계에 환원되지 않는다는 것이 제로스의 생각이었다.

다름 아닌 다른 세계를 연결하는 마법이 아닌가. 소환해야 할 자들을 이곳으로 끌어들이기 위해서라지만, 모든 세계에 마력이 존재하지는 않았다. 실제로 제로스가 살던 세계에는 마력이 없었다.

시공간에 구멍을 내고 고정해서 소환할 자들을 데리고 올 길을 만든다. 이것만으로도 상당한 마력이 소비될 것이다. 동시에 마력이 다른 세계로 유출될지도 몰랐다.

자연 마력을 변질시켜 현상으로 바꾸는 마법과는 결정적으로 달랐다.

그것이 30년 간격으로 실행되면 어떻게 되는가? 제로스는 그 답을 찾고 있었다.

"그냥 제 가설일 뿐이지만요. 아무튼 그런 이유로 용사 소환을 못 하게 막고 싶어요. 4신이라는 수상쩍은 녀석들에게 마음대로 휘둘리는 건 못 참으니까요."

"용사 소환이 그렇게나 위험한가? 그런 이야기는 처음 듣는데……."

"위험하죠. 최악의 경우 이 세계가 주위 이세계랑 같이 소멸할지도 모릅니다. 어디까지나 가능성에 지나지 않지만, 일이 벌어진 뒤에는 너무 늦습니다. 위험은 사전에 가능한 한 제거하는 게 제 일이에요."

"그건 맞는 말이야……. 생각해 보면 원리를 모르는 미지의 기술이지. 쐐기타로는 적당할지도 모르겠군. 『의심되면 처벌하라』는 기본이니까."

오늘 아저씨는 진지했다.

크레스톤과 대화하면서도 고대 마법 문명의 모니터에서 눈을 떼지 않았다.

키를 두드리면서 시스템을 유심히 체크하고 모니터에 출력되는 문자를 눈으로 좇으며 모든 내용을 해독해 확실하게 시스템을 장악해 나갔다.

그와 동시에 고대 마도 문명의 정세도 알게 됐다.

'와아, 인공위성까지 있어?! 이 첨단 문명은 뭐야……. 사신 전쟁도 알고 보면 핵전쟁 아니야? 문명 수준이 너무 높잖아…….'

차례차례 밝혀지는 정보를 통해 그 문명이 얼마나 발달했었는지 아주 잘 이해했다.

과거 마법 문명 시대를 지구로 치환하면 기술 면에서는 21세기 이상이었다. 거기서 한 단계 더 나아가는 과도기에 멸망한 것으로 보였다.

그만한 고도의 문명이 있었을 텐데 왕권 국가와 민주주의가 융합한 듯한 국가 체제…… 비슷한 국가를 찾자면 영국에 가까웠다.

종교적인 이유로 아인종과 대립했으며 수인족을 노예로 삼은 이유는 문명을 가르치기 위한 구제 조치였다고 한다.

당시 수인들은 아프리카나 아마존 선주민 같은 생활을 보내고 있었다.

설령 마법은 뒤떨어졌어도 전투력은 병사로서 우수하여 그들을 문명에 적응시키는 교육 정책으로서 노예로 뒀다고 하는데 수인족은 거기에 맹반발했다.

그 결과가 끊임없는 분쟁이었다.

"통일 국가, 혹은 다민족 국가라고 봐야 할까요? 여러 종족이 모여 고도의 문명을 이룩한 모양이군요. 종교 대립은 수인족을 제외하면 일어나지 않았고 소동을 일으킨 것도 당시 수인족뿐이라고 하네요. 다른 종족과는 친하게 지냈나 봅니다."

"재미있는 이야기일세. 설마 당시 세계정세까지 알게 되다니……. 지금보다 훨씬 발달한 문명이었구먼. 어디 있는 종교 국가가 보고 배웠으면 좋겠어."

"문화 수준으로 따지면 3년 전에 소환된 용사들의 세계에 가깝겠네요. 아니, 기술 면으로는 그 이상 아닐까요? 어떤 무모한 정책을 펼쳤나 했더니 의외로 인권을 존중했군요. ……응?"

제로스는 모니터에 나온 문자 중에서 【용맥】 감시 시스템을 발견했다.

별생각 없이 그 시스템을 기동하자 세계에 흐르는 마력 상태와 지하에 흐르는 방대한 마력의 순환 경로가 선으로 표시된 영상이 나왔다.

인공위성에서 관측한 세계의 용맥 상황은 마치 멜론의 그물망 무늬 같았다.

군데군데 보이는 벌레 먹은 듯한 구멍이 묘하게 마음에 걸렸지만—.

"관제 시스템, 현재 용맥 흐름은 어때? 지금 사람이 사는 범위 내에서 보고해줘."

『알겠습니다. 현재 용맥은 안정되어 있으나, 일부에서 비정상적인 마력 정체가 확인됩니다. 인위적으로 조작됐다고 추측됩니다.』

"그곳을 비춰줄래? 상황을 확인하고 싶어."

『알겠습니다. 상공에서 찍은 영상을 모니터에 송출하겠습니다.』

"이, 이건…… 【마하 루타트】 아닌가?! 하늘에서 그 나라를 감시할 수 있다니……. 상상도 하지 못한 기술이야."

크레스톤은 영상을 보고 경악하지만, 제로스는 다른 곳에 주목했다.

신전으로 보이는 거대한 건축물 내에 마력이 한 점으로 집중되는 곳이 보였다.

아마도 그곳이 용사 소환을 실행하는 시설일 것이다.

그리고 신경 쓰이는 점은 행성의 곳곳에 뚫린 벌레가 좀먹은 듯한 구멍.

"이 구멍은 뭐지?"

『현재 이 세계에서 마력이 급속하게 소실되고 있습니다. 그 구멍은 마력 농도가 현저히 저하한 용혈입니다. 상황을 분석한 결과, 2천 년 이상 대규모 마력을 착취한 것으로 추정됩니다. 마력이 고갈될 때까지 앞으로 약 1500년이 필요할 것으로 판단됩니다.』

"이 마력이 집중된 곳에서 30년에 한 번 막대한 마력이 소비된다고 가정해. 그 원인이 되는 곳을 알아낼 수 있겠어?"

『검색합니다……. 3천 년에 한 번 마력을 소비했을 경우, 현 마력 소비율과 부합. 이 좌표 지점이 원인일 확률 83퍼센트…… 검색 중. 표시된 건물 지하 10미터 부근에서 부자연스러운 마력 웅덩이를 감지. 지금도 마력을 강제 공급 중. 아마도 자연계에서 마력을 모으는 장치가 있다고 추정됩니다.』

안 좋은 예감이 적중할 듯한 느낌이 목덜미 근처를 싸늘하게 스쳤다.

제로스는 각오를 다지고 마력 급속 수집이 어떤 결과를 가져올지 제어 시스템에게 물어봤다.

"딱 신전 정중앙인가……. 만약 마력이 사라지면 이 세계에 어떤 영향이 있지?"

『마력 고갈로 체내 마력을 가진 생물은 거의 멸종. 기후 변화로 자연 생태계가 괴멸적 타격을 받으며 재생할 때까지 약 46만 년이 걸릴 것으로 예상됩니다.』

"확실해졌군. 용사 소환은 세상에 해가 됩니다. 이 세계에서 급속하게 마력이 사라지고 있어요……."

"뭐, 뭐라고오오오오오오오?!"

아저씨가 용사들에게 즉흥적으로 지어내서 말한 내용이 현실에서 실제로 벌어지고 있었다.

제로스의 등에 끈적끈적한 땀이 배어났다.

'이게 무슨 벌칙이지? 거짓말이 현실이 돼?'

신이 있다면 반드시 따져야겠다고 진심으로 생각했다.

도저히 웃어넘길 수 없었다.

"마력 고갈로 세상이 멸망한다니…… 어, 어떻게 할 수 없는 겐가?"

"저한테 물으셔도 곤란해요. 소환을 멈추지 않으면 지금 단계에서는 다른 방도가 없어요. 신관들이 마도사가 하는 소리에 귀를 기울여줄 리도 없고……."

세상의 이치를 밝히려는 마도사에게 신관들이 좋은 감정을 가질 리 없었다.

오히려 이 세계의 마력이 영원하다고만 믿고 있을 가능성이 컸다.

마력은 이 세계에서 중요한 역할을 가지며, 주로 식물의 성장이나 기후에도 영향을 준다.

그런 마력을 잃으면 세계의 환경에 극적인 변화가 생기고 만다. 물론 안 좋은 의미로.

최악의 경우 이 세계가 모두 사막화하는 사태도 생각해 볼 수 있었다.

“혹시 이 지역의 마력 흐름을 의도적으로 바꿀 수 있어? 구체적으로는 이 시설에 마력이 흘러들지 않게 하고 싶은데…….”

『검색 중…… 가능합니다. 이 흐름은 인위적 간섭에 의한 것으로 판명됐습니다. 각 도시 기능을 완전히 기동하면 다른 시설과 연동해 용맥 흐름을 원상태로 되돌릴 수 있습니다. 용맥 기능을 복구하시겠습니까?』

“해 줘. 세상이 자기네 건 줄 아는 녀석들의 콧대를 꺾어주지……. 정의는 나의 것!”

『알겠습니다. 커맨드 검색…… 코드『저지먼트』를 기동……. 세이프티 록을 해제합니다. 방위 시스템 기동, 적 세력 목표 D143125 지점. 좌표축을 고정, 공격 위성【메타트론】을 기동합니다.』

““뭐어어?!””

크게 생각하지 않고 말한 아저씨의 지시로 뭔가 이름부터 거창한 시스템이 작동해 버렸다.

무슨 일이 벌어지는지도 모른 채 아저씨와 크레스톤은 멀뚱멀뚱 모니터를 바라봤다.

『모든 마도 도시의 시스템 링크를 개시. ERROR, 중앙 관제 시스템 접속 불가…… 지금부터 메인 시스템을 이곳으로 이행합니다. 마도 동력로, 강제 링크를 개시……【용의 심장】 병렬 여기, 싱크로를 개시…… 용맥 동조와 이동을 개시합니다. 마력 동조를 개시, 용맥 간섭 시퀀스에 들어갑니다…… 5, 4, 3, 2, 1…….』

—쿠구구구구구구구구구구구구구구구구구구구구구구우우…….

갑자기 대규모 진동이 일었다.

진도로 따지면 매그니튜드6 이상은 될 법했다.

그 진동은 여진도 포함해 총 스무 번 이상이나 이어졌다.

『용맥 이동과 안정화를 확인했습니다. 동조를 해제. 지금부터 최종 공격 병기【세라핌 버스트】를 기동합니다. 발사 태세로 이행, 프로그램 시동을 확인. 발사 시퀀스, 스탠바이.』

"뭐, 뭔가…… 일이 위험하게 돌아가는 느낌이……."

"음…… 위험한 사태가 벌어진 건 틀림없네."

불온한 분위기가 감돌았다.

솔직히 안 좋은 예감밖에 들지 않았다.

"관제 시스템,【세라핌 버스트】가 대체 뭐야?!"

『【세라핌 버스트】. 공대지 결전 병기. 위성 궤도에서 태양광을 모아 고출력 에너지를 방사하는 레이저 병기입니다. 착탄 지점의 피해 예상 범위는 주변…….』

"그만, 그만! 정지해! 안 돼, 이건 아니라고!"

『기동 도중 정지는 불가능합니다. 단, 위력 출력 제어는 가능합니다. 어떻게 하시겠습니까?』

"출력 최소로 줄여! 저 건물을 관통할 정도로만 해!"

『알겠습니다. 출력을 10퍼센트로 줄입니다. 에너지 차지를 개시…… 중력 왜곡장을 형성, 태양광 집속을 확인, 발사 준비 완료. 조준 고정, 카운트다운…… 5, 4, 3, 2, 1, 발사.』

두 사람이 들여다보는 모니터에 빛의 기둥에 삼켜진 대신전이 비쳤다.

아저씨와 크레스톤은 창백한 얼굴로 망연자실 바라볼 수밖에 없었다.

『【세라핌 버스트】 명중 확인. 지금부터 다시 대기 모드로 이행합니다…….』

무감정한 관제 시스템의 음성과 생각 없는 말 한마디가 불러온 피해에 아무 말도 나오지 않았다.

무슨 말을 해야 할지 생각조차 나지 않았다.

오로지 막심한 죄책감이 마음을 무겁게 짓누를 뿐이었다.

두 사람은 모니터에 비친 지옥을 말없이 바라보고만 있었다.

어쨌든 용사 소환은 불가능해졌고 시설에도 큰 타격을 입혔다.

아저씨가 바라던 방향과는 살짝 다른 결과였지만…….

우연이란 무서운 것이었다. 고대 마법 문명은 제로스의 상상 이상의 기술력을 보유하고 있었다.

"이, 인디펜던스 데이……."

간신히 나온 말은 그것뿐이었다.

하늘에서 쏟아진 공격에 빌딩이 날아가던 어떤 영화의 한 장면

과 흡사했다.

이날이 종교 국가의 독립 기념일이 됐는지는 아무도 모른다.

◇ ◇ ◇ ◇ ◇ ◇ ◇

【메티스 성법신국】 성도【마하 루타트】.

이 땅의 거의 중심에는 4신교의 총본산인 마르트한델 대신전이 있었다.

그곳은 신의 가르침을 전하는 성역이자 나라를 유지하기 위한 행정 기관 중추였다.

그러나 이 신전에는 그것 말고도 다른 역할이 있었다.

신전 중앙에 있는 대성당 지하, 그것은 그곳에 존재했다.

마법 문자와는 계통이 다른 술식이 천장과 벽 일면을 채웠고, 그곳에 막대한 마력이 서서히 축적되고 있었다. 30년을 소모하여 이 공간은 본래 역할을 수행한다.

그것이 바로【용사 소환】이었다.

"마력은 안정됐나?"

"지난번 기록과 대조해 봤지만, 문제는 없어. 소환진은 정상적으로 마력을 모으고 있어."

"시간이 너무 걸리는군. 또 제물을 바칠까? 미미한 수준이지만 마력이 모이긴 하니까."

"최근에는 이단자가 적어. 수인족도 잡을 수 없는 상황에 무리하게 마력을 모을 수는 없지. 잘못하면 여기에 어떤 피해가 생길지 상상도 안 돼.”

소환 마법진은 몹시 불안정했다.

마력을 모으는 양도 일정하지 않으며, 때로는 갑자기 마력 수집을 멈출 때도 있었다.

정밀한 마법식이기에 조금이라도 마력이 역류하면 기능이 정지해 버리는 결함을 가졌다.

그래도 많은 신관은 이곳을 관리하고 마력을 축적하기 위해 심혈을 기울였다.

이 방 바닥에는 거뭇거뭇한 얼룩이 있었다. 그것은 과거 용사 소환을 위해서 희생된 자들이 있었다는 증거였다. 대부분은 범죄자였지만, 시대가 흐르며 수인들이 많이 죽어 갔다.

상황이 그 지경에 이른 큰 이유는 마도사를 제거했기 때문이었다.

처음에는 이 소환 마법진도 마도사가 관리했다. 그러나 종교 국가의 중요한 시설에 마도사가 있다는 사실을 탐탁지 않게 여긴 이들이 권력을 잡은 후에 마도사와 그들이 모은 자료를 함께 말살했다.

요컨대『용사만 소환하면 된다』라는 단락적인 생각이었지만, 그 과정에서 마법진 취급 방법을 기록한 연구 자료도 함께 폐기되고 말았다.

그런 그들이 시행착오 끝에 찾아낸 해결책이 제물이었다.

마법진과 제물을 어떻게 연관 지었는지는 알 수 없으나, 권위를 얻은 인간들이 마술에 전혀 지식이 없는 자들이었기에 소환술을 사악한 의식으로 받아들였는지도 몰랐다.

그 결과 많은 수인족과 범죄자, 그리고 무고한 죄인이 제물이라는 명목으로 살해당했다.

그러나 실제로는 30년마다 자동으로 용사를 소환하므로 제물 의식을 거행할 필요는 전혀 없었다.

제어할 마도사를 잃은 소환 시스템은 방치되어 세계를 멸망시킬 소환이 멈추지 않게 되어 지금도 이어지고 있었다. 무지와 욕심이 불러온 완전한 인재(人災)였다.

관리할 마도사가 없어서 신관들은 필사적으로 소환 마법진을 조사했으나, 얼마 남지 않은 자료로는 용사 소환 마법진의 전모를 파악할 수 없었다.

그래서 제물을 포함해 몇 번이나 실험과 검증을 시험해 봤다.

간신히 폐기되지 않은 문헌에서 몇 가지 제어 방법을 발견한 것만으로도 요행이었다.

그리고 소환 마법진의 마력이 임계점에 도달했을 때, 신관들이 총동원돼서 신성한 의식을 연출했다.

여기서 용사가 소환된 것이 큰 실수로 번졌다.

눈앞에서 용사가 소환되자 의식이 올바르다고 착각하여 『마력이 쌓여 의식을 거행하면 용사가 소환된다』라는 믿음이 완전히 정착되고 말았다.

또한, 제물 의식도 마력을 모으기 위한 중요한 요소로 오인되어 이교도나 아인종을 무의미하게 죽이게 됐다. 비극의 시작이었다.

이것이 진상이지만, 진실을 알아 봤자 그들은 완강하게 부정할 것이다.

"상황은 어떤가요? 아보날 신관장."

“에르트카 대사제님?! 역시 마력을 모을 수 없는 것이 문제군요. 제물을 바쳐도 어차피 효과는 미미할 뿐이고요.”

“어허, 위험한 말은 하지 마십시오. 그들은 신앙에 따라 순교한 겁니다. 모두 신의 곁으로 떠난 경건한 신도들이에요. 그런 끔찍한 표현은 삼가세요.”

“죄, 죄송합니다, 하지만 현시점에서 소환은 불가능합니다.”

“그건 간과할 수 없는 사태네요. 현재 용사들은 절반밖에 남지 않았습니다. 심지어 그들에게 이상한 바람을 넣으며 암약하는 자가 있는 듯합니다.”

【현자】라는 존재가 움직이며 지금 이 나라의 근간을 뒤흔들고 있었다.

어차피 마도사니까 언젠가 신벌을 내릴 생각이지만, 그 힘은 용사를 압도했다.

적대하면 자신들도 무사하지는 못하리라고 그들은 생각했다.

그러나 신앙을 모독하는 존재는 설령 현자라도 용인할 수 없었다.

“마음만 먹으면 강제로 마력을 모을 수 있지 않나요? 최악의 경우를 상정해서 검토할 필요가 있을 듯하네요.”

“그, 그건…….”

그것은 남은 문헌에서 어렵게 알아낸 최종수단이었다.

소환진은 비상시에 대비해 강제로 마력을 모을 수 있었다.

하지만 그 영향은 크며 한 번 그 시스템을 쓰면 이 일대 마력이 소실된다.

어떤 생물도 살 수 없는 불모지가 될 위험성이 있었다.

"말씀하신 대로 그건 어디까지나 최종수단입니다. 하지만 검토할 필요는 있겠죠."

"강제 마력 착취…… 도시 주민도 죽을 텐데요?"

"불가피한 일이죠. 이것도 다 한심한 용사들 탓입니다."

강제로 소환해 놓고 뻔뻔한 말이지만, 그들은 신의 이름으로 모든 행위가 용서된다.

용사를 쓰고 버려도 그들은 죄가 되지 않는다고 진심으로 믿었다.

어디까지나 지금까지는…….

—쿠구구구구구구구구구구구구구구구구구구구구구구우우우!

갑자기 지진이 일었다.

원래 지진과는 무관한 땅에 살던 신관들은 갑자기 인 격렬한 진동에 대처하지 못하고 넘어졌다. 그것은 마치 신의 분노 같았다.

"뭐, 뭔가요? 이 진동은……."

"이건 설마, 신의 뜻일까요? 최종수단을 써서는 안 된다는……."

"말도 안 되는 소리…… 우리는 신의 사도예요. 그런 우리를 누가……."

"잠깐만요! 소환진 기능이 정지했습니다. 마력이 어딘가로 흘러나가는 모양입니다. 이런, 이런 일은 기록에도 없어요!"

"안 돼, 어서 원인을 규명하세요! 용사를 소환하지 않으면 우리의 미래는……."

신관들이 허겁지겁 상황 파악에 나섰다.

그러나 소환진의 구조를 모르는 그들은 원인을 조사할 방법을 몰랐다.

구시대의 유산을 지식도 없이 운용해 오던 그들에게는 원인 규명 따위 불가능했다. 이래서는 모두 죄인으로 숙청당할 사태였다.

그 직후, 당황하는 그들 앞으로 한 줄기 빛이 천장을 뚫고 소환진에 꽂혔다.

“우, 우리가 틀렸다는 뜻입니까, 4신이시여…… 아아, 아아아아 아아…….”

한순간이었다.

그들은 빛에 휩싸였다.

그 뒤에 찾아온 충격파로 마르트한델 대신전은 붕괴했다.

이리하여 소환진은 지상에서 모습을 감췄다.

많은 희생자를 내고서…….

【메티스 성법신국】의 미하로프 법황은 그날 공무로 마르트한델 대신전을 떠나 있었다.

장엄한 장식이 들어간 중후한 마차 안에서 미하로프는 두 소녀와 농탕질에 빠져 있었다. 사술(詐術)과 돈으로 지금의 지위를 얻은 그는 신의 가르침 따위는 애초에 믿지도 않았다.

4신은 이토록 불경한 그에게 자유로운 재량권까지 부여해 용인하고 있었다.

그에게는 4신이 선량한 신이든 사악한 신이든 자신의 이익이 된다면 아무래도 상관없었다.

겉으로는 청렴결백한 성직자를 연기하고 뒤에서는 피비린내 나는 일에 손을 대고 있었다.

"쾌락에 빠지다니, 그러고도 그대들이 성녀인가? 통탄스러운지고."

"……앗…… 으응♡ 법황님~, 거기는……."

"치사해요~. 나한테도 더~. ……앗, 응…… 아아!"

초로를 맞이했다고는 생각하기 힘든 성욕이었다.

그리고 늙었어도 권위에 집착하는 욕망은 쇠할 줄 몰랐다.

사람은 누구나 늙고 누구나 죽는다. 이것은 자연의 섭리이자 만고불변의 진리였다.

그렇기에 그는 자신의 이름을 역사에 남기고 대대손손 가장 위대한 인물로 칭송받고 싶다고 강하게 염원했다.

하지만 그 강한 야망에 작은 그림자가 드리웠다. 【현자】였다.

"……【현자】라고? 왜 이제 와서……. 아니, 방해하게 두진 않겠다. 그 누구라 할지라도!"

"흐아앙! 법황님…… 너무, 강해요♡"

"아앙…… 나한테도~."

미하로프는 소녀들의 몸을 탐하면서 머리를 굴렸다.

【현자】는 누구나 아는 영웅담에서 【용사】를 이끄는 존재로 등장했다.

권위로 따지면 법황보다 훨씬 지명도가 높다고도 할 수 있었다. 그【현자】가 모든 진실을 꿰뚫어 보고 4신교 앞을 막아섰다.

이렇게 되면【현자】와【법황】, 어느 쪽의 행위가 옳은지 여론이 나뉘고 자신의 행실이 많은 사람에게 주목받을 것이다.

이래서는 지금까지 한 것처럼 비밀리에 움직이는 자들과 접촉하기 어려워진다.

【4신교 혈련 동맹】. 미하로프가 내린 면죄부를 내세워 신의 이름하에 피를 흘리는 맹신자들.

정도를 넘어선 신앙에서 오는 그들의 행동은 많은 신관에게 불만을 샀지만, 미하로프에게는 편리한 도구였다. 누가 뭐래도 죽음을 두려워하지 않는 집단이었다.

그러나【현자】라는 존재가 있는 한 그들과의 접촉하기 어려웠다.【현자】는 4신교를 세계의 적으로 단정했고, 종족을 불문하고 전쟁터에 나타났다.

대항하려면【용사】를 더 소환해야만 했다.

그러나 용사 소환을 위한 마력 축적에는 30년이라는 시간이 필요했다. 이대로 가면 성법신국의 가면이 벗겨지고 사신교(邪神敎)라고 불리게 되는 것도 시간문제였다.

"현자는 무슨, 추잡스러운 마도사가! 아무도, 그 누구도 날 막을 순 없다! 나는 성인이 될 테다!"

그곳에 법황다운 위엄은 눈곱만큼도 없었다. 있는 것은 망집에 사로잡힌 탐욕스러운 남자의 불타는 야망뿐이었다.

그 격렬하기까지 한 갈망을, 야심을, 욕망을, 이제 막 성인이 된

소녀의 육체에 짐승처럼 쏟아냈다.

성직자들의 정점에 선 인물이란 사실이 믿어지지 않는 추악함이었다.

그만큼 그는 세상에 이름을 남기는 데 집착했다.

시각을 바꾸면 인간의 속물근성을 비추는 표상이라고 볼 수 있겠다.

그리고 그의 운명을 결정짓는 사태가 일어났다.

마침 마르트한델 대신전 문이 눈에 들어왔을 때였다.

—쿠구구구구구구구구구구구구구구구구구구구구구구우우우!

"뭐, 뭐야?!"

""꺄아아아아아아아아아아아아아아?!""

"지, 지진……?!"

예고 없이 찾아든 대지진.

땅이 옆으로 흔들리며 미하로프가 탄 마차가 속수무책으로 넘어져 버렸다.

정사에 빠져 있던 탓에 흐트러진 법의를 갖춰 입느라 뒤늦게 넘어진 마차에서 기어 나오자 아름다웠던 도시가 그야말로 쑥대밭이 되어 있었다.

원래 벽돌을 주위에 쌓아 올리고 내부에 나무 기둥을 세워 층을 올리는 건축 양식이라서 지진 같은 천재지변에 약한 구조였다.

그래서 도시 건물 대부분이 붕괴해 많은 이들이 그 잔해에 생매

장됐다.

전대미문의 대참사였다.

"이…… 이게 무엇이냐? 대체…… 무슨 일이 일어난 게야……."

지금까지 이 나라에 지진 피해를 입은 적이 없었다.

그래서 이 땅에 사는 사람은 지진이라는 재해에 대한 지식을 갖추지 못했다.

아니, 지진이라는 자연현상 자체는 알지만, 실제 대지진으로 말미암은 피해가 얼마나 큰지 알지 못했다.

그리고 여기서 모습을 드러낸 것은 미하로프의 오산이었다.

【마하 루타트】에 사는 백성에게 그는 믿음의 상징이었다. 법황을 본 민중은 구원을 바라며 그의 곁으로 쇄도했다.

"법황님! 아내가…… 아직 저 잔해 속에……."

"도와주세요! 우리 아이가…… 우리 아이가!"

"살려줘…… 팔, 내 팔!"

"기, 기다리십시오……. 순서를 지키시고, 저라고 모두를 구할 수는……."

"당신, 치료할 수 있잖아! 아버지가 죽어 간다고, 빨리 고쳐줘!"

그에게는 혼란에 빠진 백성을 달랠 재간이 없었다.

밀려드는 민중에게 둘러싸여 옴짝달싹할 수 없었다.

그런 상황에서 마지막 확인 사살이 이루어졌다.

대낮인데도 아득한 천공에서 눈부신 광점이 빛났다.

그것은 곧 지상으로 빛의 화살이 되어 내리꽂혔다.

—쿠와아아아아아아아아아아아아아아아아아아아아아아아아아아아앙!

한 줄기 빛의 화살이 구름을 찢고 마르트한델 대신전을 꿰뚫었다.

지상에 닿은 직후 발생한 충격파로 신전은 좌우 건물을 남기고 폭발과 함께 날아갔다. 물론 남은 건물의 피해도 막심했다.

게다가 폭발로 인한 충격파가 도시를 덮쳐 마하 루타트는 대신전을 기점으로 어마어마한 피해를 입었다.

아마 신전으로서 다시 이용할 수 없을 정도로.

그런 위력으로 4신교의 상징은 처참하게 와해됐다.

"시, 【심판의 화살】……?! 대체, 4신이시여…… 어찌하여……."

미하로프의 행동은 4신도 용인하고 있었다.

하지만 지금 일어난 일은 신이 자신을 배신했거나 자신이 신의 노여움을 샀다는 식으로밖에 해석할 수 없었다.

진상이 무엇이든 그에게는 지금 상황을 타개할 방법이 없었다.

"아아…… 신이 노하셨다……."

"이, 이유가 뭔가요…… 4신이시여……. 저희는 그대들의 가르침을 지켰거늘……."

"경건한 저희에게 어찌 이런 처사를 내리시나이까……. 이것이 시련이라면 너무 가혹하옵니다……."

이 도시 백성은 모두 4신의 경건한 신도였다.

그러나 지금 그들 앞에 일어난 일은 신의 시련이라고 여기기에는 너무 참혹했다.

이래서는 신앙을 잃을 수밖에 없었다.

'으으, 이대로 가면 위험해. 이대로 가면…… 4신교 자체가 위태로워.'

미하로프가 법황이 됐을 때, 선대 법황에게 어떤 진실을 들었다.

그 진실은 한평생 누구에게도 발설해서는 안 된다. 자칫 잘못하면 4신교가 사라질 위험성을 내포했다.

바로 【4신】이 정식 신이 아닌 【대행 신】이라는 사실이었다.

4신이 대행 신이라면 본래 이 세계를 관리하는 신이 따로 있다는 뜻이었다.

그리고 지금, 심판이 내려졌다.

'저것이…… 새로운 신의 힘이라면, 우리는…… 나의 비원은…….'

강대한 공격으로 4신교의 중추가 붕괴했다.

그것이 새로운 신의 심판이라면 대행 신 따위가 어떻게 대항할 수 있으랴.

당장 그렇게 결론짓기에는 이르지만, 신성 기사단가 대패했을 때 수인족 측에 현자가 있었다는 사실이 추측에 신빙성을 실었다.

수인족이야 병력을 모으면 대항할 수 있지만, 정체불명의 신은 무시할 수 없었다. 미하로프의 속에서 격심한 초조함이 소용돌이쳤다.

'타도해야 한다…… 새로운 신과 현자를! 지금 당장이라도 용사를 소환해야 해!'

4신교의 상징인 마르트한델 대신전이 붕괴하고 자신의 야망에 암운이 드리우자 미하로프는 초조해하면서도 시민을 치료하며 가까스로 대신전에 도착했다.

그러나 그곳에서 그가 본 것은 신을 죽이기 위한 병기,【용사】를 소환할 소환진이 흔적도 없이 파괴된 광경이었다.

이날, 4신교는 용사 소환이라는 최강의 패를 잃었다.

◇ ◇ ◇ ◇ ◇ ◇ ◇

모니터를 통해 위성 궤도에서 신전이 파괴되는 장면을 목격한 제로스와 크레스톤은 입을 다물지 못했다.

너무나도 무시무시한 위력에 정신이 멍해졌다.

'왜, 왜 사신한테 멸망했지? 이런 공격 수단이 있으면서도 졌어?'

제로스는 현실 문제에서 눈을 돌리고 그런 부질없는 생각을 하고 있었다.

그만큼 눈앞에 비친 현실이 두려웠다.

"이, 일단…… 세계의 위기는 회피했군요. 용사 소환은 아마 막았어요…… 하하하."

"……그, 그렇구먼. 하지만 어디 가서 말은 못 하겠군……. 피해가 너무 커."

고작 10퍼센트의 출력으로 거대 도시 중추부가 쑥대밭이 됐다.

이런 압도적인 병기가 이 세상에 존재해서는 안 됐다. 동시에 『구문명은 왜 사신에게 패배했는가?』라는 의문이 들었다.

아무튼 문제는 만약 이 사실이 발각되어 추궁받아도 「용사 소환을 저지하려다가 그만 나라 중추를 날려 버렸네요? 히히, 죄송」이라고 말할 수는 없는 노릇이었다.

그랬다가는 메티스 성법신국과 전쟁이 발발하고, 까딱 잘못하면 이 병기를 둘러싸고 타국까지 끼어든 처절한 전쟁으로 번질 가능성도 있었다.

이것은 정말로 농담으로 끝날 일이 아니었다.

"이거…… 위험하네요."

"위험하지……. 만약 조사원들이 실수로 움직이면 또 돌이킬 수 없는 일이 벌어질지도 몰라."

크레스톤이 그런 걱정을 하는데…….

『경고. 궤도 공격 위성【메타트론】에서 시스템 오류를 확인. 동력부에 과도한 부하가 발생했습니다. 노후화가 원인으로 추정됩니다. 현 시각부로【메타트론】을 폐기. 기밀 유지를 우선하여 폭파합니다.』

그런 안내 방송이…….

"다행이다……. 적어도 이 병기를 둘러싸고 전쟁은 일어나지 않겠네요."

"그럼 다행이지만, 비슷한 병기가 더 있지 않겠나?"

『【메타트론】의 방위 임무를【산달폰】으로 이행. 상시 경계 태세에 들어갑니다. 참고로【산달폰】에는【세라핌 버스트】는 탑재되지 않았습니다…….』

"평범한 군사 위성인가 보네. 위험한 걸 달고 있지 않아서 다행이야……."

"그 나라의 불이익은 우리의 이익이지만, 고대 병기는 감당이 안 돼. 이제 겨우 이더 란테를 안심하고 이용할 수 있겠구먼. 한때는 이걸 어쩌나 했어."

제로스와 크레스톤은 가슴을 쓸어내렸다.

위험한 병기가 없어져서 중압에서 벗어났다고 안심했다. 하지만…….

『현 시각부로 공대지 공격 병기를 통한 감시 임무는【궁니르】로 인계됩니다. 발동 코드 키는【라그나로크의 시작이다!】이므로 기억해주시기 바랍니다.』

""뭐라고오오오오오오오?!""

안심했을 때 뒤통수를 맞았다. 고대 방위 시스템은 눈치도 보지 않았다.

결국 두 마도사는 부담스러운 물건을 떠맡아 버렸다.

'왜, 대체 왜 공격 위성은 천사인데…… 지상 공격용 병기 이름이 북유럽 신화지? 이 코드 키는 누가 생각한 거야? 그리고 이런 병기를 일반인에게 어떻게 하라고?'

왠지 최고 책임자의 이름이【제로스】로 등록되어 있었다.

심지어 어느새 얼굴 인증까지 끝냈다. 이 시스템이 자기 마음대로 판단한 모양이었다.

이제는 현실 도피할 수밖에 없었다.

상황이 꼬일 대로 꼬여 버렸다.

"크레스톤 씨 괜한 말을 해서 정말로 귀찮아졌잖아요."

"……이게 왜 내 탓인가. 그냥 우연이야……. 자네 평소 행실이 안 좋아서 벌 받는 것 아닌가?"

감당하기 벅찬 무기를 떠맡아 어떻게 해야 할지 몰랐다. 가능하다면 전부 내던지고 싶었다. 들키면 검은 옷 입은 자들의 표적이 될지도 몰랐다.

결국 아저씨와 크레스톤은 관리실에 아무도 들어오지 못하게 방호벽으로 완전히 봉쇄하기로 결정했다. 물론 이더 란테 중추에도.

하지만 이 위험한 병기를 아무도 모르는 어둠 속에 묻어 버려도 도저히 불안을 씻을 수 없었다.

누가 어떤 방법으로 침입할 가능성은 충분히 있었고 아저씨도 이것까지 막을 방법은 떠오르지 않았다.

혹시 모를 사태를 생각하자 머리가 아팠다.

아저씨의 마음에 바람 잘 날 없었다…….

제9화 아저씨는 쉴 수 없다

폐허가 된 마르트한델 대신전의 하늘에서 한 여성이 답답한 표정으로 참상을 내려다보고 있었다.

그자는 푸른 머리칼을 가진 아름다운 여성이었다. 길게 찢어진 눈이 지적인 인상을 줬다.

속살이 비칠 만큼 얇은 천으로 몸을 감싸서 아름다운 몸매를 아낌없이 드러냈다.

외모는 그토록 아름다운 여성이지만, 동시에 사람과는 다르다는 느낌이 들었다.

실제로 그녀는 사람이 아니었다.

아래에 있는 사람들이 인식도 하지 못하는지, 그녀를 알아챈 사람은 아무도 없었고 모두 미증유의 재해로 벌어진 참상을 정리하기 바빴다.

많은 시체가 나란히 놓인 옆에서 흐느끼는 사람, 행방을 알 수 없는 가족을 찾아 헤매는 사람, 혹은 간신히 찾은 가족과 재회를 기뻐하는 사람도 있었다.

그러나 그녀는 그런 인간들을 보고 있지는 않았다.

'소환진이 파괴됐어……. 이러면 용사를 소환하지 못해.'

대신전을 파괴한 힘은 마법 공격이 아니었다.

그래서 그녀는 감지하지 못했다. 다시 말해 물리적인 공격이 이뤄졌고 그녀들에게는 뼈아픈 타격을 줬다.

용사는 그녀들에게 필요한 존재, 이 세계를 개혁하기 위해 중요한 요소였다.

하지만 누군가의 공격으로 그 목적이 저지당했다.

'이런 공격은 처음이야. 마력이나 신력(神力)도 안 느껴져. 구시대의 병기인가? 하지만 그런 건 옛날에 사라졌을 텐데.'

"아쿠이라타, 상황은 어때~?"

"플레이레스…… 녀석의 공격은 아니야. 인위적인 공격이 확실해."

갑자기 들려온 소리에 당황하지도 않고 아쿠이라타는 간결하게 대답했다.

그녀 뒤에는 빨간 머리에 열네 살 정도로 보이는 생기 넘치는 소녀가 서 있었다. 그러나 이곳은 하늘 위였다.

"인간이 이랬어? 그렇다면 일이 귀찮아지겠네."

"귀찮은 정도가 아니야. 공격은 이 별보다 더 위, 우리는 손도 댈 수 없는 우주 공간에서 떨어졌다고. 게다가 상대는 언제든 여길 노릴 수 있어."

"아~, 완전 망했잖아~. 누가 이런 짓을 했대?"

"이 세계 사람은 못 해. 옛날보다 멍청해졌으니까……. 가능성이 있다면 살아남은 용사나 전생자……."

이 세계는 한 번 첨단 문명이 멸망해 기술력이 단번에 저하했다.

그런 세계 인간이 고대 기술을 이용했다고는 생각하기 어려웠다. 그렇다면 필연적으로 용사나 전생자를 의심할 수밖에 없었다.

"그 녀석들~?! 그치만 용사라면 몰라도 전생자가 왜 여길 노려? 우린 생명의 은인인데?"

"나야 모르지. 그래도 우리를 적으로 볼 가능성은 있어. 아니라고 생각하고 싶지만, 설마 저쪽 신에게 무슨 지시를 받았나?"

"이 세계에서 마음대로 굴다니 용서 못 해! 전생자 다 죽여 버릴 거야!"

"그건 안 돼. 그러고 싶어도…… 그 녀석들이 우리보다 강해. 저쪽 녀석들에게 정보를 받아 봤는데 몇 명은 기본 능력치가 종속신 수준이야……. 요정에서 변이한 우리로는 승산이 없어……."

"왜 그렇게 강해! 이런 게 어딨어!!"

"전생했을 때 그것들에게 전부 떠넘긴 게 실수였어. 설마 내부로 폭탄을 보낼 줄은 몰랐어. 세계를 관리하는 능력은 그 녀석들이 높으니까 무슨 특별한 수작을 부렸어도 이상하지 않아."

이미 알겠지만, 그녀들은 4신 중 두 명, 아쿠이라타와 플레이레스였다.

음모가 있건 없건 마르트한델 대신전을 파괴한 자는 틀림없이 전생자였다.

그녀들은 이 세계의 관리를 맡았지만, 몹시 건성으로 대충대충 처리해 왔다.

그렇게 된 가장 주된 원인은 그녀들이 요정이었을 무렵 창생신에게 신의 권위를 부여받아 상위 존재로 격상했기 때문이었다.

향락적인 요정에게 신의 힘을 주면 어떻게 되는가.

그 답이 자기 마음대로 세상을 가지고 놀며 그 때문에 세계가 멸망하든 말든 나 몰라라 하는 이들이었다.

자신들의 무책임한 행동이 세계를 멸망시키든, 결과적으로 다른 세계 신들에게 피해를 주든 그들은 알 바가 아니었다.

그녀들에게는 악의가 없고 죄책감은 더욱 없었다. 애당초 그녀들 요정에게 그런 것은 존재하지도 않았다.

그러나 그녀들은 정식 신이 아니었다. 어디까지나 한정적으로 세계에 간섭할 뿐이며 현상에 간섭하는 힘은 없었다. 그리고 우주로 나갈 힘도 없었다.

그녀들은 세계가 어떻게 되어 가는지도 몰랐다. 그것을 파악할 시스템은 있지만, 쓴 적은 한 번도 없었다. 정확하게 말하면 그 시스템에 접속할 권한이 없다고 해야 옳았다.

그래서 사신의 피해자를 전생시킬 능력이 없어 이 세계에서 살 수 있도록 하는 절차만 밟았을 뿐인데 자신들을 스스로 『생명의 은인』이라고 말하고 있었다. 정말로 고생한 것은 이세계의 신들인데 말이다.

애초에 이세계의 신들이 『죽은 피해자들을 그쪽으로 전생시켜서 돌봐라! 너희 잘못이잖아!』라고 했을 때 『상관은 없는데 우리는 전생시킬 힘 없어. 미안한데 그쪽에서 해줄래? 절차는 밟아 둘게.』라고 대응해 이세계 신의 힘을 빌렸을 뿐이었다.

잔꾀만 부리는 것은 요정 시절의 성질 때문이리라.

그런 성격이라서 전생자를 받을 때도 『재미있어 보이니까 위험한 곳에 떨어뜨리자!』라며 무책임한 짓을 저질렀다.

하지만 무슨 일에도 예외는 있는 법.

지금 그녀들은 4신의 절대적 권위가 위협받기 시작하자 불안을 느꼈다.

이런 일은 사신 부활 이후 처음이었다.

"대항하려고 해도 용사를 소환할 수 없고 소환해도 상대가 안 돼. 딱 한 명 이길 수 있을 만한 녀석이 있지만, 어느 전생자가 얼마나 힘을 가졌는지 전혀 몰라."

"왜 그런 것들을 보내는 거야~! 그쪽 애들은 바보야? 세계가 망가지면 어떡하려는 거얏~!"

세계를 망가뜨리는 쪽은 4신이었지만, 안타깝게도 그녀들은 한없이 자기중심적이었다.

용사 소환 때문에 마력이 고갈되어 가며 자신들도 소멸할 위기란 사실을 몰랐다. 알려고도 하지 않았다. 본디 성격에 하자가 있어서 거기까지 생각이 미치지 않았다.

세계가 서서히 멸망의 길을 걸어도 지금 당장 재미있으면 그녀들에게는 아무래도 상관없는 일이었다.

“전생자에게 무슨 정보를 들으면 좋겠지만…… 그러고 보니 그 녀석들에게 통신 방법을 배웠지?”

“한 번밖에 안 썼는데? 게다가 우리 말을 들어준다는 보장도 없잖아. 몇 명이나 넘어왔는지도 모르고.”

“일을 전부 떠넘긴 게 문제야. 사신을 버렸다고 상황이 이렇게나 악화되다니…….”

“배은망덕해! 반드시 혼쭐을 내줄 거야~!”

“정면에서 싸우면 확실히 죽어. 이럴 줄 알았으면 리스트를 받아 둘 걸 그랬어.”

이 시점에서 자신들이 소환한 용사에게는 전혀 생각이 미치지 않았다.

살아남은 용사들이 얼마나 강한 분노를 쌓아 오며 복수의 기회를 노리는지 상상조차 하지 못했다. 신으로 숭배받는 4신은 기고만장해져 자신들이 절대적 존재라고 믿어 의심치 않았다.

“뭐, 예전 용사든 전생자든 싹 제거하는 게 최선이야. 인간들을 써서 말이야.”

“맞아, 방해꾼들은 하인들을 써서 해치우면 돼! 은혜도 모르는 것들은 디스트로이!”

“신탁을 내리자. 신에게 거역하는 어리석은 자를 처리하라고. 그것들이 설치게 둘 순 없어! 두고 봐…… 쥐새끼들을 반드시 끌어내고 말 테니까.”

그녀들은 자신들의 생각이 옳다고 믿기에 생각이 단순했다.

그래도 인간 세상은 그렇지 않았다.

4신교는 현재 각국에서 눈총을 샀고 용사라는 병력을 소환할 힘도 잃었다.

게다가 회복 마법이 본격적으로 시장에 풀리기 시작하면 앞으로 점점 권위가 기울어 갈 것이다.

그리고 이번에 성도는 역대 최악의 피해를 받았다. 중앙 정치 기구 복구에 힘을 쏟느라 각지의 피해자 지원은 늦어질 전망이었다.

많은 사람이 4신교에 불신의 눈길을 보내는 것도 이제는 시간문제였다.

"그치만~. 전생자를 어떻게 찾아? 우리 눈에 인간들은 다 똑같아 보이잖아."

"인간한테 전부 떠넘기면 돼. 귀찮은 일은 그것들한테 시켜. 어차피 우리한테는 절대복종이니까."

"아하! 그럼 그것도 신탁만 내면 되겠다~. 쉬워서 다행이야."

"그렇지. 인간은 인간에게 맡겨. 왜 우리가 일해? 귀찮게."

"맞아~. 그럼 바로 신탁을 내리고 오자. 귀찮은 일은 빨리 끝내야지."

"그러자. 하여간 귀찮은 일만 늘었어……."

무책임한 신은 그곳을 떠났다.

그것이 더욱 자신들의 목을 조일 줄도 모른 채.

아쿠이라타는 머리가 좋아 보여도 실상은 즉흥적인 생각만으로 판단했다. 당연히 이것도 아무 생각 없는 행동이었다.

어차피 본바탕이 요정이므로 본능에 충실했다.

이 세계는 여러 면에서 위기일지도 몰랐다.

◇ ◇ ◇ ◇ ◇ ◇ ◇

마르트한델 대신전이 붕괴하고 일주일 후, 미하로프 법황을 포함한 신관들의 거점은 구시대 성당으로 옮겨졌다.

강력한 **단죄의 빛**에 꿰뚫린 공포는 신관들의 신앙에 큰 균열을 낳았다. 분별력 있는 신관은 과거의 행동을 돌아보았고, 욕심 많은 신관 대부분은 언제 다시 단죄가 내려질지 전전긍긍하며 하루하루를 보냈다.

그래도 도시 복구는 해야 해서 신관들은 온 도시를 뛰어다니며 부상자 치료나 구제에 쫓겼다. 마찬가지로 신성 기사단도 복구를 위해 육체노동에 동원됐다.

메티스 성법신국은 세금 징수조차 여의치 않은 상황에 내몰렸다. 타국에 원조를 요청해도 『신의 단죄를 받은 신국』이라는 소문이 퍼져 지원에 난색을 표하는 상황이었다.

그런 와중에 4신이 성녀들에게 신탁을 내렸다.

"뭐라고? 전생자……?"

"네. 이계의 신들이 보낸 자들이 이 세계에 와 있으며, 그 빛은 그자들이 구시대의 유물을 움직여 일으킨 소행이라고 신탁을 받았습니다."

"설마 【현자】도 그중 하나란 말인가?!"

"아마 그럴 거라고 하셨습니다. 전생자는 이계의 신에게 명령받았을 가능성이 크다…… 당장 찾아내서 단죄하라고 말씀하십니다.”
“성녀 마리안느, 그 전생자는 몇 명이냐? 그자의 이름은 무엇이냐?”
“송구하오나, 그것까지는 모르겠습니다…….”
“그러한가…….”
미하로프는 머리를 쥐어뜯고 싶었다.
이세계에서 온 자들을 판별할 수단이 없었다.
신벌을 집행하고 싶어도 그들이 누구인지 모르면 손쓸 방법이 없었다. 또 목적이 무엇인지도 몰랐다.
유일하게 아는 점이 있다면 4신교를 적대시하고 다분히 의도적으로 공격해 왔다는 사실이었다.
“용사를 쓸 수밖에 없나……. 자밀 대사제, 급히 용사들에게 칙명을 내려라. 신적(神敵) 전생자를 찾아 신벌을 집행하라고.”
“신성 기사단은 어떻게 하시겠습니까?”
“피해 복구를 우선해야지. 인력이 부족해 아직 피해 상황도 모두 파악되지 않았으니…….”
“기다려주십시오, 법황님.”
성녀 중 한 명인 마리안느가 머뭇거리며 미하로프를 막았다.
“왜 그러느냐? 달리 신탁이 더 있었는가?”
“예……. 전생자는 용사들보다 훨씬 강한 힘을 가졌다고 합니다. 이계의 신에게 명령받은 자가 몇 명이나 있을지 모르나, 섣불리 전생자에게 손을 대면 피해가 커질 우려가 있습니다.”
성당 안이 술렁거렸다.

용사의 힘은 그들도 잘 알았다. 처음에는 분명히 약했지만, 그들은 경험을 쌓을수록 타인과 비교할 수 없는 속도로 빠르게 강해졌다. 그래서 최강이라는 수식어까지 붙었다.

그런 용사보다 훨씬 강하다면 이미 머릿수로 어떻게 해 볼 상대가 아니었다.

분명히 말해서 괴물이었다.

"그밖에, 다른 말씀은 없으셨느냐? 전생자에 관해서!"

"아니요……『신적을 징벌하라』라고만……."

"그런가…… 수고했다."

전생자의 존재는 정체 모를 불안이었다.

왜 이계의 신이 이 세계에 간섭하려고 하는가. 그리고 4신에게 적대 의지를 보이는 이유를 알 수 없었다. 더구나 용사보다 강한 것이 문제였다.

이제 와서 타국이 연계해서 메티스 성법신국에 정치 압력을 걸기 시작했고, 마도사도 회복 마법을 쓸 수 있다고 선전하고 있었다. 그 나라들이 독자적으로 회복 마법을 개발했다는 소문도 돌았다.

지금까지는 회복 마법 독점으로 치료비라는 이름의 고액 헌금을 요구해 왔다.

그러나 시중에 회복 마법이 풀리면 신관의 지위는 실추된다.

무력으로 압력을 가하자니 최대 전력인 용사 소환은 더는 불가능하고, 전생자를 찾기 위해 타국에 요청하자니 오히려 자신들이 회유하려고 할 것 같았다. 용사보다 강한 힘을 가졌으니까 충분히 그럴 만했다.

외통수. 이러지도 저러지도 못할 상황이었다.

"왜…… 왜 하필 이럴 때 문제가 일어나지? 대체 어디서부터 손을 써야 한단 말인가……."

"법황님, 마음을 굳게 먹으십시오……. 우선은 국력 회복에 최선을 다해야 합니다. 전생자 탐색은 용사들에게 맡기고, 타국이 파고들 여지를 줘서는 안 됩니다."

"그래, 그 말이 옳다……. 그 용사를 정화한 것이 실수였나. 살려 놓으면 조금은 도움이 됐을 것을……."

"다른 방도가 없었습니다. 그자는 너무 많은 것을 알았으니까요……. 게다가……."

"앞으로 더 늘어날지도 모른다는 게지? 귀찮아졌군……. 잘못하면 용사까지 적이 될지도 몰라."

전생자와 용사가 손잡고 신의 나라를 멸망시킨다.

지금까지 해 온 일들을 생각하면 현실성 없는 미래는 아니었다.

"이계의 신이라……. 전생자란 것이 어떤 힘을 가졌는지 모르지만, 쓸데없는 짓을 하는군……."

미하로프는 체면도 잊은 채 고달픈 표정을 지었다.

4신교가 붕괴하면 자신의 명성이 악명으로 바뀐다. 이것은 미하로프에게는 간과할 수 없는 문제였다.

용사를 소환할 수단을 잃은 메티스 성법신국의 앞날에는 먹구름이 드리웠다.

그것이 단지 먹구름이 아닌 붕괴의 시작임을, 일부 사람을 제외하고는 아직 눈치채지 못했다.

◇ ◇ ◇ ◇ ◇ ◇ ◇

일루마나스 지하 대유적 가도의 공사 현장.

쇳소리가 끊임없이 울리며 남자들의 뜨거운 노랫소리가 들렸다. 개중에는 요란한 샤우팅을 뽐내는 사람들도 있었다. 그들이 누군지는 말할 필요도 없으리라.

곡괭이가 힘차게 바위에 꽂히고 퇴로를 완전히 막고 있던 암석이 박살 났다.

그것을 한 사람은 회색 로브 마도사였다. 다시 힘차게 내리친 곡괭이에 단단한 암반이 파괴되어 갔다.

햄버 토목 공사 외에도 업자가 이 현장에 동원되어 많은 작업원이 땀을 흘리고 있었다. 이제는 얼굴을 익힌 작업원도 많았다.

"오, 총각. 열심히 하는구만. 곧 점심인데 어떻게 할래?"

"벌써 시간이 그렇게 됐나요? 마침 이쪽 일도 일단락됐으니까 점심을 먹을까요? 이 굴도 곧 개통될 텐데 급하게 하다가 실수하면 의미가 없죠."

"그럼 조금 이르지만 점심을 먹자고. 오후 일은 조금 일찍 시작하면 돼. 지금까지 진전이 없었던 게 거짓말 같아. 이대로 가면 공사 기한에 맞출 수 있겠어. 와아~, 한때는 진짜 어쩌나 싶었는데."

"하하하, 땅속 생활에서 기다려지는 건 식사 시간뿐이네요. 빨리 지상으로 돌아가고 싶어요. 나가면 시원한 맥주나 마셔야지."

"맞는 말이야. 일 끝내고 한잔 걸치면 피로가 싹 가셔."

인부들과 함께 일을 일시 중단하고 가설 사무소에 준비된 도시락 꾸러미를 든 제로스는 자재 위에 앉아 꾸러미를 풀었다.

균형 있는 영양 섭취를 고려해 요리사가 직접 만든 도시락이었다. 뚜껑을 열자 알록달록한 요리가 눈을 즐겁게 해줬다. 흰 보리밥도 아주 맛있었다.

배에서 꼬르륵 소리가 났다. 빈 위장을 채우려고 보리밥을 대번에 먹어 치웠다. 살짝 소금기가 있는 밥은 지친 몸에도 술술 넘어갔다.

여담이지만, 이런 현장에서 먹는 식사는 본래 냄비에 남는 재료를 모두 넣고 끓인 요리가 주류였으나, 맛이 이상해질 때가 있어서 인부들에게는 평가가 좋지 않았다.

도시락이라는 문화가 최근에 퍼져 공사 현장에서 애용하게 됐다.

"앗, 주전자 좀 주실래요?"

"그래, 여기. 여전히 잘 먹는군. 그렇게 배고팠어?"

제로스는 주전자를 잡고 차를 따라서 벌컥벌컥 들이켰다.

"지금은 알톰 황국 방면에서도 파고 있죠?"

"그래. 조금만 더 파면 합류할 예정이지만, 이쪽 공사가 늦어져서 모르겠군. 하지만 얼마 안 남은 건 확실해."

"그래도 도시를 확장하지 않아도 되니까 편하지 않습니까? 구시대 도시가 고스란히 손에 들어왔으니까요."

"그건 그렇지만 거기서 생활하기는 어려워. 물은 어디 지하 호수에서 끌어올리나 보지만, 오물 처리를 어떻게 해야 할지 모르겠어. 솔직히 그 도시 구조가 짐작도 안 돼."

"그럴 만도 하죠. 도시 개발 구상까지는 알 방도가 없죠."

제로스는 밥을 먹으면서 향후 공사 계획에 귀를 기울였다.

그리고 이때 깨달았다.

깨닫지 않으면 아무 일도 없었을 사실을 문득 깨닫고야 말았다.

'헉! 어, 어느샌가 토목 공사에 익숙해져 버렸어?!'

안쪽에서는 햄버 토목 공사의 드워프들이 춤추며 주위에서는 우락부락한 인부들이 밥을 먹었다.

그리고 제로스는 도시락을 들고 주전자에 든 차를 마시며 토목 작업 현장에 완전히 녹아들어 있었다.

가장 심각한 점은 최근 식사 때마다 「아~, 밥맛 좋다!」 같은 소리를 한다는 것이었다.

거의 납치나 다름없이 연행당해 악마와 대량의 언데드를 처치하고 고대 유물을 기동해 도시 하나를 붕괴한 제로스는 어느새 육체 노동에 순응하고 있었다.

그 모습은 마도사가 아니라 공사장 인부 그 자체였다.

"자네도 건축업자가 다 됐구먼……. 마도사가 할 짓은 아니야."

"또 그러시네~. 나구리 씨에게 절 여기로 납치하도록 사주한 건 크레스톤 씨잖아요?! 그런데 왜 남 일처럼 말씀하세요?!"

"아니…… 나도 설마 자네가 이토록 순응할 줄은 몰랐어. 혹시 천직 아닌가?"

"조금만 더 하면 개통되니까 힘이 나는 겁니다. 이제 곧 푹 쉴 테니까요."

요즘 크레스톤은 이더 란테를 야영지로 삼고 유물 수집을 진두

지휘했지만, 오늘은 지하 가도 공사를 시찰하러 와 있었다.

이것도 공무의 일환이지만, 반쯤 그냥 놀러 온 것이었다.

곧 터널 공사가 완공되므로 제로스는 힘든 노동에서 해방되리라 기대 중이었다.

공사가 끝나고 쉬는 날을 진심으로 기다리고 있었다. 그러나…….

"미안한데 그 전에 알톰 황국에 잠깐 다녀와 주지 않겠나? 원래는 내가 갈 예정이었지만, 델에게 이더 란테에 관해 보고해야겠어. 자네도 아는 **그거** 말일세……. 내 가슴에만 묻어 두기에는 짐이 너무 무거워. 마력 대량 소실의 위험성에 대한 것도 있고."

"정말요?! 그건…… 왕족과 만나기라도 하나요?"

"아니, 외교관 호위를 맡아줬으면 하네. 사태가 점점 커지고 있어서 이사라스 왕국과도 본격적으로 무역을 진행할 생각일세. 큰 걱정은 말게. 편도만 맡아주면 되니까. 데려다준 후에는 자유롭게 행동하게."

"오, 맙소사. 육체노동으로도 모자라 또 혹사시킬 생각이신가요……. 크레스톤 씨, 당신들의 피는 무슨 색입니까!"

"귀족이라고 하면 푸른 피지. 새삼스럽게 무슨 소리인가? 유용한 인물은 무슨 수를 써서라도 부려먹는 법이네."

반박할 수 없는 말이 돌아왔다.

역시 마굴에서도 권위를 지켜 온 대귀족 아니랄까 봐 말에 설득력이 있었다.

"어서 인간으로 돌아오세요."

"티나가 돌아오면 당장에라도 말짱한 인간으로 돌아갈 거야. 요즘은 적적해……. 티나에게는 똥파리들이 많이 꼬이나 보지만. 후후후후후……."

"디오 군, 도망쳐어어어어어어어어어어어!"

정상이 아니었다. 그리고 공작가의 정보망은 대단했다.

세레스티나를 연모하는 청년의 정보는 진작 크레스톤의 귀에 들어갔다.

디오는 이미 조준된 상태며 이제는 필살 마법을 먹일 일만 남았을 뿐. 정말로 그의 목숨은 위험한 사태에 빠져 있었다.

"그건 일단 넘어가고, 이곳이 개통된 후에는 어떻게 하실 거죠? 거점으로 쓸 도시를 만들 생각인가요?"

"흠, 일단 지하 가도를 나가면【리사구르】라는 산골 마을이 있긴 한데 정말 아무것도 없는 벽촌이라고 해. 무슨 명물이라도 있으면 좋을 텐데……."

"어렵겠네요. 어떤 마을인지는 모르지만, 산골 마을이죠? 적어도 여관이 없으면 이 지하 가도를 이용하는 상인도 힘들 겁니다."

"기대해도 소용없어. 리사구르는 폐광촌이야. 자금을 지원해서 정비해도 경제가 안정되려면 시간이 걸려."

"어쨌든 지원은 하실 거잖아요? 게다가 햄버 토목 공사가 움직이면…… 아마 사흘이면 여관 하나는 뚝딱 지을 겁니다. 인부들이 황홀한 미소를 띠고 정신 나간 댄스를 추며 운송마처럼 자지도 쉬지도 않고 일하겠지만요."

"농담 같지 않아 무섭구먼."

농담이 아니었다.

햄버 토목 공사가 전력을 다하면 여관 두세 채 정도는 눈 깜짝할 사이에 지을 수 있었다.

심지어 춤까지 추면서.

햄버 토목 공사의 직원들은 지금도 점심도 먹지 않고 일하느라 여념이 없었다. 체력이 장난 아니었다.

아니, 잘 보니 작업하면서 밥을 먹고 있었다.

새로운 기술을 배운 듯했다…….

"저거…… 아무리 봐도 정상은 아니죠?"

"저게 정상의 기준이면 다른 건설업자는 뭐가 돼?"

"다들 저 사람들한테 전염돼서 멋진 댄서가 됐는데요? 쇼타임은 아직 끝이 아니에요. 이제부터 시작이죠."

"저 상태인데 왜 일이 순조롭지? 부상자도 없고, 요상하구먼……."

이 세계의 미스터리였다.

보통은 춤추면서 작업하면 체력 낭비며 집중력을 요하는 작업은 불가능했다. 오히려 실패할 확률이 훨씬 높았다.

그러나 햄버 토목 공사는 그것을 해냈다. 『토목 작업은 엔터테인먼트』라고 호언하는 강호들이었다.

"총각, 슬슬 일 시작해야지."

"네? 아직 5분도 안 지났는데요?"

"무슨 소리야? 장인의 휴식은 5분이면 충분해. 우리는 쉬지 않아! 월화수목금금금의 정신으로 죽는 한이 있어도 최고의 결과물을 낳는 거라고, 가자!"

인부는 하드 로커 저리 가라 할 정열을 불태우며 제로스를 연행해 갔다.

그들의 신조는『죽어도 곡괭이는 놓지 않는다』였다.

이 세계에는 노동조합도 근로기준법도 없었다. 상업 길드는 보고도 못 본 척이었다.

따지면 맞으니까…….

"잠깐만요, 아직 점심 다 못 먹었어요! 크레스톤 씨, 도와주……아아아~!"

"딱한지고……. 델, 우리가 제로스 공을 지옥에 내던진 모양이다……. 원망받으면 네 탓인 줄 알아라."

크레스톤 옹은 은근슬쩍 책임을 아들에게 전가했다.

그가 보는 앞에는 아저씨는 질질 끌려갔다.

먹다 남은 도시락을 남겨 둔 채…….

참고로 제로스의 오늘 노동 시간은 열두 시간이었다.

아저씨는 아직 쉴 수 없었다. 지하 가도가 개통되는 순간까지…….

묵념.

제10화 아저씨, 전직 용사를 만나다

일루마나스 지하 대유적.

그곳은 고대의 드워프와 마도사가 만든 지하 유적이었다.

과거에는 솔리스테어 마법 왕국, 알톰 황국, 메티스 성법신국의 국경을 잇는 교역로였으나, 암반이 붕괴하고 마물의 번식지가 되면서 이용자가 줄고 위험 구역으로 지정되어 일시적으로 역사의 뒤안길로 사라졌다.

그리고 지금 그 유적에 새로운 역사가 열리려고 하고 있었다.

솔리스테어 마법 왕국과 알톰 황국의 지하 가도가 고대 도시 이더란테를 통해 이어지면서 지상과 지하를 잇는 교역로가 부활했다.

공사에 종사한 많은 인부가 터널이 개통되는 날을 고대했고, 지금이 바로 그 순간이었다.

나란히 선 인부들은 이때를 위하여 현장에서 일해 왔다.

"드디어 이날이 왔군……."

"그래…… 이제 얼마 안 남았어."

모두 앞쪽에 있는 암벽을 주목하며 그 순간이 오기를 기다렸다.

그때, 인부들 앞으로 드워프와 인간 현장 감독이 나오자 사람들은 드디어 때가 됐다며 흥분을 감추지 못했다.

지금부터 터널 개통식이 진행된다.

"마침내 이때가 왔다! 우리가 기다리고 기다리던 순간이다!"

"한때는 공사가 늦어졌지만, 드디어 이날이 왔군. 다들 두 눈 크게 뜨고 봐라! 우리는 역사에 새로운 획을 그었다!"

한 명은 나구리였고 다른 한 명은 최근 제로스와 친해진 인부였다.

그는 다른 업자의 현장 감독으로 파견됐으며 제로스도 작업 중에 몇 번이나 도움을 받았다.

그 둘이 곡괭이를 손에 들고 암벽과 마주했다.

그리고 곡괭이를 크게 뒤로 젖히고 한껏 힘주어 내리쳤다.

—깡! 키잉!

연신 내려치는 곡괭이질에 암벽이 조금씩 허물어졌다.

그리고 반대쪽에서 옅은 빛이 새어 들어왔다.

그 암벽에 마침내 구멍이 뚫린 것이었다.

“개…… 개통했어…….”

“뚫렸다…… 우오오오오오오오오오오오오오오오오오오오!”

“““““““오오오오오오오오오오오오오오오오오오!”””””””

인부들이 일제히 울부짖었다.

어떤 사람은 울고, 어떤 사람은 옆 사람과 부둥켜안고, 또 어떤 사람은 환희에 몸을 떨었다.

“아직 전부 끝난 게 아니야! 바로 마무리 작업에 착수해!”

“““““““알겠습니다, 보스!”””””””

나구리의 호령에 인부들은 모두 도구를 들고 최종 작업을 위해서 암벽으로 돌격했다.

“……이게 뭐래? 하지만 이 성취감은…… 좋군.”

제로스는 인부들의 열의를 왠지 모르게 알 것 같았다. 그는 담배를 꺼내서 천천히 불을 붙였다.

담배 연기가 폐로 스며들며 말로 표현하지 못할 충족감에 휩싸였다.

“빠져 가지고 현장에서 담배를 피워?!”

“부헥?!”

아저씨는 나구리에게 얻어맞았다.

그것도 경쾌한 풋워크로 거리를 좁혀 강렬한 어퍼컷을 먹였다. 다리가 짧은 드워프의 몸놀림이 아니었다.

공사 현장은 금연 장소였다.

이세계 공사 현장에서도 금연 바람이 불기 시작하는 추세였다.

"용사…… 네 이놈……들……."

어퍼컷을 맞고 높이 떠오른 아저씨는 그대로 몇 초 체공하다가 모 권투 만화[#12]처럼 땅바닥에 처박혔다.

인부들은 온 힘을 다해 마지막 작업에 매달리느라 누가 도와주기는커녕 눈길조차 주지 않았다. 누가 얻어맞는 건 그들에게 일상 풍경이었다.

참고로 이 세계의 담배는 종류에 따라서 약으로 쓰이는 것도 있었다.

지구와는 달리 효과가 있어서 중요시되지만, 용사들은 원래 세계의 상식만 믿고 담배는 몸에 해롭다고 광고했고, 그 소문은 삽시간에 퍼졌다.

애연가에게는 괴로운, 정말로 각박한 세상이었다.

"저…… 전에는 현장에서 피워도 됐는데……. 이것이…… 담배 난민인가……. 서럽다……."

정신이 어둠으로 떨어지는 제로스를 두고 마무리 작업은 순조롭게 진행됐다.

인부들은 치트 마도사보다 무적이었다.

#12 모 권투 만화 세인트 세이야의 작가 쿠루마다 마사미의 작품 『링에 걸어라』. 어퍼컷을 맞으면 날아가고, 떨어질 때는 얼굴부터 바닥에 떨어지는 쿠루마다 식 연출의 원류.

◇ ◇ ◇ ◇ ◇ ◇ ◇

"터널을 빠져나오자…… 설국이었다[#13]."

의욕에 불타는 인부들 덕분에 무사히 터널이 개통됐다. 그곳을 통해 밖으로 나오자 알톰 황국의 외딴 산간 지역이었다.

알톰 황국은 겨울이 되면 지역 일대가 눈으로 덮였다. 현재 기온도 솔리스테어 마법 왕국보다 낮고 주변이 높은 산으로 둘러싸인 이곳도 얇게나마 눈이 쌓였다.

일루마나스 지하 대유적은 솔리스테어 마법 왕국부터 이더 란테 지하 도시 사이를 【이더 란테 지하 가도】로, 이더 란테 지하 도시부터 알톰 황국까지를 【일루마나스 지하 가도】로 이름 지었다.

그 일루마나스 지하 가도를 빠져나오면 산 사이로 작은 마을이 보였다.

서쪽으로는 오러스 대하가 흘렀고, 주위는 울창한 숲으로 둘러싸인 대자연이었다.

리사구르는 적막한 산골의 농촌 마을 같았다.

"쌀쌀하군……. 본격적으로 눈이 내리면 이 가도를 쓸 수 있을까? 산길이 얼면 위험할 텐데……."

마을 옆에는 어울리지 않게 깨끗하게 정비된 가도가 나 있었다. 아마 알톰 황국 쪽이 닦은 길일 것이다.

업자들이 힘을 좀 썼는지 가로변에는 조각까지 장식해 놓았다. 열의와 기개가 보통이 아니었다.

#13 터널을 빠져나오자 설국이었다 소설 『설국』의 첫 문장.

그 탓에 한적한 마을에는 어울리지 않은 세련된 길이 완성됐다.

'가도만 놓기도 힘들었을 텐데…… 용케 이런 걸 만들 여유가 있었군.'

아저씨는 금강역사 같은 조각상을 바라보면서 속으로 생각했다.

알톰 황국에도 먼 옛날 일루마나스 지하 대유적을 통해 이 땅에 정착한 드워프들이 있었으리라. 아마 나구리나 보링과 동족일 것이다.

실제로 알톰 황국 쪽 드워프 인부들이 리사구르 마을 앞에서 가도 완성을 축하해 요사코이[#14] 같은 군무를 추고 있었다. 그 행동이 햄버 토목 공사와 너무나도 유사했다.

이것이 모든 드워프의 공통된 풍습인지, 아니면 솔리스테어와 알톰 양국에만 있는 풍습인지는 모르겠지만, 보기 부담스러운 광경인 것은 확실했다.

'활~짝 화려하게 피기[#15]에는 다들 덩치가 너무 좋으셔. 화려함은 고사하고 잘못하면 목숨이 위험한 현장이니까……. 그나저나 마을 말고는 아무것도 없군. 있는 건 대자연뿐이야.'

제로스가 처음 보는 타국의 경치를 구경하는데 한 인간 인부가 다가왔다. 제로스보다 나이가 많은 근육질 남성이었다.

깍두기 머리에 눈매가 살짝 치켜 올라가서 작업복을 입지 않았다면 어디 조직원처럼 보일 인상이었다. 그가 나구리와 함께 개통식을 진행한 인간 쪽 현장 감독【가토】였다.

#14 요사코이 일본 요사코이 축제에서 추는 춤. 나루코라는 도구를 들고 단체로 자유 안무를 선보인다.
#15 활~짝 화려하게 피기 요사코이를 주제로 한 미소녀 애니메이션『하나야마타』의 오프닝 가사 패러디.

오늘도 선글라스와 펀치 파마가 멋있다.

“여어, 형씨. 여기 있었어? 뒤풀이할 거니까 빨리 와.”

“완공 기념으로 술판이라도 벌이나요? 햄버 사람들은 억지로 술을 먹여서 조금…….”

“하하하, 이쪽 일 하는 사람들은 다 그래. 일이 끝나면 마시고 떠들면서 회포를 풀고 내일은 또 다른 현장으로 가. 우리한테 쉬는 날 따위 없어.”

“노동자한테 그래도 됩니까? 가족을 만나고 싶은 사람도 있을 거예요.”

“여긴 근로기준법 따위 없어. 모든 걸 작업자가 결정하지. 부하들은 힘들겠지만, 익숙해지면 이것도 재미있어.”

“산재 보험도 없고 말이죠. ……응?”

제로스는 퍼뜩 이상하다고 느꼈다.

이 남자는 분명히 『근로기준법』이라고 말했다.

이 세계에 그런 법은 존재하지 않았다. 그 단어를 아는 사람도 거의 없었다.

아저씨는 바로 답을 도출했다.

문제는 둘 중 어느 쪽이냐는 것이었다.

“……그러고 보니 성함을 들은 적이 없네요. 식사도 몇 번 같이 한 사이에 묻기도 부끄럽지만, 가르쳐주실래요? 가토 씨라는 건 알지만, 풀네임은 없나요?”

“응? 아, 말을 안 했었지……. 난【타카 가토】야.”

“저는 제로스입니다. 그런데…… **어느 쪽**입니까?”

"어느 쪽? 뭐가?"

"그러니까…… 【전생자】인지 【용사】인지 묻는 겁니다. 【카토(加藤)】 씨."

그 순간, 공기가 팽팽해졌다.

타카 가토라고 자신을 소개한 남자에게서 살기가 흘러나와 제로스는 즉시 경계심을 곤두세웠다.

단언컨대 건설업자가 낼 살기가 아니었다.

예리한 눈으로 노려보면서 서로 상대의 행동을 주시했다.

"당신…… 누구야? 어떻게 내가……."

"제가 듣고 싶은 건 어느 쪽이냐는 것뿐이에요. 딱히 싸울 생각은 없지만, 공격하면 반격 정도는 할 겁니다?"

"어떻게 내가 이세계인이라고 알았지?"

"이 세계에 근로기준법이 어디 있습니까? 그 단어를 아는 사람은 이세계인뿐이에요. 바로 우리 같은……."

"이놈의 입이 문제군. 지금까지 힘들게 숨겨 왔는데 말실수 한 번에 들통날 줄이야……. 응? 그러고 보니 댁도 【산재 보험】이라고……."

"저는…… 【전생자】입니다. 지금까지, 라고 말씀하셨죠? 그렇다면 【용사】인가요? 아마 33년 전에 소환됐다고 하는……."

둘 다 이세계에서 온 인간이었다.

그러나 누구도 경계를 풀지는 않았다.

"그래……. 우리는 33년 전 용사 소환 의식으로 놈들에게 불려 왔어. 본명은 【카토 타카히토】. 나 말고도 살아남은 인간은 있지만, 어디 있는지는 말 안 할 거야. 이유는 댁도 대충 알겠지?"

"4신교가 목숨을 노리기 때문인가요? 그렇군……. 이제 확신이 생겼어. 역시 【용사 소환】으로 편하게 부려먹을 도구를 불러들인 거군요."

"그래……. 놈들은…… 아니, 놈들의 상층부는 우리를 도구로 써서 자기네 권위를 높이고 이 세계를 지배할 생각이야. 송환한다는 이야기는 새빨간 거짓말이었어! 그걸 깨닫고 동료는 대부분 살해당했어. 이번에 소환된 용사도 이미 몇 명 죽지 않았을까?"

"잘 아시네요. 이미 절반은 죽었습니다. 얼마 전에 용사 두 명을 만났어요. 이것저것 캐묻고 4신교는 믿을 게 못 된다고 바람을 불어넣었지만요."

그렇게 말한 순간, 타카의 눈이 동그래졌다.

그리고 호쾌하게 웃었다.

"픕…… 크하하하하하하하하하하! 적은 아닌 모양이군. 용사에게 그런 소리를 하면 이단 심문관 녀석들이 움직여. 잘못하면 죽을걸?"

그도 이 세계에 소환되고 많은 일을 겪었으리라.

"그건 걱정 마세요. 저는 용사보다 강하거든요. 치트 능력자라서요."

"용사보다……? 【전생자】란 인간들은 얼마나 센 거야? 우리도 레벨1에서 차근차근 경험치를 쌓았다고. 불공평하잖아."

"그건 4신 탓이에요. 다른 신들을 화나게 했다나 뭐라나."

"4신교 놈들이 무슨 짓을 저질렀어?"

"저지른 건 4신이죠. 그 증거로 저쪽 신들은 사신을 돌려보냈고 지금은 용사 소환도 막혔습니다. 게다가 주변 국가들은 그 나라에

앙심을 품어 사방이 적. 사면초가예요."

모든 사실은 어느새 인벤토리에 들어 있던【사신 혼백】과 용사와의 대화, 이더 란테 제어 시스템, 직접 관여된 사건, 그리고 지금까지 읽은 신문에서 얻은 정보로 추측한 것이었다.

다소 부족한 부분은 있지만, 이 가토라는 산증인 덕분에 추측은 확신으로 변했다.

"푸하하하하하하하하하! 꼴좋다~. 우리를 가지고 논 벌이야. 실컷 고생하라지, 그 개자식들! 최고야! 지금까지 이렇게 웃은 적은 없었어. ……근데 응? 사신?! 대체 무슨 짓을 한 거야?!"

어지간히 한이 맺혔는지, 타카는 배를 잡고 웃어 젖혔다.

하지만 사신이라는 말에 웃음을 멈췄다.

"사신을 우리 세계……라고 해도 될지 모르겠지만, 쓰레기처럼 무단 투기했어요. 그래서 우리가 죽었어요. 그래서 전생시키는 김에 사신도 같이 돌려보낸 거죠. 원래 세계 신들의 보복이 아닐까요?"

정확하게 말하면 결정화한 혼백이었지만, 전생자와 함께 돌려보낸 사실 자체는 틀림없었다.

그리고 현재 아저씨는 사신의 육체가 될 호문쿨루스를 열심히 배양 중이었다.

"사신…… 그거 괜찮아? 그래도…… 놈들의 생명선이 끊어졌다면 지금쯤 상당한 혼란에 빠졌겠군."

"지진으로 도시가 붕괴했어요. 복구 작업으로 몇 년은 바쁠 겁니다. 나라의 신속한 대응이 요구되는 상황이에요. 대응이 늦을수록 민중의 불만은 쌓일 테죠."

"……그렇군. 그렇다면 겉으로는 몰라도 뒤에서 놈들이 움직일지도 몰라."

"뒤에서 움직인다? 혹시 이단 심문관인가 하는 녀석들 말인가요?"

"【4신교 혈련 동맹】…… 도를 넘은 맹신자 집단이야. 이단 심문국은 놈들이 소속한 부서 중 하나라고 해. 원래 세계에도 종교에는 파벌이 있잖아? 【무슨무슨 파 수도사】라거나 【무슨무슨 계 교회】처럼. 하는 짓은 오히려 테러리스트 예비군에 가깝지만."

"아…… 그런 게 있었죠. 솔직히 전 차이를 모르겠지만, 맹신자 집단이라……."

"종교 파벌은 나도 구별이 안 돼. 하지만 혈련 동맹은 위험해. 놈들은 사람 좋아 보이는 얼굴로 웃으면서 살인을 저질러. 『이교도에게 죽음을』이라고 하면서. 우리도 몇 번이나 놈들에게 공격받았어. 놈들이라면 민간인 학살도 아무렇지 않게 저지를걸? 진짜로 정신 나간 집단이니까. 우리가 가명을 쓰는 이유도 놈들을 경계해서야."

【4신교 혈련 동맹】. 4신을 절대신으로 신봉하는 집단이었다.

4신교의 권위를 지키기 위해서라면 학살도 마다하지 않는 자들이며, 평소에는 다른 신관들에게 섞여 행동했다. 물론 용사들 곁에도 있을 테지만, 【이치죠 나기사】와 【타나베 카츠히코】 곁에는 아마 없었다고 생각되었다.

제로스는 용사들 앞에서 실컷 4신을 비판했다.

만약 그 자리에 있었다면 무작정 달려들었을 것이다.

"흠…… 혹시 규모는 별로 크지 않나? 용사들 곁에 있었다면 절 공격했을 거예요. 아니지…… 일부러 신분을 숨기려고 넘어갔나?"

"맹신자란 눈에 띄게 마련이지. 조금이라도 4신을 안 좋게 말하면 당장 칼을 뽑고 달려들 녀석들이야."

"아뇨, 타국에서 활동하려면 아마 감정을 억제하기도 할 겁니다. 맹신자니까 오히려 냉정하게 행동할 테죠. 종교가는 독자적인 가치관으로 움직이니까요. 뭐, 살의까지 감추지는 못하겠지만."

마력이 정신의 영향을 받는 이 세계에서는 감정에 따라서 마력 파동이 발생한다.

그 마력을 감지하는 스킬이【마력 감지】였다. 스킬 레벨이 높으면 제아무리 살의나 투쟁심을 감춰도 소용없었다.

무술 관련 스킬도【신】레벨이라서 그 시너지로 기척도 제 손바닥 들여다보듯 알 수 있었다. 적의를 가진 시점에서 간단히 판별됐다.

"문제는 주변 사람에게 손을 댄다는 점 아니야? 우리가 도망칠 때 감싸준 사람들도 있었는데…… 놈들은 그 근처에 있던 사람들까지 몰살해 버렸어."

"그건 확실히 문제네요. 뭐, 그 공작님이라면 그렇게 되도록 놔두지는 않겠지만……. 그나저나『의심되면 처벌하라』라고 했었나? 지금 상태에서는 오히려 불신을 키울지도 모르겠군."

"공작님이 뒷배를 봐주는 거야? 나도 보호해 달라고 부탁해 볼까?"

"그러고 보니 왜 그 집은 공작일까요? 왕족의 혈통이라면 대공이라고 생각하는데……."

"그걸 왜 나한테 물어? 난 댁네 사정을 아무것도 몰라."

크레스톤이나 델사시스 공작은 왕족이었다.

작위 서열로 따지면 대공이 될 터인데 실제로는 공작이었다.

'무슨 이유라도 있나? 뭐, 나랑 상관은 없지만.'

소박한 의문일 뿐이기에 크게 고민하지 않고 그 의문을 머리에서 밀어냈다.

나라마다 사정이 있는 법이며, 그것은 일반 시민인 제로스와는 관계가 없는 일이었다.

굳이 깊이 생각할 필요는 없다고 판단했다.

"그보다 슬슬 잔치가 시작돼. 작업자는 전원 참가가 전통이야."

"저는 사양하고 싶네요. 그 사람들이랑 마시면 숙취로 고생할 게 뻔해요."

"안 돼. 이건 의무 사항이야. 절대로 참가하지 못하겠다면 전원에게 몰매 맞을 각오해."

"술은 좋아하지만, 강한 편은 아니에요. 거기에 가면 숙취로 당분간 일도 못 한다고요! 술을 술통째로 마시는 괴물들인 거 몰라요?!"

"……괜찮아. 마시고 토하면 싫어도 술에 강해져. 누구나 한 번쯤 겪는 일이야."

"저한테는 선택권도 없어요?!"

"없어. 말했지? 이건 의무 사항이라고. 쫑알대지 말고 따라와. 다 처음에는 힘든 법이야!"

타카는 완전히 용사에서 공사장 인부가 되어 있었다. 기술직 업계는 불합리한 수직 사회며 전직 용사도 사회의 풍파에 닳고 닳은 모양이었다.

『마왕 없이 용사 없다』라는 표어가 어울릴 정도로 완벽하게 토목

업자로 전직에 성공했다.

전직은 사람의 입장을 크게 바꾼다. 사회에 나간 날라리 대학생이 직장 환경에 적응하듯이 타카도 지금은 훌륭한 현장감독으로 성장했다.

그리고 제로스를 술판으로 강제 연행하려고 억지로 마을로 끌고 갔다.

꼭 이럴 때만 왠지 제로스의 경이적인 신체 능력은 발동하지 않았다.

이세계의 섭리는 참으로 불가사의했다.

마을 건물은 모두 목조며 지붕은 억새를 엮은 뾰족지붕.

급경사를 이루는 이등변 삼각형 지붕은 일본의 관광지[#16]를 연상케 했다.

단, 겉으로 보이는 분위기가 비슷할 뿐이고 관광할 요소는 아무것도 없었다.

이것이 리사구르 마을이었다.

한때는 광산 마을이었지만, 매장량이 적은 광산은 얼마 가지 않아 폐쇄되어 주민들은 입에 풀칠만 하며 살아가며 지금은 알톰 황국 토목업자가 대기하는 거점으로 이용되고 있었다.

#16 일본의 관광지 시라카와고의 갓쇼즈쿠리 마을. 뾰족지붕이 특징인 일본 전통 가옥들이 온전히 보존되어 유네스코 세계 유산으로 등재됐다.

일단【루즈베리】라는 한겨울에 나는 열매로 만든 와인이 호사가 사이에서 유명했지만, 그마저도 수가 적어서 시장에 많이 나돌지 않아 아는 사람만 아는 명물이었다.

결국 대량 생산이 어려우니 마을의 수익으로는 이어지지 않았다.

"서양풍으로 보여서 몰랐지만, 꼭 시라카와고 같네. 설마……."

"아마 나보다 전 세대 용사가 전파했겠지. 다만, 사는 사람은 일본인이 아니야. 날개가 달렸어……."

"저게 르페일 족……. 이 세계 최강의 민족인가요?"

마을 주민은 등에 날개가 나 있었다.

그들은 이 세계 평균 최고 레벨인 300을 가뿐히 뛰어넘는 유일한 민족이었다. 알톰 황국 국민 평균 레벨은 400. 최고 600 이상으로 성장한다고 전해졌다.

소수면서 메티스 성법신국과 싸워 이기는 이유가 여기에 있었다. 그들을 상대하려면 용사나 한계치를 넘어【초월자】라고 불리는 500레벨이 되어야 했다.

그러나 그 길은 너무나도 험난했다.

그들의 의복 양식은 어쩐지 일본의 기모노와 닮았다.

무리하게 서양 양식을 집어넣은 느낌이었다.

양모와 비단으로 만들고 소매나 섶, 깃에 독특한 무늬가 들어간 대단히 사치스러운 민족의상이었다. 목에는 비취로 만든 목걸이까지 찼다.

참고로 크레스톤의 서고에서 본 바에 의하면 왕족은 중국풍 민족의상이었다.

어디까지나 책에 들어간 삽화를 보고 느낀 아저씨의 주관이지만…….

"이 나라는 비단 산지인가요? 흠…… 메티스 성법신국이 노리는 이유가 있네요. 이 땅을 차지하면 나라 재정도 풍요로워지겠죠."

"비단은 귀족들이 애용하니까. 타국 상인에게 팔면 가격이 부쩍 뛸 거야. 나는 명주실 가격밖에 모르지만."

"옷감으로 만들고 염색해서 드레스로 가공하면 값은 열 배로 뛸걸요?"

아무것도 없는 시골 마을인 줄 알았더니 엄청난 보물이 잠들어 있었다.

지하 가도를 상인이 오가게 되면 이 마을은 틀림없이 크게 발전할 것이다.

"이사라스 왕국과 알톰 황국을 잇는 가도도 완성됐어. 지금 가난에 허덕이는 이사라스도 광물 자원을 팔면 재정이 제법 나아질 거야."

"이사라스 왕국에 간 적이 있으신가요?"

"산을 따라 난 가도를 넓혔을 뿐이니까 공사 자체는 편했어. 원래 폭도 넓었고 알톰 황국 인근보다 마물도 적었어."

"그에 비해 솔리스테어 마법 왕국 쪽은 지하 유적이 있었으니까요~. 우회해서 파도 지형상 가도 크기가 제한됐을 거예요."

"나도 사전답사 때는 놀랐어. 종유동에 지저 호수, 앞길은 이상한 암벽에 막혀 있었지. 용병들과 탐색하다가 고블린과 코볼드에게 습격받아서 용병 절반이 죽기도 했어."

일루마나스 지하 대유적은 낙반으로 폐쇄된 메티스 성법신국 쪽 지하 도시가 대규모 마물 서식지가 되어, 알톰 황국과 연락망을 놓기 위해서는 마물을 소탕해야만 했다.

그러나 번식력이 강한 마물뿐이고 그 마물이 암반을 파고 들어가서 지형이 복잡하게 꼬여 있었다. 심지어 지하는 암흑천지라서 마물을 소탕하기 위해 많은 희생을 치러야 했다.

마물은 어두운 곳에서 시야가 확보되고 후각도 뛰어났다. 지상에서는 해치울 수 있는 상대라도 지하는 마물에게 어드밴티지가 있었다.

습격과 기습, 함정에 당해 가며 30년이나 인해전술을 펼쳐 간신히 그것들을 물리쳤다. 그리고 더 나오지 못하게 불필요한 구멍은 전부 폐석을 이용해 메워 버렸다.

그 과정에서 희생된 사람은 가장 최근 토벌에서만 58명에 달했다. 그 이전의 희생자는 사형수나 범죄 노예여서 일일이 기록되지 않았지만, 그 수가 어마어마할 것으로 추정됐다. 위험도는 이미 던전 수준이었다.

지하 가도 공사는 제로스의 예상 이상으로 위험했던 모양이었다.

"무리한 일을 밀어붙였나 보군요. 유족에게는 뭐라고 말하려나……."

"『그들은 나라를 위해 목숨을 바친, 용감하고 위대한 희생이었습니다』 아닐까?"

아저씨 두 명은 범죄 노예와 불량한 용병이 위험한 곳으로 파견된 사실을 몰랐다.

평범하게 용병을 고용하고 정기적으로 토벌했다고만 생각했다.

"마물에게 잡아먹혔다는 편지를 보내거나 하겠지~. 용병은 지독한 장사야……. 잊고 있었지만, 그런 나도 S랭크였지."

"괴물이잖아?! 옛날 최대 레벨이 된 내 동료가 S랭크 용병에게 싸움 걸었다가 된통 당했다고."

"그건 실전 경험의 차이겠죠. S랭크라면 마물뿐 아니라 대인 전투에도 익숙했을 테니까요. 같은 레벨이라도 경험이 다르면 허무하게 질걸요? 보유한 【스킬】 수나 레벨에도 크게 좌우될 테고요."

이 세계의 학회에서는 레벨(격)이란 얼마나 많은 마력을 다루느냐를 의미한다고 주장했다. 보유한 마력 총량에 따라 신체가 강화된다는 논리였다.

HP란 마력으로 강화된 기초 신체 능력의 총합 수치며, 극단적으로 말하면 마력을 능숙히 다루는 사람은 신체에 효율적으로 마력을 순환시켜 기초 체력을 강화하는 마력량도 그만큼 많다는 뜻이었다.

이론적으로는 초인급 체력을 보유할 수 있지만, 그래도 그에 걸맞은 훈련과 전투를 경험하지 않으면 그 정도 체력에는 도달하지 못했다.

마법에 있는 【신체 강화(피지컬 부스트)】란 마력 보정 위에 강화 마법을 덧씌워 신체 능력을 억지로 끌어올리는 것이었다.

남용하면 근육통이 생기므로 추천할 수 없지만, 【마력 조작】을 배우려면 필요한 훈련이기도 했다. 운동하면서 강화 마법을 쓰는 행위는 자신의 마력을 효율적으로 다루기 위해서였다.

그러나 마력 총량과 신체 능력 강화에 사용되는 마력량은 균일하지 않았다. 몸에 순환하는 마력도 개인차가 있고 스킬의 수와 스킬 레벨 등이 더해져 정확한 보정 효과는 파악하기 어려웠다.

결국 전투 경험을 쌓지 않으면 효과가 드러나지 않고…… 마도사가 체력이 없는 이유가 여기 있었다. 마력 총량은 레벨 업으로 늘지만, 마도사는 몸에 마력을 순환시키는 훈련을 받지 않았다. 일반인보다 체력은 좋지만, 전투에 대응할 수준에는 한참 미치지 못했다.

또한 마력 순환은 감정이나 환경에 좌우되기 때문에 적이라고 생각하지 않는 사람 앞에서는 신체 강화되는 수치는 현저히 낮았다. 요컨대 평상시에는 기초 신체 능력만 적용되는 것이다.

제로스가 나구리에게 맞고 날아간 것도 기습이라는 이유도 있지만, 나구리를 적으로 인식하지 않기 때문이었다.

그래도 상처도 없이 기절한 것을 보면 아저씨는 참 튼튼했다.

이것이 이 세계에서 말하는 레벨의 개요다. 실제로 개인차가 극단적으로 커서 정확한 조사는 어려웠다.

제로스 수준까지 오면 이미 상식으로 헤아릴 수도 없었다. 평소 체력과 전투 시 체력을 비교하면 답이 나오긴 하겠지만, 지나친 사기성을 실감하고 자기혐오에 빠지는 터라 제로스 본인은 하고 싶어 하지 않았다.

아저씨의 힘은 비겁하고도 치사했다.

"나는 전투 스킬과 토목 작업 스킬은 높아. 놈들에게서 도망칠 때도 돈이 필요해서 육체노동으로 벌었지. 용병은 소재를 파악당하기 쉽지만, 인부는 각지를 이동하는 경우가 많아서 몸을 숨기기에 최적이었어. 그랬더니 어느새 이렇게 됐지."

"그렇게 전전하다가 솔리스테어로 오신 건가요? 언제 발견될지 모르니까 가정도 못 가졌겠군요. 안심하고 아이를 키울 세상도 아니고요."

"아니…… 나는 결혼했는데? 같이 소환된 동급생이랑. 애도 다섯 명이야. 지금은 산토르에 주택을 세워서 내가 돌아오길 기다리고 있어."

'리얼충…… 죽어라!'

타카는 도망친 동료 중 한 명과 사랑에 빠져 20년 전에 결혼했다. 지금은 솔리스테어 마법 왕국에서 평화로운 생활을 보내는 중이었다.

독신인 아저씨는 부러울 따름이었다.

"그나저나…… 눈이 문제군요. 앞으로 노면 결빙이 심해질 텐데요."

"가도도 위험해. 특히 이 주변은 본격적으로 강설 지역이 된다고 해."

"눈을 녹일 방법이 있으면 좋겠는데…… 응? 사람들이 모여 있네요? 무슨 일이 있나?"

"모르겠군. ……그런데, 무슨 냄새 안 나?"

드워프들은 리사구르 중앙에 있는 우물에 모여 세탁물을 빨고 있었다.

그들은 공사 중에는 거의 옷을 갈아입지 않았다. 길어질 때는 한 달 넘게 한 가지 옷만 입을 때도 있어서 냄새가 악취 수준, 아니,

병기 수준이라고 해도 과언이 아니었다.

이 세계에서 온수로 목욕하는 사람은 귀족이나 왕족 정도밖에 없으며 백성 대부분은 찬 물로 씻는 것이 주류였다. 그러나 공사 현장에는 그마저도 없었다.

지하에서 물은 귀중하며 몸을 닦을 때도 절약하므로 빨래는 엄두도 내지 못했다.

그래서 인부들은 이 악취에 익숙해져 버려서 지금까지 이 고약한 냄새를 깨닫지도 못했다.

그런 꼴로 마을에 들어왔으니 사람들의 시선이 고울 리 없었다.

"나는…… 매일 갈아입었는데? 빨래는 아침 일찍 해서 저녁에 걷으면서……."

"저도요……. 오수는 마법으로 수소와 산소로 분해하고 오물은…… 【화약】 재료로 썼죠."

"지금 뭐라고 했어? 화약이라면 초석(硝石) 말이야?"

"마침 좋은 도구가 있어서요. 오물을 넣으면 발효해서 초석이 만들어져요. 참고로 완전 무취에 항균 작용도 완벽합니다."

"이거 무서운 사람이구만……. 그런 걸 만들어서 어쩌려고?"

"엽총을 만들려고 했어요. 레일건은 너무 강해서 사냥감이 흔적도 안 남아서요."

"……."

타카는 앞에 있는 마도사가 무서워졌다. 조만간 뭔가 사고를 치지 않을까 불안했다. 혈련 동맹보다도 무서웠다.

그 두 사람을 발견한 나구리가 급히 달려왔다.

"제로스 총각, 마침 잘 왔어."

"아…… 무슨 말씀을 할지 예상이 되네요."

"그럼 다행이군. 지금부터 잔치를 벌이고 싶은데 몸에서 냄새가 너무 나. 옷에도 악취가 배서 마을 사람들이 도망칠 정도야."

"그러니까 빨래할 도구가 없냐는 말인가요? 일단 시험 단계인 물건이 있지만…… 실용성이 없어요."

"뭐든 좋으니까 꺼내 봐. 일꾼들이 우물가를 전부 차지해서 빨래할 자리가 없어."

"제가 무슨 파란색 로봇인가요? 뭐, 저도 시작품을 시험할 좋은 기회지만요."

아저씨는 4차원— 아니, 인벤토리에서 세탁기를 꺼냈다.

시험 삼아 21대를 만들었지만, 마력 지속 시간이나 기타 문제로 상품 가치는 낮았다.

그중 비교적 정상적인 16대를 꺼냈다.

"이건 어떻게 쓰는 거야?"

"우선 빨래를 안에 넣고 뚜껑을 닫으세요. 그리고 옆에 있는 제어 패널에 마력을 불어넣어요. 그러면 자동으로 빨래를 시작합니다. 앗, 세제는 꼭 넣으세요. 비누를 깎아서 조금 넣어주면 충분하니까요."

"의외로 간단하군."

"이봐, 물은 어떻게 해? 물을 안 넣으면 못 돌리잖아."

"훗…… 타카 씨. 물은 뭐로 이루어졌죠? 수소와 산소의 결합 아닙니까?"

"앗…… 공기 중 수소와 산소를 모아서 물을 만드는 건가?"

그랬다. 이 세탁기는 물을 넣을 필요가 없었다.

대기 중에 떠도는 수소와 산소를 모아서 자력으로 물을 만들기 때문이었다. 그 탓에 마력을 많이 잡아먹지만, 물이 모인 뒤에는 편했다. 오수도 자동으로 배출해 따로 손이 가지 않았다.

그 간편함을 듣고 나구리는 진심으로 이 마도구를 가지고 싶어졌다. 옷이 쉽게 더러워지는 공사 현장에서 굉장히 유용한 물건으로 보였다.

나구리가 세탁기에 작업복을 넣고 뚜껑을 닫아 패널에 마력을 주입하자 규정대로 가동해 더러운 세탁물을 빨기 시작했다.

"이거 물건이군……. 우리한테 팔 생각 없어? 돈은 원하는 대로 내지."

"완성하면 솔리스테어 상회에 넘길 예정이니까 그쪽에서 구입하세요. 아직 팔 수 있는 단계가 아니라서요."

"잘 돌아가는데 왜 못 팔아?"

"조금 문제가 있어요. 나구리 씨, 다른 시작품을 보실래요? 이유를 알게 될 겁니다."

그러고는 가동 중인 것과 다른 시작품을 꺼냈다.

"그럼 스위치 온!"

제로스가 패널에 마력을 불어넣자 세탁기는 급속히 물을 생성하고 세탁통이 회전했다.

그러나 곧 격렬하게 진동하더니 세탁기 아래에서 물이 격류처럼 방출됐다.

“아시겠죠? 방수 가공이 덜 돼서 물이 다 빠져 버려요. 마력 소비도 심하고 정상적으로 움직여도 세탁통 회전수가 안정되지 않아요. 완성하려면 조금 더 테스트가 필요합니다.”

“야, 그만 멈춰. 물바다 될라.”

“한 번 가동하면 세탁이 끝날 때까지 못 멈춰요. 구조상 큰 부품을 달 수도 없죠. 전자동에 제어도 가능한 정밀 부품을 무슨 수로 만들겠습니까?”

세탁기 아래로 방출하는 물줄기는 점점 거세어졌고 곧 세탁기는 회전 폭죽처럼 돌기 시작했다.

그 기세가 차츰 강해지더니 고속 회전하며 땅을 파들어 갔다.

“이봐…… 세탁기가 땅으로 들어가는데?”

“꼭 우물을 파는 시추 작업 같군.”

“대기 중 마력을 이용하니까 세탁이 끝날 때까지 논스톱. 그때까지 저 상태예요. 상품 가치가 전혀 없죠. 더군다나 가동 시간도 기계마다 다 달라서 언제 멈출지는 아~무도 모릅니다…….”

말하는 와중에도 세탁기는 땅을 팠고 결국 땅속에 묻혀 버렸다.

이날, 세탁기가 땅을 제패했다.

땅을 파고든 세탁기는 멈추기는커녕 점점 더 회전 속도를 높여 땅속으로 사라져 갔다.

토사를 하늘 높이 일으키고 암반을 뚫으며 세계 반대편까지 갈 기세로 굴착은 계속됐다.

그리고…….

―쿠구구구…….

"뭐, 뭐야?!"

"지하 수맥까지 도달한 걸까요?"

"아니…… 뭔가 이상한데?"

세탁기가 판 구멍에서 물이 터져 나왔다.

그것도 온수가.

"어디까지 판 거야?! 너무 빠르잖아!"

"온천이 터졌네요? 유전이 아니라 다행입니다."

"이걸 현장에서 이용할 수 없을까? 일이 편해질 것 같은데……."

이날, 세탁기는 온천을 파냈다.

이 일 덕분에 리사구르는 온천 마을로 유명해지지만, 그 시작은 참으로 어이없는 이유였다.

그리고 인부들도 가도 완공 뒤풀이를 하기 전에 새로운 작업에 착수했다.

마을을 온수 늪지로 만들 수는 없었으니까.

인부들은 쉴 수 없었다. 그리고 아저씨도…….

여담이지만, 세탁기는 간헐천과 함께 하늘로 날아갔고 이튿날 숲 속에서 잔해로 발견되었다.

실패작 세탁기는 마을 부흥의 계기를 만들고 장렬한 최후를 맞았다.

세탁기 본체의 금속 외장은 마치 싸움에 지친 전사처럼 찌그러졌으나 고귀하게 빛났다고 한다.

제11화 아저씨, 다시 호위 의뢰를 받다

아저씨가 납치되고 한 달이 지났다.

리사구르에는 공중목욕탕과 온수 세척장이 만들어졌고, 기세를 탄 인부들은 온천 여관까지 세웠다.

그들은 마을을 물바다로 만든 사과의 뜻으로 거의 무상으로 공사해줬다.

절반 이상 취미일지도 모르지만.

그 결과, 리사구르는 온천 마을로 탈바꿈했다.

그리고 현재 인부들은 큰 공사를 끝낸 피로를 풀려고 공중목욕탕에서 온천에 몸을 담근 채 술을 마셨다.

"으아~, 목욕탕이 이렇게 좋은 줄 몰랐어."

"확실히 사치스럽군. 사우나로는 느낄 수 없는 기분이야. 녹는다, 녹아."

"일을 끝내고 하는 목욕은 각별하구만. 이걸 마누라한테도 알려주고 싶어. 시원하다~."

심지어 노천탕이었다.

해방감과 욕탕의 편안함에 잠긴 모습이 썩 흡족해 보였다.

"집에 언제 가지……. 왜 이렇게 됐지……. 루세리스 씨, 걱정하지 않으려나?"

한편, 제로스는 마음 놓고 온천을 즐기지 못했다.

돌아봐도 보이는 것은 우락부락한 아저씨들뿐. 화사함은 털끝만큼도 없는 땀내 나는 광경에 솔직히 넌더리가 났다.

설경만이 자연의 아름다움을 보여줬지만, 그 앞에서는 근육 마초들이 호쾌하게 술을 마시고 있었다. 멋도 없고 뭣도 없는 끔찍한 광경이었다.

"목욕탕은 좋구나~. 근육 울퉁불퉁한 남정네뿐이지만……."

"타카 씨, 이게 편하세요? 온천은 혼자 큰 욕탕을 독점해야 제맛이잖아요."

"아니, 난 가능하면 마누라랑 들어오고 싶은데? 그래도 가끔은 남자들끼리 어울릴 필요도 있지."

"리얼충……. 전 왠지 동인지 소재로 써먹힐 것 같아서 꺼림칙해요……. 어디 있는 종교 국가에서는 그쪽 포교도 한다던데요?"

"아~, 뭔지 알 것 같아. 옛날 아는 사람이 그런 일을 했다는 이야기를 들었지."

"왜 처리하지 않았죠? 그 부패한 문화는 지금 각국에 만연했어요. 어린아이들이 쉽게 보는 곳에 대량으로 인쇄해서 팔더라니까요?"

"망했군…… 우리 애가 방에 틀어박혀서 우락부락한 남색 만화를 그리기 시작하면 어쩌냐……. 당장 그 나라를 멸망시켜야 하나?"

"그건 저도 무조건 동의하지만…… 자녀분들이 그렇게 되더라도 따뜻한 눈으로 지켜봐주세요."

"싫어어어어어어어어어어어어어!"

어디 있는 종교 국가는 일반 가정에 심각한 피해를 끼칠 포교를 용인하고 있었다.

조만간 반드시 국제 문제가 되리라.

'그나저나…… 왜 용사를 빈번하게 소환하지? 종교가 권위를 바라는 건 역사에서 자주 보이는 현상이지만, 무책임한 4신이 그런 데 관심이 있을까? 설마 이세계 문화를 이쪽에 퍼뜨리려고? 충분히 가능성은 있지만…… 아니, 설마 그럴 리가…….'

제로스는 4신교의 인간과 4신은 행동 목적이 다르다고 생각했다.

메티스 성법신국은 권위 확대를 위해서 용사를 이용해 주변 국가에 군사 압력을 가했다.

그러나 4신의 향락적인 성격을 생각하면 인간과 4신 사이의 의도가 일치한다고는 생각하기 어려웠다.

인간은 신이라는 존재를 떠받들고, 강력한 힘을 가진 존재에게 무분별한 신앙을 품는다. 4신을 신이라고 인정하는 까닭도 인간이 약하기 때문이었다.

하지만 4신의 눈에는 이 세계나 인간이 어떻게 보일까?

'오락이 없는 따분한 세계라고 생각하겠지. 그래서 용사를 계속 소환했고……. 하지만 그렇게 문명이 발전했냐고 묻는다면 미묘하군. 10대 청소년들로 문화를 비약적으로 발전시키기란 불가능하고, 어른이라면 이 시대에서는 위험한 존재로 비치겠지. 야심을 가져도 곤란하고 기술도 이 시대에서 재현하기 어려워. 국민에게 지지받아도 귀찮아지니까 결국 전쟁의 도구로 이용되다가 끝. 4신도 신자는 써먹기 좋은 도구라고 생각하겠지~. 그러니까 관리를 안 하지. 뭐, 처음부터 관리할 생각도 없겠지만…….'

지금까지 얻은 정보를 정리하면 무력이나 국력으로 타국에 압력을 가하는 것이 인간 측의 의도고, 4신은 자신들이 놀기 좋은 환경을 만들기 위해서 용사를 소환한다고 추측됐다.

신탁이 얼마나 자주 있었는지는 모르지만, 4신의 성격과 성질을 감안하면 정상적인 지시를 내렸다고는 생각하기 어려웠다.

알톰 황국에 전쟁을 걸고 이사라스 왕국에는 강압 외교. 역사적으로 보면 평범한 국가 전략이지만, 향락적인 4신이 생각해 낼 전략은 아니었다.

4신을 자신의 친누나인 【샤란라】, 즉, 【오사코 레미】에 빗대어 고찰하자 그들의 생각이 대충 보였다.

주목할 부분은 『어떻게 사신을 이세계에 버렸는가?』였다.

아마 4신도 다른 세계 신들과 교류는 한다고 예상했다.

부활하려는 사신을 이세계에 버렸다. 그에 대한 손해 배상으로 전생자를 받아들인 것을 보면 다른 신이 관리하는 세계에 놀러 갈 수 있다고 생각해야 타당했다.

반대로 생각하면 이세계의 다양한 문명을 직접 체험했다는 뜻이었다.

고도로 발달한 이세계 문화에 감화되어 이곳의 문명 수준을 생각 없이 끌어올리려고 했을 공산이 컸다. 원래 성실하게 세계를 관리하지 않았으니까 깊이 생각하지도 않았을 것이다.

레미를 예로 들자면 고등학생 때 『친구 집에 무단으로 들어가서 대량의 쓰레기를 버리고 새침한 얼굴로 돌아온 사건』과 유사했다. 이 사건이 있기 전에는 레미도 나름대로 친구가 있고 교우관계도 넓었지만, 사건 후 그 누구도 접근하지 않게 됐다.

왜 그런 짓을 했는지는 아직도 밝혀지지 않았다…….

제로스는 아마 남자 문제이지 않을까, 하고 예상했었다. 경쟁자를 없애기 위해 쓰레기를 뿌렸던 것이 아닐까?

그때도 모르는 남자를 속여서 식사를 얻어먹고 귀금속을 조공받는 등 방탕하게 살아왔다.

그런 경험이 여러 해 축적되자 성실하게 일하는 것이 바보 같이 느껴졌으리라.

4신도 이세계의 발달한 문명에서 놀고 돌아온 후 새삼스럽게 자신들의 세계를 보면 어떻게 생각할까? 오락이 넘치는 다른 세계가 무척 부러웠을 것이다.

그리고 문명 수준이 낮다는 사실에 분개해 용사를 이용해서 무작정 문명 발전을 꾀했다고 해도 딱히 이상한 이야기는 아니었다.

'……그래서 오락을 바라는 거야! 녀석들은 틀림없이 우리 세계…… 아니, 거기에 가까운 문명을 안다고 봐야 해. 자기 좋으려고 타인에게 폐를 끼치는 녀석들이 이 세계 문명 수준을 견딜 수 있을 리가 없어. 그 인간쓰레기와 닮은꼴이라면 더 말할 것도 없지.'

억측에 지나지 않지만, 자기중심적이고 무책임한 인격 파탄자라는 공통점이 있었다.

'4신교는 용사를 소환하지 못하니까 군사력은 계속 저하할 거야. 문명 수준을 올리는 게 목적이라고 가정하고, 자기네 장기 말이 쇠퇴하는 꼴을 어떻게 막을지 구경이나 해 볼까~?'

앞으로 메티스 성법신국은 용사에게 기댈 수 없으며 신성 마법이라고 부르던 회복 마법 독점의 우위성도 잃는다. 게다가 외교로 압력을 넣으면 주변 국가가 단결해 대응한다.

군사력은 아직 건재하지만, 그것도 주변 국가의 연대가 강해지면 대항할 수 있는 수준이었다.

즉, 빠져나갈 구멍이 없었다.

"우위성은 상실했어. 영고성쇠가 세상의 이치라지만, 덧없구나~."

"멸망시켜야 해……. 그 나라를 뿌리째 불태워서…… 그래, 그 녀석들에게도 협력을 부탁하자. 다른 용사들도 끌어들여서…… 흐흐흐흐흐."

"저, 저기요, 타카 씨? 무섭게 왜 그러세요……?"

생각에 잠겼던 제로스 옆에서 전직 용사가 부패 국가 파괴를 기도하고 있었다.

아이의 교육을 걱정하는 부모는 무분별한 빨간책 전파를 용납할 수 없는 모양이었다.

"저 먼저 나가겠습니다. 드디어 일도 끝났으니까 느긋하게 쉬어야겠어요."

"나도 너무 오래 있었나 봐. 나, 이 일이 끝나면 집에 한번 돌아갈 거야. 이상한 책이 없는지 뒤져 봐야겠어."

"사망 복선이 아니면 좋겠네요. 억지로 방을 뒤지다가 숨기던 것을 들켜서 미움받지 않을까요? 정신적으로 죽을 듯한데……."

"불길한 소리 하지 마. 나한테는 심각한 문제라고! 시집보내기도 싫지만, 부녀자(腐女子) 방구석 폐인이 되는 것도 못 참아!"

이미 말리기에는 늦었다. 아저씨는 타카가 정신적인 죽음을 맞지 않도록 빌면서 욕탕에서 나왔다.

그 뒤에서는 드워프들이 아직 술을 마시고 있었다. 그들은 온천에서 술을 마셔도 취하기는커녕 심장에 부담도 느끼지 않았다. 게다가 간도 강했다.

그 튼튼한 체질이 제로스에게는 조금 부러웠다.

그러나 대신 그들은 다른 인부가 정신을 못 차릴 때까지 술을 먹였다.

아저씨는 몰래 그곳에서 빠져나갔다.

◇ ◇ ◇ ◇ ◇ ◇ ◇

그 일은 이튿날 아침에 들어왔다.

"여기에 제로스 공이라는 마도사가 있는가! 솔리스테어 공작님의 명으로 호위 의뢰를 맡았다고 들었다."

"제로스? 아~, 있지. 이봐, 제로스 총각~! 기사가 데리러 왔어. 무슨 의뢰라도 받았어?"

"아, 크레스톤 씨에게 외교관 호위 의뢰를 받았어요. 알톰 황국 황도까지 호위하라는 의뢰를……."

기사는 제로스의 말에 살짝 분노를 느낀 듯했다.

약한 악의가 담긴 마력파가 제로스의【마력 감지】에 걸렸다.

공작 가문이라도 왕족 분가의 혈통이었다. 그런 인물에게『씨』를 붙여 부르면 무례하다고 받아들여도 어쩔 수 없었다.

"제가 제로스인데, 벌써 외교관을 파견하나요? 행동이 빠르네요……. 그만큼 그 나라가 방해된다는 뜻인가?"

"마도사 주제에 쓸데없이 입을 놀리지 마라! 넌 의뢰대로 호위에만 전념하면 돼."

"마도사와 기사는 사이가 안 좋다는 말은 들었지만, 이렇게나 적대적인가요? 정말로 솔리스테어는 괜찮은 건가……."

"쓸데없이 입을 놀리지 말라고 했을 텐데? 넌 호위 임무에 전념하기만 하면 돼!"

상당히 난폭한 태도였다.

그만큼 군사 면에서 마도사단과 대립이 심각하다는 증거일 것이다.

"델사시스 공작님에게는 아무것도 받지 않으셨습니까? 의뢰를 정식으로 받았다면 의뢰서가 있을 텐데요?"

"윽…… 여기 있다."

제로스는 의뢰서를 받아 확인하고 인벤토리 안에 넣었다.

"잘 받았습니다. 그런데 마도사를 싫어하는 건 알겠지만, 자국의 마도사들과 저를 똑같이 취급하시면 곤란합니다. 호위 임무는 연계가 중요하죠. 용병이라고 생각하고 편하게 대해주셔야 서로 편하지 않겠습니까?"

"으음…… 미안하군. 나도 모르게 왕궁 마도사들과 혼동하곤 해. 사과하지. 최근에는 그나마 나아졌지만, 우수한 마도사 중에서도 거만한 인간이 있어."

연계라는 한마디에 기사는 앞에 있는 마도사가 마도사단과는 다르다는 걸 이해했다.

개혁 전에는 기사단과 연계할 생각 없이 마음대로 행동하는 마도사가 많았다.

물론 개혁 후에도 상종하기 싫은 마도사는 남아 있어서 아무래도 편견이 앞섰다.

그것을 깨달은 기사는 솔직하게 머리를 숙였다.

"아뇨, 괜찮습니다. 그럼 갈까요? 나구리 씨, 지금부터 다른 의뢰가 있어서 가 봐야 합니다. 이제는 제가 없어도 괜찮겠죠?"

"그래, 힘든 일은 끝났어. 이제는 우리만으로 충분해. 가도에는 조금 위험한 곳도 있다니까 조심해서 가."

"알겠습니다. 정신 똑바로 차리고 다녀오겠습니다."

제로스는 배웅하는 나구리에게 손을 가볍게 흔들고 기사와 함께 마을에 있는 작은 광장으로 걸어갔다.

그곳에는 말 여덟 마리가 끄는 마차와 말을 돌보는 기사들이 있었다. 모두 기사고 마도사는 보이지 않았다.

"……마도사가 없네요."

"이번에는 델사시스 공작님의 요청으로 맡은 외교 임무다. 마도사단은 그게 마음에 안 드는 것 같더군. 반항하는 의미로 마도사 파견을 거절했겠지."

"이건 국가의 중요한 임무죠? 왕도 쪽에서는 마도사와 기사의 대립이 그렇게 심각한가요? 개혁 중이라고 들었는데……."

"폐하께서도 골머리를 앓으시지. 고관이 아직도 꼬투리를 잡고 늘어져. 마법을 효율화해서 파는 솔리스테어 파가 아니꼬운가 보더군. 그 마법을 자신들에게 우선적으로 주지 않으니까 삐친 거지."

"아~, 마도사단 수익이 많이 떨어지지 않았을까요? 델사시스 공작님은 수완이 좋으니까 빠르게 타격을 줬겠죠. 손해가 상당했을 겁니다."

“우리에게는 고마운 일이다. 녀석들은 전장이 어떤 건지 몰라. 그런 녀석들이 군사 작전을 세울 수 있을 리 없지. 얌전해진다면 두 팔 들고 환영이다.”

“알겠습니다. 그 사람들, 마법만 쓸 줄 알고 근접 전투를 못 한다면서요? 자기 몸을 어떻게 지키려고 그러나…….”

솔리스테어 공작령은 기사와 마도사가 밀접하게 연계하고 있었다.

군사적인 협력 체계가 완성되어 제로스도 그것을 당연하게 여겼지만, 나라 전체를 보면 그렇지도 않았다. 마도사단은 군사 권한 확대를 노리고 기사단을 무시했다.

마법이 절대적이라는 망집에 사로잡혀 기사단의 의견 따위 들으려고도 하지 않았다.

아무래도 솔리스테어 공작령이 특별한 것 같다고, 아저씨는 새삼스럽게 이해했다.

“흠…… 그대는 다른 마도사와는 다른 것 같군. 평민답지 않은 지식도 갖춘 듯 보여. 어떤가? 우리 왕국 특임 기사단에서 일할 생각은 없나? 폐하께서도 우수한 인재를 원하신다.”

“관직은 성격에 안 맞아요. 느긋하게 연구에 몰두하고 싶습니다.”

“안타깝군. 그 겸허함을 궁정 마도사들도 배웠으면 좋겠어. 어이쿠, 그럼 호위를 잘 부탁한다. 이르한스 백작님, 제로스 공을 데리고 왔습니다.”

마차 문 앞에서 기사는 안에 있는 귀족에게 보고했다.

그러나 대답은 돌아오지 않았다.

““……음?””

아저씨와 기사가 서로를 돌아봤다.

"미안하지만, 바로 마차에 타게. 지금은 손을 뗄 수 없어. 그리고 가능한 한 빨리 황도로 가주게."

""아, 네…….""

쌀쌀맞은 말이 돌아왔다.

"괜찮나요?"

"백작님께서 그렇게 말씀하시니까. 바로 마차에 올라타."

"그럼 실례하겠습니다."

마차 문을 열자 신경질적으로 보이는 20대 청년이 서류와 씨름하고 있었다.

몇 번이나 다른 페이지와 지금 페이지를 대조하며 모순점이나 교역에 따른 예상 수익을 노려보고는, 한숨 쉰 뒤 또 똑같은 행동을 반복했다.

"안녕하십니까? 처음 뵙겠습니다. 저는……."

"인사받을 여유 없어. 지금은 시간이 아까워……. 이 외교는 나라의 운명을 좌우하는 중요한 임무야. 빨리 타게. 지금 당장이라도 아슬라로 출발하고 싶어."

"……네."

말을 붙일 여지도 주지 않았다.

이르한스 백작은 일밖에 모르는 인간이었다.

"그럼 실례하겠습니다."

제로스가 마차에 타자마자 말은 높이 울고 달려 나갔다.

마차가 출발해도 이르한스 백작은 아무 말도 없이 묵묵하게 일을 계속했다.

이리하여 제로스는 바쁜 일에서 180도 바뀌어 한가한 일로 넘어갔다.

마차는 따분한 아저씨를 싣고 달렸다. 알톰 황국의 황도【아슬라】로.

시간은 몇 주 전으로 거슬러 오른다.

알톰 황국 국경과 접한 메티스 성법신국의 요새.

파프란 대산림 지대에서 나타난 마물을 방어하기 위한 시설이자 【알톰 황국】을 견제하는 침공의 거점이기도 했다.

파프란 대산림 지대는 알톰 황국이 있는 산악 지대 앞에 펼쳐져 있지만, 마물은【사신의 손톱자국】이라고 불리는 협곡을 통해서 평원까지 몰려올 때도 있었다.

문제는 몰려오는 마물이 소환한 용사조차 이기지 못할 만큼 강력하다는 것이었다.

모종의 이유로 마물이 나타나면 신성 기사단은 총력으로 전투에 임해야 했다.

그 방어 거점이 이【스토말 요새】였다.

그 요새 어떤 방에서 신성 기사단과 몇몇 소년, 소녀가 모여 논의하고 있었다.

"가도요……?"

한 소년이 다른 아이들의 의문을 대변하듯 기사에게 되물었다.

"예. 구불구불한 험난한 산길이 아무래도 옆 나라로 이어진 듯 합니다."

"그게 뭐가 중요한지 모르지만, 우리가 나서야 할 일이야?"

소년의 지위는 기사들보다 높았다.

그도 그럴 것이 그들은 이세계에서 소환된【용사】였다.

그들의 실력은 일기당천이라고 평가받으며 평범한 사람은 감히 대적할 수 없었다. 그 중요성 때문에 지나칠 정도로 우대받았다.

"그 가도를 파괴하는 게 목적인가요? 무슨 이유로……."

"【마족】들은 이 가도를 써서 이웃 나라와 무역할 속셈입니다. 물론 지금 정치적 압력을 받는【이사라스 왕국】과도……. 이대로 가면 **사교의 나라**를 멸망시킬 수 없습니다."

"하지만 놈들은 강해. 지금 우리 힘으로 이길 수 있어? 저번 침공 작전에서는 이와타 그 저능아 때문에 큰 타격을 입었다고. 병력에 여유가 없어."

"게다가…… 또 마물을 불러오면 이번에야말로 우리는 전멸이에요. 지금도 그 마물들이 이 근처에 잠복해 있는데 부대를 나눌 수는 없어요."

"하지만 이 가도를 방치하면 이번에는 우리가 타국에 포위당합니다. 주변국은 우리나라의 정당성에 부정적이니까요."

신성 기사단에도 척후병은 있었다.

그들이 발견한 것은 오러스 대하 주변에 위치한 산을 우회하며 깔린 가도였다. 최근에 만든 것처럼 깨끗한 가도가 산 안쪽까지 이어져 있었다고 보고받았다.

자연 지형을 이용한 가도는 공격하기 어려운 곳에 존재했다.

"주위는 깎아지른 절벽이잖아요. 거기까지는 어떻게 가죠? 게다가 파괴하면 이 나라가 더 큰 반감을 사지 않을까요? 그리고 그 가도는 어디로 이어진 건가요?"

"반감이야 나중에 어떻게든 무마됩니다. 지금 문제는 주변국과 놈들이 손을 잡으면 우리나라와 군사력이 대등해진다는 겁니다. 그리고 마지막 질문 말입니다만, 아무래도 일루마나스 지하 대유적으로 이어진 길로 보입니다. 이를테면 지하 가도겠군요."

메티스 성법신국 상층부는 사실 굉장히 불안해하고 있었다.

지금까지 주변국에 협박에 가까운 외교 압력을 걸었으나, 마르트한델 대신전이 붕괴한 날부터 모든 톱니바퀴가 엇나가기 시작했다. 지금 국내 상황은 혼란의 도가니였다.

【심판의 화살】의 영향으로 국내는 부상자로 넘쳐났고, 회복 마법을 쓰는 신관이나 사제, 성기사는 치료에 쫓겨 정신이 없었다.

그런데도 복구 작업이 따라가지 못해 피해가 날로 늘어나는 추세여서 수상한 움직임을 보이는 주변국을 막을 여력이 없었다.

명백한 적대 의지를 보이는 타국에 아무런 대책도 세우지 못해 용사라는 비장의 수단까지 꺼내야 하는 사태에 이르렀다.

참고로 여기 있는 기사단은 마르트한델 대신전이 붕괴한 사실을 아직 몰랐다.

상층부에서 내려온 지시를 따르고 있을 뿐이었다.

"게다가 녀석들은 공동으로 【회복 마법】을 개발했다는 소문도 있습니다.”

“회복 마법……. 좋은 일 아닌가요? 회복 마법이 퍼지면 그만큼 많은 사람을 도울 수 있잖아요. 뭐가 문제인지 모르겠어요.”

“무슨 말씀입니까! 회복 마법의 존재 자체가 우리의 신성 마법을 부정합니다. 이래서는 신앙을 잃고 맙니다.”

“신앙…… 후후후…… 그건 마도사의 회복 마법이 세상에 퍼지면 신성 마법의 가치가 떨어지기 때문인가요? 어쩌면 타국이 마도사의 회복 마법과 신성 마법은 같다고 말할지도 모르겠네요. 그래서 그렇게 당황하시나요?”

“히메지마 님! 해서 될 말이 있고 안 될 말이 있습니다!”

메티스 성법 신국은 4신교에 속한 사람만이 신성 마법인 회복 마법을 쓸 수 있다고 제창했다.

그러나 마도사가 회복 마법을 개발했다면 이야기가 달라진다. 신자가 『신성 마법은 그냥 마법이 아니냐?』라는 의문을 품는다면 그것만으로 신앙이 흔들리고 만다.

지금까지 신성 마법의 정당성을 전면에 내걸었던 만큼 작은 의문에도 공든 탑이 무너질 수 있었다.

무엇보다 신성 마법을 통한 치료 활동은 많은 신관이 동원되는 외화벌이 사업이었다.

회복 마법이 판매되면 치료비는 대폭 내려갈 것이고 메티스 성법신국은 경제적으로 큰 타격을 입는다.

“당신들 나라가 어떻게 되든 우리랑 무슨 상관이에요?”

“히메지마, 말이 너무 심해! 죄송합니다. 요즘 얘가 예민해서…….”

"아뇨…… 그 패전 후로 변하신 건 저희도 압니다……."

"맞아. 게다가 이 나라가 없어지면 우리는 길거리에 나앉잖아. 소환 마법진도 이 나라가 소유했어. 만에 하나 잘못되면 우리는 어떻게 집으로 돌아가?"

"정말로 돌아갈 수 있다고 생각해? 이 세계에서 죽은 사람들이 원래 세계에서 평범하게 살아간다고 어떻게 단언해? 나는 하나도 못 믿겠어."

"히메지마, 너……."

용사 중에서 최강이라는 다섯 명 중 한 명, 【히메지마 요시노】는 인격이 변해 버렸다.

청초하고 조용하던 소녀는 이세계에 원치 않게 소환됐고, 알톰 황국을 침공했을 때 적국 장군으로 추정되는 인물과 교전해 소꿉친구였던 소년이 사라져 가는 모습을 목격했다.

그 후로 그녀는 복수심에 사로잡혀 친구들도 어떻게 해야 할지 모를 만큼 다른 사람이 되었다.

"이치죠가 있었으면 좋았을 텐데~. 걔는 사신의 정보를 모으고 다녔잖아? 우리가 감당하기에는 벅차."

"어쩌겠어. 능력 면에서 싸움에 적합하지 않은 사람도 있어……. 이치죠는 직접 전투보다는 지원형이었지."

"난 그 마족 장군만 죽일 수 있으면 다른 건 아무 상관 없어. 이 나라가 멸망하든 말든."

"야!"

"병이야, 병……. 어쩔 수 없군. 히메지마는 이번 작전에 참가해. 어쩌면 원수를 만날 수 있을지도 모르니까."

"그거는 어떻게 할래? 일단 가져가 볼래?"

"가져가자. 무슨 일이 있을지 몰라. 위험할 때 비상수단이 될 거야."

용사들은 이야기를 바로 맺고 알톰 황국의【가도 파괴 공작】임무를 받았다.

그들은 이 나라의 보호를 받지 않으면 살아갈 수 없었다. 만약 메티스 성법신국이 붕괴하면 자기 힘만으로 살아야만 했다.

좁은 세상에서만 검열된 정보만을 얻는 그들에게는 상황을 판단을 재료가 부족했다. 넓은 세상에 나가는 것에 공포까지 느꼈다.

"우리는 용사야. 신에게 선택받은 존재라고……."

"정말로 그럴까? 그런 사고방식으로는 마지막까지 저것들한테 이용당하다가 끝날걸?"

"히메지마…… 왜 그렇게 사람을 못 믿어? 왜……."

"사신이 정말로 존재하면 이런 세상 따위 없애 버리라지. 사라지면 돼…… 전부 다."

요시노에게는 이미 살아갈 기력이 없었다.

있는 것은 자기 몸도 돌보지 않는 살의와 복수심뿐이었다. 이미 그녀에게 아이들의 말은 들리지 않았고 다른 용사들을 동료라고도 생각하지 않았다.

"어쨌든…… 이 임무를 받아주셔서 감사합니다. 불신자들의 악랄한 계획을 저지해주십시오. 신의 뜻을 보여주시는 겁니다!"

"맡겨주세요! 우리가 정의를 실현하겠습니다."

"오오…… 칸나기 님, 부탁드립니다. 당신들에게 신의 축복이 있기를.”

그들은 싸움을 준비하기 위해 저마다 결의를 다지고 방을 떠났다.

용사들은 자신들의 행위가 【정의】라고 믿어 의심치 않았다.

아니, 정의라고 믿고 싶을 뿐일지도 몰랐다.

“히메지마!”

방을 나온 【칸나기 사토루】는 요시노를 불러 세웠다.

“뭐야, 칸나기…….”

“방금 같은 말은 위험해. 아무리 그렇게 생각해도 대놓고 적의를 드러내면서 안 좋은 소리를 하면 신관들의 인식도 나빠져.”

“그러든지 말든지. 그 인간들이 수상한 건 이미 알잖아? 이제 와서 비위 맞춰 봤자 의미 없어. 그 인간들이 하는 말은 정치적인 문제고 신 따위 존재하지도 않으니까.”

“만약 그렇다고 해도 위험한 발언인 건 너도 알지? 잘못하면 과격한 신도에게 죽을 수도…….”

“상관없어. 어차피 원래 세계로는 못 돌아가. 그 사람들, 소환 이야기를 할 때 눈 돌리는 거 봤어? 분명히 뭘 숨기고 있어.”

요시노는 최근 신관들의 대응이 유난히 좋아진 것을 놓치지 않았다. 지진이 일어난 뒤로 그들이 용사들을 필요 이상으로 우대하게 됐다.

요시노는 신관들의 태도로 성도 【마하 루타트】에서 무슨 일이 일어났다고 추측했다. 그것도 용사에게 알리고 싶지 않은 중대한 일이…….

"그들은 뭔가를 숨기고 있어. 얼마 전까지 국가의 방침이라며 우리를 떠밀기 바빴으면서 최근 몇 주 동안 아무 말도 없어. 그뿐 아니라 너무 잘 대해줘. 틀림없이 무슨 큰일이 벌어진 거야."

"그렇다고 해도 어쩌면 우리를 걱정해서 그러는지도 모르잖아. 왜 그렇게 나쁜 쪽으로만 몰아가? 카자마가 죽은 게 그 사람들 탓도 아니고."

"왜 아니야! 그 인간들이 우리를 소환하지 않았으면 카자마도 안 죽었어! 카자마뿐 아니라 유리랑 히로미도……. 그 애들이 죽은 건 그 사람들 탓이야!"

"그건 이와타 잘못이야! 그 녀석이 지휘하지 않았으면……."

"그런 표면적인 부분만 보고 생각하지 않으니까 자기가 속은 줄도 모르지. 아니, 속는 줄 알면서도 그냥 현실에 안주하는 건가?"

"……?!"

사토루는 요시노의 눈을 보지 못했다.

왜냐하면 그는 요시노의 소꿉친구인【카자마 타쿠미】가 죽어서 가장 기뻐한 인물이었다.

그 이유는 요시노를 향한 풋풋한 마음 때문이었지만, 결과적으로 요시노는 타쿠미의 죽음으로 삶의 기력을 잃었다.

마음이 가까워지기는커녕 요시노의 마음은 오히려 멀어져 갔고 사토루는 괴로움을 곱씹었다.

"이미 없는 사람이야! 죽은 사람을 그리워해도 소용없어."

"그건 네 가치관이지? 네 생각을 나한테 강요하지 말아 줄래?"

"뭐?!"

매몰찬 말이었다.

아니, 말만이 아니었다. 요시노 본인도 사토루에게 차가운 눈빛을 보내고 있었다.

마치 쓰레기라도 보듯 업신여기는 눈이었다.

"타쿠미가…… 이 나라가 수상하다고 말했을 때, 가장 먼저 부정한 게 너였지? 그렇게 용사가 되고 싶었어? 그렇게 사람을 죽이고 싶었어?"

"아, 아니야! 난…… 나는……."

"지금은 네가 리더야. 잘됐네, 용사가 돼서. 그렇지만 그걸 나한테도 요구하는 건 민폐야. 하지 마."

"아니야! 나는, 널……."

"그래? 그래도 내 마음은 처음부터 정해져 있었어. 미안, 너랑 그런 관계가 될 일은 없어. 절대로……."

알고 있었다지만, 이 거절 방식은 너무나도 잔인했다.

사토루는 순수하게 요시노를 좋아했지만, 그녀의 소꿉친구이자 오타쿠 같은 타쿠미에게는 매정하게 대했다.

하지만 사토루의 이런 태도는 요시노에게 혐오감을 불러일으켰다.

【카자마 타쿠미】라는 소년은 분명히 오타쿠 같은 성격에 싸움도 못 하고, 이 세계에 소환된 후로도 전투에 큰 도움이 안 되어 아이들이 멀리했다.

그러나 실제로는 라이트 노벨 등으로 얻은 지식으로 메티스 성법신국에 의문을 느꼈고, 용사 최고 전력 5인 중 요시노를 정신적으로 지탱해줬다.

알톰 황국 침공 작전 때는 그 어떤 용사들보다 빨리 적의 함정을 간파하고 아이들에게 경고했고, 난전 도중 스스로 희생하여 용사 절반을 지켜 냈다. 마치 이야기의 주인공 같았다.

사토루는 타쿠미가 죽어서 처음에는 내심 기뻐했으나, 시간이 흐르자 카자마 타쿠미의 존재가 상상 이상으로 컸다며 후회했다. 요시노의 마음은 증오로 바뀌어 복수밖에 생각하지 못하게 됐다.

요시노에게 사토루의 말은 거슬리는 잡음에 불과했다. 질투 때문에 카자마 타쿠미를 업신여기던 그는 같은 용사였던 이와타와 마찬가지로 경멸의 대상이 되었다.

사토루에게는 첫사랑이었던 만큼 그녀의 변모는 견디기 어려웠다.

"지금 히메지마를 카자마가 보면 뭐라고 할까?"

"설득도 진부해. 아마 『요시노답지 않아. 평소의 네가 훨씬 좋아』라고 했겠지. 그래도 걔는 이미 없어."

"알면서 왜 복수 따위에 연연해! 카자마를 생각한다면……."

"자꾸 타쿠미를 들먹이지 마. 네가 뭘 아는데? 넌 타쿠미가 아니야. 네가 걔를 대신할 수 없어."

"큭……."

무슨 말을 해도 소용없었다.

"내가 뭘 바라든 그건 내 마음이야. 너랑은 상관없어. 할 말 다 했지? 그럼 난 갈게."

"잠까……."

붙잡을 수 없었다.

자신이 타쿠미의 죽음을 바란 것은 사실이며 그 소원은 이미 성취됐다.

그러나 그 후 결과는 별개 문제였다.

"카자마…… 넌 죽고 나서도 내 방해만 돼. 젠장……."

죽음은 마지막 이별이라고 누가 말했던가.

산 사람은 상황에 따라서 언제든 죽은 사람에게 매달린다.

요시노는 타쿠미를 생각하는 마음이 너무 강했던 탓에 그를 잃은 반동이 컸다. 그것이 지금 상황이었다. 이제는 누구의 말도 그녀에게 닿지 않는다.

복수로 죽음을 바라는 악귀가 되어 버리고 말았으니까.

◇ ◇ ◇ ◇ ◇ ◇ ◇

용사들이 출격 준비를 시작할 무렵, 스토말 요새 집무실에서는 신관장과 신성 기사단 단장이 얼굴을 마주하고 있었다.

험악한 표정으로 그 이야기의 중요성을 짐작할 만했다.

"소환의 방이…… 마르트한델 대신전이 붕괴했다고요?! 그럼 이제 용사를 소환할 수 없다는 뜻입니까?!"

"그래. 그래서 미리 용사 대우를 더 개선하라고 지시를 내렸지. 더는 용사를 소환하지 못해. 그러니까 최대 전력을 잃을 수는 없어."

"맙소사……. 게다가…… 용사를 능가하는 존재, 전생자라고요? 그들이【현자】란 말씀입니까?"

"법황님께서는 그렇게 생각하신다. 그들은 강력한 무기를 만들

지식과 기술이 있어. 용사 이와타가 패한 것도 그 힘이 원인이라고 하는군."

"미, 믿어지지 않는군요. 어찌하여 그런 일이……."

신관장의 말에 따르면 전생자는 이계의 신들이 보냈다고 한다.

그렇다면 4신이 전생자를 이쪽 세계에 받아들였다는 의미였다. 그 전생자가 자신들에게 악의를 가지는 이유를 이해할 수 없었다.

"이계의 사신들이 무슨 생각을 했는지는 몰라. 알 수 있는 건 놈들이 우리를 적대시하고 없애려고 한다는 것뿐이지."

"하지만 용사들에게 전생자의 존재를 알려주지 않아도 되겠습니까?"

"만에 하나 용사들과 접촉해서 그들을 회유하면 위험하다. 우리 최대 전력을 빼앗기면 어떻게 되겠나?"

"하지만 우리에게는 새 무기가 있습니다. 용사들은 【화승총】이라고 불렀죠?"

"그 무기에는 약점이 있어. 그 점을 보완하기에는 수가 부족해."

용사들이 가진 기술 지식을 바탕으로 만든 화승총은 대단히 유용한 무기였다. 활보다 사정거리가 훨씬 길어 적의 사거리 밖에서 일방적으로 적을 공격할 수 있는 점은 전쟁의 패러다임을 바꿀 혁명이라고 해도 과언이 아니었다.

비에 젖어 화승의 불이 꺼지거나 장전에 시간이 걸린다는 단점을 빼면 특히 방어전에서 위력을 발휘하리라 기대받았다.

그것을 유효하게 활용하기 위해서라도 수를 모아야 했다.

"양산하면 우리 신국은 타국의 우위에 선다. 지금은 몸을 사릴 때야."

"저는 안 좋은 예감이 드는군요. 특히 전생자가 똑같은 짓을 하지 않으리라는 법은 없잖습니까?"

"……."

만약 전생자가 용사들과 같은 세계에서 왔다면 당연히 총의 구조를 아는 사람이 있을 수 있었다.

전생자가 타국에서 고성능 총을 만들면 군사력은 다시 비등해질 것이다.

그들은【현자】의 향후 동향이 불안해서 견딜 수 없었다.

"어차피 사교의 끄나풀이다. 나타나면 신의 뜻을 보여주면 돼……."

"하지만【현자】는 총의 약점을 알지 않겠습니까? 그렇다면 우리가 우위를 점하기는 어렵다고 봐야 합니다."

"가증스러운 것들. 그리고 그 계집을 정화하도록."

"히메지마 말씀이십니까? 확실히 그녀는 위험하죠. 알겠습니다…… 혈련 동맹을 용사들에게 붙이겠습니다."

"부탁하지……. 신앙이 흔들리는 일은 절대로 있어서는 안 돼. 무슨 수를 써서라도 이 난관을 극복해야 해……."

용사들이 모르는 곳에서 악의가 고개를 들었다.

그곳에는 타인을 받아들이지 않고 자신들이 옳다고 믿어 의심치 않는 맹신적인 의지가 있었다. 그들의 신앙은 순수하기에 사악하며 더 악질이었다.

자신들의 행동이 악의로 가득하다고 깨닫지도 못했다.

잘못됐다는 생각조차 하지 않았다.

그리고 절망에 사로잡힌 한 소녀에게 그 악의가 뻗치려 하고 있었다.

제12화 히메지마 요시노의 추억

1년 전, 메티스 성법신국은 알톰 황국에 침공을 개시했다.

전황은 아주 순조로워 다소의 저항은 있었어도 압도적인 물량으로 전선을 밀고 나갔다.

침공 속도는 생각보다 빨랐다. 알톰 황국 거의 중앙까지 지배력을 넓혀 조금만 더 몰아붙이면 승리가 확실시되는 상황이었다.

그러나 거기서 이의를 제기한 자가 한 명 있었다.

그의 이름은【카자마 타쿠미】. 용사 중 유일한 마도사며 가장 약한 인물이었다.

그 때문인지 그의 발언권은 다른 용사보다 약했고 마도사라는 사실 때문에 신관들에게도 계속 무시당했다.

그런 타쿠미가 침공 작전 지휘관인【이와타 사다미츠】를 만나기 위해 본진을 찾아왔다.

그는 너무 순조로운 전황에 의문을 가지고 독자적으로 모은 정보를 검증했다.

그 결과, 함정일 가능성이 크다고 판단해 충고하러 온 것이었다.

"뭐, 인마? 함정일지도 몰라? 상관없어. 함정이든 뭐든 돌파하면 되지. 너 어디 모자라냐?"

"이와타는 이상하다고 생각 안 해? 도시나 마을에 사람이 아무도 없어. 식량도 전부 챙겨가서 우리가 얻을 게 하나도 없었잖아!"

"쫄아서 튀었겠지. 그딴 실없는 소리 하지 마. 지금이 최고의 기회잖아."

"그게 함정이 아니라고 왜 단정 지어? 『언제나 최악의 상황을 가정한다』. 이게 전략의 기본이야!"

"너, 지금 누구한테 잘난 듯이 떠들어? 용사는 최강이라는 말 못 들었냐? 그 용사 중에서 내가 제일 세. 그럼 마족 따위 전부 잡졸이야."

타쿠미의 충고를 사다미츠가 들을 리 만무했다.

사다미츠는 끝까지 물고 늘어지는 타쿠미를 후려 패서 날려 버리고 신성 기사단과 함께 침공을 계속했다.

그 현장을 보고 있던 요시노는 타쿠미의 행동이 그답지 않다고 생각해서 그를 치료하면서 물어봤다.

"괜찮아? 타쿠…… 카자마."

"응, 나는 괜찮아……. 이와타 그 멍청한 자식, 있는 힘껏 때릴 게 뭐야."

"그래도 왜 이와타한테 갔어? 평소에는 다가가지도 않는데……."

"적의 동향이 이상해. 공중에서 기습, 아무도 없는 도시와 마을…… 언뜻 보면 이기고 있는 것 같지만, 크게 간과한 부분이 있어."

"간과해? 하지만 이 싸움이 끝나면 돌아갈 수 있잖아. 그럼 조금이라도 유리한 상황에서 침공해야 하지 않아?"

타쿠미의 표정은 평소 이상으로 진지하게 변했다.

그리고 그는 무겁게 입을 열었다.

"……정말 그럴까? 나는 신관들을 못 믿겠어. 내가 볼 때 그 녀석들은…… 우리를 이용하고 있을 뿐이야."

"왜…… 그렇게 생각해? 뭔가 근거가 있어?"

"우선 용사는 왜 모두 미성년자만 소환될까? 조사해 봤는데 소환된 용사는 우리랑 같은 연령이거나 조금 연상이었어. 어른도 있긴 했지만…… 사고사로 죽었대."

"뭐? 어른……? 소환하려면 젊은 사람이 적응력이 높다고 설명했잖아?"

"환경 적응력? 그런 건 스킬만 배우면 다 해결돼. 딱히 우리 같은 어린애가 아니라도 상관없을 거야. 게다가 소환한 어른이 모두 사고사라는 것도 걸려."

"어떻게 된 거야?"

"어른 용사는 아마 사고로 위장해 처리했겠지. 틀림없이 우리 바로 곁에 암살자가 있어."

"잠깐, 그럼…… 지금도 우리를 감시……."

"그 이상은 말하지 마. 그리고 젊은 세대를 뽑는 이유는 분명 세뇌하기 편하기 때문이야. 적당히 대접해주고 단물 좀 빨게 해주면 다들 그 상황에 만족해서 딴생각을 안 하게 돼. 게다가 검과 마법의 판타지 세계야. 환상에 빠지기 쉬운 애들은 안락한 꿈에서 헤어나질 못해. 【용사】라는 꿈에서."

그 말에 요시노의 등이 서늘해졌다.

신관들은 용사들을— 특히 이와타처럼 강한 스킬을 가진 이들을 우대하는 것처럼 보였다. 금전 지원부터, 속된 말로 밤 시중을 들 여자까지 마련해줬다. 성직자가 할 짓이 아니었다.

실제로 이와타는 제 세상을 만난 양 온갖 사치를 누리며 생활했다.

바꿔 말하면 메티스 성법신국의 지원 없이는 살아가지 못하게 유도당했다고 볼 수도 있었다.

"이와타나 사사키를 봐. 그 녀석들은 지금 상황에 완전히 빠져 있어. 돌아가기 싫다는 소리까지 하고."

"나한테도 보석이나 드레스를 팔러 상인이 여러 번 찾아왔어. 돈은 나라에서 지불한다고 했지만, 무서워서 거절했는데……."

"……이런 우대에는 목적이 하나 더 있어. 추측이긴 하지만, 우리는 원래 세계로 못 돌아가."

"……서, 설마……."

그건 용사들에게 절망적인 말이었다.

"창고 안쪽에 있는 수상한 방에서 어떤 서류를 발견했어. 거기에 적힌 바로는 소환한 어른은 거의 사고사로 처리됐고 인간이 아닌 종족도 있었다고 해. 이게 무엇을 의미하는지, 요시노는 알겠어?"

"그거…… 의도적으로 고른 게 아니라 우리가 여기 있는 건 우연이라는 말이야?"

"아마도. 애초에 용사를 소환해도 이 세계 바깥에는 얼마나 많은 세계가 있을까? 내 생각에는 거의 무한에 가깝게 있어. 그중에서 특정 인물을 동시에 복수 소환하기란 불가능해. 만약 가능하다고 해도 대략적인 연령대와 인원 설정뿐이고 소환할 세계를 고르지는 못할 거야."

"그렇다고 못 돌아간다는 보장은 없지 않아? 어디까지나 추측이잖아."

"문제는 시공에 구멍을 열려면 얼마나 많은 에너지가 필요한가야. 저번 용사 소환은 약 30년 전이었어. 그리고…… 그들이 돌아갔다는 기록은 아무 데도 없었어."

타쿠미는 용사 중에서 유일한 마도사였지만, 사용할 수 있는 마법은 탐색형 마법뿐이었다. 대신 그중 유일하게 공격에도 사용되는 마법【섀도 다이브】를 이용하면 여러 장소에 잠입할 수 있었다.

그 과정에서 타쿠미는 마법 스크롤을 숨겨 놓은 방을 찾았고 그곳에 숨어들어 많은 마법을 익혔다. 용사 소환에 관한 정보를 찾던 것은 분명하지만, 결정적인 증거를 발견한 것은 단순한 우연이었다.

"그…… 그게 정말이야……?"

타쿠미의 말은 요시노에게 충격이었다.

"정말이야. 아마도…… 모두 죽었겠지. 아니면……."

"아니면…… 뭐?"

"모두 놈들에게 처리당했거나. 진실을 알면 반란을 일으킬지도 몰라. 그렇게 되지 않게 미리 숨통을 끊고 다음 용사를 소환하는 거야. 용사는 30년에 한 번밖에 소환할 수 없다는 건 거의 확실해."

"너무해……. 어떻게 그럴 수 있어? 이런 법이 어딨어!"

"일단은 추측일 뿐이야. 그래도 혹시 모르니까, 너한테 하나 부탁하고 싶어……."

"부탁? 내가…… 뭘 하면 돼?"

타쿠미의 표정은 어딘지 모르게 급박해 보였다.

그는 조용히 말을 꺼냈다.

"만약, 이 전투가 최악의 방향으로 흘러가면 사람들을 데리고 도망쳐."

"응? 그, 그건……."

"이와타 그 멍청이가 나를 최전선으로 보내겠다고 지껄였어. 그리고 이 전투는 확실히 패배해. 알톰 황국은 아직 병력에 피해를 안 입었어. 그들은 용사만큼 강해. 레벨 400~500인 전사가 무더기로 있어. 어느 쪽이 신에게 축복받은 거냐고 묻고 싶을 지경이야……."

메티스 성법신국에서【마족】이라고 부르는 날개 달린 산악 민족.

타쿠미는 그들의 힘이라면 신성 기사단에 대규모 피해를 줄 수 있다고 예상했지만, 그들은 돌격도 하지 않고 하늘에서 기습하거나 야습을 반복했다.

즉, 뭔가 작전이 있어서 야습을 한다고 생각하는 것이 논리적이었다.

"이건 함정이야. 만화 같은 소리지만, 우리를 유인하는 거야. 분명히 저쪽에는 우리에게 큰 피해를 입힐 수단이 있어. 그러니까 적을 최대한 끌어들이는 거지. 꼭 오케하자마 전투[#17] 같아……."

"오케하자마 전투? 그럼 알톰 황국이 저항하지 않는 이유는……."

"맞아. 그들은 절대로 바보가 아니야. 병력차를 어떻게 메울지 생각하고 구태여 적을 안쪽으로 끌어들였다고 생각해."

#17 오케하자마 전투 오다 노부나가가 2천여 명의 군사로 수만 대군에게 승리한 전투. 연승으로 방심한 적을 기습한 것으로 전해진다.

용사는 강해도 어차피 어린애였다. 몇 번이나 메티스 성법신국과 싸운 알톰 황국은 방어 수단을 몇 중으로 생각해 뒀으리라 예상됐다.

그러나 지휘관인 사다미츠가 그 사실을 모르고 기고만장해진 것이 문제였다.

던전에서 레벨은 올렸으나 용사에게는 전쟁에 관한 지식이 없었다.

작전 입안이든 상황에 따른 대응이든, 모든 면에서 부족한 점이 너무 많았다.

그래서 타쿠미는 최악의 상황을 생각하고 요시노에게 부탁해 모두가 살아남을 수단을 취하려고 했다. 최전선으로 가게 될 타쿠미는 어쩔 방법이 없으니까…….

"요시노…… 부탁할게. 가능한 한 많이 데리고 도망쳐. 협력해줘."

"그래도 내가 뭘 할 수 있다고…… 발목만 잡을 거야."

"이와타나 사사키 패거리가 내 말을 들을 리가 없어. 전투를 못해서 서포트로 빠져 있는 애들과 협력해. 난 내일부터 최전선으로 갈 거고 요시노밖에 믿을 사람이 없어."

"으…… 응. 알았어. 그래도 타쿠미는……."

"나도 이런 세계에서 죽고 싶지 않아. 그러니까 살아남기 위해 신관이나 기사들을 따돌려야겠지. 그 녀석들까지 구할 생각은 없어. 그것들은 버리고 전력으로 도망칠 거야."

"내가…… 할 수 있을까?"

"할 수 있어. 최소 절반만 살아남아도 우리 승리야. 살아남으면 타국으로 도망치면 돼."

그것이 소꿉친구와 오랜만에 나눈 말이자 마지막 대화였다.

다음 날 이른 아침, 신성 기사단은 침공을 개시했고 타쿠미의 예상은 적중했다.

◇ ◇ ◇ ◇ ◇ ◇ ◇

산들이 강대한 힘으로 도려진 대계곡【사신의 손톱자국】.

마침내 메티스 성법신국 신성 기사단은 알톰 황국 최종 방어선까지 침공했다.

그러나 그곳의 지형 때문에 신성 기사단은 일방적인 손해를 입어야 했다.

절벽이 천연 방벽으로 기능해 위에서 활이나 마법을 퍼붓는 요새가 되어 있었다. 공격 마법을 쓰지 못하는 성법신국은 그들에게 대항할 수단이 없었다.

지리적 이점도 그렇지만,【마족】은 하늘에서 일방적으로 공격할 수 있어서 신성 기사단의 인적 피해는 상상 이상으로 커졌고 날이 지날수록 중상자는 늘어났다.

이 천혜의 요새를 공략하고 싶어도 인간은 하늘을 날 수 없었다. 또한, 결정타가 될 무기도 없어서 전투는 전선에서 고착 상태에 빠졌다.

물량으로는 신성 기사단이 우세였지만, 회복이나 물자 보급이 따라오지 못했다. 전선이 확장된 데다가 지형상 문제로 보급 물자 운송이 곤란했다. 그동안에도 부상자는 계속 늘어났고 전력은 대폭으로 줄었다.

한편, 알톰 황국 측도 물자 부족으로 마법에 기댈 수밖에 없었고 섣불리 나설 수 없으므로 야습과 기습을 반복하며 적을 괴롭히는 전법밖에 선택할 수 없었다.

난공불락의 요새 덕분에 버티고 있는 셈이며 이곳이 평야였다면 분명히 물량에 잡아먹혔을 것이다.

그렇게— 전투는 일주일간 이어졌다.

전황이 일변한 것은 그날 점심이었다.

"야…… 저건, 뭐야?"

기사 한 명이 계곡 멀리서 흙먼지를 일으키며 다가오는 대군을 발견했다.

그것은 모두 마물이었고 그 수는 신성 기사단보다 압도적으로 많았다.

그리고 경악스럽게도 그 마물 중에는 30미터를 넘는 거대 생물까지 있었다.

그 마물 대군은 신성 기사단에게 덤벼들어 고착 상태였던 전황을 단숨에 뒤집어 놓았다. 지옥이 열린 것이다.

"마, 마물이라고?! 뭐야, 이것들…… 우리보다 세!"

"용사는 최강이라며! 왜 이렇게 강력한 마물이……."

마물은 하나하나의 힘이 어마어마했다.

트롤의 일격은 기사들을 순식간에 무너뜨렸고 오크 중에는【오크 로드】라고 불리는 상위종까지 섞여 있었다.

【감정】하자 그 레벨은 700. 용사도 이기지 못하는 흉악한 존재

가 기사단을 유린했다.

전선은 허무하게 붕괴했다. 도망치는 기사들도 고속으로 이동하는 마물에게 붙잡혀 잡아먹혔다.

"사, 살려……."

"유리?! 안 돼애애애애애애애애애애애애애애애!"

요시노는 처음으로 친구가 죽는 광경을 목격했다.

거대한 마물에게 짓밟혀, 작고 귀여웠던 소녀는 비참한 살덩이로 변했다.

이곳은 이미 전쟁터가 아니었다.

마물이 먹잇감을 일방적으로 포식하는 사냥터였다.

알톰 황국은 이 소란을 틈타 기사단에게 공격을 감행했다. 적을 자신들에게 유인해 전선을 고착시키고 제3 세력으로 측면을 쳐서 적군을 교란, 병력을 일방적으로 소모시키는 작전이었다.

최종 방어선에서 벌이는 농성전은 파프란 대산림 지대 마물이 이곳에 도착할 때까지 적군을 묶어 두는 시간 벌기였다.

도처에서 소름 끼치는 살육이 벌어졌다.

【용사】가 최강이라는 환상을 깨기에는 충분한 광경이었다.

요시노도 이 혼란스러운 전장 한복판에 서서 공포에 다리가 굳어 버렸다.

"요시노, 도망쳐!"

"모, 못 해…… 못 해……."

"정신 차려. 여기 있으면 우리도 죽어! 지금은 무조건 도망쳐. 카자마가 말했다면서!"

기사가 사이클롭스한테 먹히고 동급생이 매드 울프 무리에게 몸이 찢기며 오거는 무차별적으로 공격을 휘둘러 피에 취했다.

개중에는 마물에게 농락당하거나 산 채로 토막 나는 자도 있었다.

용사들의 마음은 완전히 꺾였다.

적을 과소평가하고 전쟁이 무엇인지 생각하지 않은 것이 큰 패인이었다.

평소부터 거만하던 이와타가 누구보다 먼저 도망쳤고, 그의 패거리는 알톰 황국 전사들에게 잡혀 죽었다. 뒤도 돌아보지 않고 도망친 요시노와 아이들은 그 뒷일을 기억하지 못했다.

자신들이 어디로 가는지조차 모르고 마냥 살기 위해 뛰었다.

유일하게 아는 점은 알톰 황국에 완패했다는 사실뿐이었다.

겁에 질려 무작정 도망치다가 정신이 들었을 때는 한밤중이었다.

기사단도 와해했고 그 많던 병사들은 삽시간에 죽어 나갔다.

"더는…… 못 뛰어……."

"누가 용사는 최강의 전사라고 했어……? 마물이 훨씬 세잖아!"

"법황 할배…… 거짓말을 쳤겠다?"

위험에서 멀어지고 안심했는지, 동료들은 욕을 뱉어 댔다.

목숨을 건진 안도감 때문이었지만, 그들은 잊고 있었다.

이곳이 적지라는 것을.

"컥……."

"요시모토?!"

갑자기 날아든 화살이 소년의 머리를 꿰뚫었다.

하늘에서 검은 그림자가 날아들어 옆에 있던 기사들을 잔인하게 해체했다. 선혈이 바람에 날렸다.

그 그림자는 다시 하늘로 올라가서 마법을 시전해 지쳐 움직이지 못하는 자들을 우선적으로 처리했다.

그들에게는 일절의 자비도 없었다.

"어떻게……."

"놓칠 줄 알았나? 침략자 놈들……. 우리 영지로 침공해 왔으니 죽을 각오는 됐겠지?"

여성의 목소리였다.

중국풍으로 보이는 칠흑빛 갑옷을 입고 밤하늘에 검은 날개를 펼쳤다.

얼굴은 가면으로 가려 보이지 않지만, 용사들은 이 상대가 최악의 존재라고 이해했다.

왜냐하면…….

"레, 레벨이 안 보여……."

"말도 안 돼……. 최대 레벨은 500이 아니었어……?"

용사들의【감정】스킬 능력이 작동하지 않았다.

이것은 압도적인 실력 차가 있으면 발생하는 현상이며 하늘에 있는 여전사가 자신들보다 훨씬 강하다는 의미였다.

"흥, 용사라는 말에 세상 무서운 줄 모르고 설치던 멍청이들인가……. 그래도 상관없다. 여기서 처리하면 앞으로 우리가 유리해지지. 전쟁을 걸어온 것은 너희다. 미안하지만, 여기서 죽어라."

일방적인 학살이 재개됐다.

용사들은 약하지 않았다. 이 여전사가 너무 강할 뿐.

여전사는 상식을 초월한 검속으로 기사와 용사들을 베어 죽이고, 그들을 쫓아온 마물까지 간단히 도륙했다. 유일한 절대자라도 되는 양.

일격에, 일순에 수많은 목숨을 거두었다.

구역질 날 정도의 혈액이 땅을 덮고 쇠 냄새를 닮은 피비린내가 숲 속을 메웠다.

"안 돼…… 죽기…… 싫어……."

"히로미! 정신 차려, 지금 도와줄게!"

서둘러 포션을 꺼내지만, 그녀는 이미 숨을 쉬고 있지 않았다.

요시노는 또 친구가 죽는 광경을 보고 말았다.

"어림없지. 너희는 전쟁을 너무 우습게 봤어. 싸우면 누군가가 죽는다. 이런 당연한 사실을 깨닫지 못하고 남이 시키는 대로 전쟁터에 나온 것이 너희의 실수다."

"우, 우리는, 좋아서 싸우는 게 아니야!"

"그렇다면 왜 전쟁터에 있지? 어쩔 수 없었다는 말로 넘어갈 생각은 말아라. 너희는 우리 동포를 죽이려고 했고 우리의 땅을 침략하는 데 가담했다. 너희 세계에는 전쟁이 없었나?"

"그…… 그건……."

요시노는 대답할 말이 없었다.

그녀의 세계에서도 전쟁은 있었고 많은 사람이 죽은 역사가 분명히 존재했다.

전쟁이 비참하다는 사실을 알고 있었는데 그저 시키는 대로 전쟁에 참가했고 친구와 지인들이 죽어 갔다.

전쟁이란 사람과 사람의 싸움, 살인이었다. 그것은 일개 병사의 의지와 관계없이 정치적인 목적으로 이루어진다. 거기서 얻을 것은 국가와 정치가의 이익뿐이었다.

싸우고 싶지 않아도, 전장에 나오면 사람을 죽일 각오도, 죽을 각오도 필요했다. 사람을 죽이러 나와서 자신만 죽고 싶지 않다는 말은 어불성설이었다.

죽기 전에 죽인다.

손해를 입기 전에 손해를 입힌다.

이기기 위해서는 수단을 고르지 않는다.

전쟁이란 그런 것이었다.

싸움의 정당성 따위는 승자가 정하는 법이며 이유나 도덕관은 아무 의미도 없었다.

강자가 승리한다.

그것은 단지 군사력으로 정해지는 파워 게임이었다.

"이해했나? 너희는 생각 없이 전쟁터에 나왔고 결과는 이 꼴이다. 어차피 4신의 꼭두각시인가? 긍지도 신념도 없군. 같잖은 것들."

"무슨……."

"괜히 살려 보냈다가 복수심을 품으면 귀찮지. 편하게 해주마……."

여전사는 검을 들어 요시노를 향해 내리쳤다.

"멈춰어어어어어, 【플레임 랜스】!"

"윽?!"

그러나 간발의 차로 여전사에게 마법이 날아들어 요시노는 목숨을 건졌다.

요시노를 구한 것은 타쿠미였다.

그러나 그는 지독한 몰골이었고 움직이는 것도 힘들 만큼 부상이 심각했다.

벌어진 상처에서는 피가 뚝뚝 떨어졌다.

"타, 타쿠?!"

"요시노, 도망쳐! 여기는 내가 막을 테니까 빨리, 가능한 한 멀리!"

"허…… 조금은 괜찮은 녀석도 있군. 동포를 위해 목숨을 던지는 각오……. 그대의 기개를 높이 사마."

여전사는 검을 수평으로 들고 타쿠미가 어떻게 나오는지 살폈다.

타쿠미는 나이프를 뽑아 마법을 날리며 달려들었지만, 마법은 모두 빗나가고 나이프는 검에 막혔다.

"흠…… 자기 약점을 아는 모양이군. 그것을 보완하려고 궁리한 티가 나. 안타깝군. 적이 아니었다면 우리나라에 필요했을 인재야."

"그거 영광이네. 하지만 난 죽을 생각은 없어! 그 나라가 어떻게 되든 알 바 아니지만, 친구가 죽는 꼴을 지켜볼 쓰레기도 아니야."

"그 사교도들에 관해 잘 아는군. 그렇다면 왜 이 전쟁에 참가했지?"

"기회를 봐서 친구들을 데리고 도망치려고 했지. 망명도 생각했어. 그럴 기회가 없었지만!"

"그렇군……."

타쿠미는 나이프로 과감하게 공격하고 근거리에서 마법을 쏘지만, 검격 한 번에 싱겁게 흩어져 버렸다.

마도사는 체력이 부족한 직업이지만, 그 점은 스킬로 보강했다.

그는 실력을 숨기고 정보 수집과 단련에 집중했다. 살아남기 위해서.

그러나 타쿠미의 체력도 거의 한계에 달했다. 무리해서 싸우느라 한 번 공격할 때마다 체력이 떨어졌다.

"쿨럭…… 하필 마도사가 천대받는 직업일 줄이야……. 꼭 이럴 때 탈이 나는군……."

타쿠미는 피를 토했다. 부러진 갈비뼈에 폐가 상한 탓이었다.

이제 얼마 싸울 수 없다고 판단했지만, 도망칠 틈은 보이지 않았다.

"더는 힘들어 보이는군."

"그러게……. 젠장, 계획대로 되는 게 없어. 끝장이군, 망할……."

마도사인 타쿠미는 신관이나 기사, 이와타 패거리에게도 미움을 사서 회복약 같은 물자를 별로 받지 못했다.

그래서 얼마 안 되는 아이템을 아끼고 아끼며 지금까지 살아남았다.

그러나 거기에도 한계가 있었다.

회복약은 다 써서 더는 상처를 치유할 수단이 없었다.

이미 벼랑 끝에 내몰린 상황이었다.

"그만 편하게 해주마."

"죽고 싶지 않았는데……. 후, 여기서 끝이군. 요시노, 빨리 도망쳐! 나도 더는 못 버텨!"

타쿠미가 싸우는 동안 요시노는 한 발자국도 움직이지 못했다.

그런 요시노의 손을 【이치죠 나기사】가 잡고 달렸다.

"빨리 뛰어! 이럴수록 카자마 발목만 잡는 거야!"

"싫어…… 싫어어어어어어어어어어어어어어어어어!"

다른 친구들에게 끌려 요시노는 타쿠미에게서 점차 멀어졌다.

피투성이가 되어 싸우는 소꿉친구가 그녀의 뇌리에 각인된 순간이었다.

"뭐야…… 안 쫓아?"

"긍지를 가지고 싸우는 자를 무시할 만큼 나는 명예를 모르지 않는다. 저들을 놓아주는 건 그대의 긍지에 보답하기 위함이다."

"헤헤…… 기쁜걸. 그럼 조금만 더…… 나랑 놀아줘."

"좋다."

타쿠미가 달렸다.

생명을 쥐어짠 마지막 힘이었을 것이다.

몇 번이나 효과 없는 공격을 가하며 마력을 손바닥에 모았다.

나이프는 매번 튕겨 나와 날은 적에게 닿지 못했다.

하지만 그것도 계산의 일부였다.

반복되는 참격에 타쿠미의 싸구려 나이프는 더 이상 버티지 못하고 산산이 부서지고 말았다.

여전사의 검이 타쿠미를 노리고 날아들었다.

"각오해라!"

"너도 말이지, 【익스플로드】!"

"아닛?!"

—콰아아아아아아아아아아아아아아아아아아아아아앙!

폭음과 함께 여전사와 타쿠미는 폭염 속으로 사라졌다.

"안 돼…… 안 돼, 안 돼애애애애애애애애애애애애애애애!"

거대한 불길이 번져 나갔다. 소꿉친구의 모습은 보이지 않았다.

그러나 요시노는 보고 말았다. 일렁거리는 겁화 속에서 퍼덕인 검은 날개를…….

“자폭…… 카자마, 우리를 살리려고…….”

“재가 저렇게 강했어? 지금까지 왜 약한 척한 거야…… 젠장.”

타쿠미와 친한 아이들은 그 덕분에 가까스로 살아남을 수 있었다.

그러나 대가는 너무나도 컸다.

그날부터 요시노는 웃음을 잃었고 곧 복수심에 사로잡혀 갔다.

정신을 차리자 요시노는 텐트 안에서 잠들어 있었다.

그녀는 지금 알톰 황국 산간에 난 가도를 파괴하는 임무를 맡았다.

텐트 주위에서 들리는 목소리는 기사와 자신의 동료인 용사들일 것이다.

들릴락 말락 한 소리였지만, 오러스 대하를 건널 방법을 찾았다는 내용 같았다.

요시노는 악몽에 시달렸는지 갑옷 안에 입은 옷이 땀에 젖어 들러붙었다.

눈이 쌓인 산악 지역에서는 잘못하면 감기만으로 끝나지 않을지도 몰랐다. 체온을 빼앗기면 동사할 위험도 있었다.

“꿈……? 그때 그…….”

요시노는 악몽에 이미 익숙해지고 말았다.

그리고 이 악몽을 꿀 때마다 자신의 복수심이 꺼지지 않았다는 사실에 기뻐했다.

요시노의 입가에 음울한 웃음이 번져 있었다.

"히메지마, 일어났어?"

"응……. 가도가 어디 있는지는 알아냈어?"

"그래. 다만, 가는 방법이 귀찮아서 탈이지. ……그나저나 우리 신세도 한심해……. 카자마가 기껏 살려줬는데 아직도 이 나라에서 빠져나가지 못하다니."

"어쩔 수 없어. 감시가 붙어 있으니까 함부로 움직이면 안 돼. 까딱 잘못하면 독살당할지도 몰라."

용사들 일부는 이미 메티스 성법신국을 불신하고 있었다.

그러나 나라에서 빠져나가려면 신중히 행동해야만 했다.

그 이유가 그들 곁에 있는 감시자였다.

명목상으로는 보좌라고 하지만, 꼭 무슨 이유를 대며 행동을 함께하려고 했다. 마을에 나갈 때도 반드시 숨어서 감시하는 자들이 보였다.

"그 자식들, 우릴 가지고 놀아……? 하지만 이번에는 도망칠 기회 아니야?"

"그래. 하지만 아슬아슬한 순간까지 행동하지 않는 편이 좋아. 그런데 오러스 대하는 어떻게 건너겠대?"

"척후의 말에 따르면 일단 다리가 있다고 해. 엄청 낡아서 무너질 것 같지만……."

"없는 거보단 나아. 다소의 희생은 각오해야지……. 가능하다면 감시자가 줄어들면 좋겠는데."

"너무 기대가 커. 게다가 【화승총】이 우리를 향할지도 몰라."

"사사키가 괜한 물건을 만들었어. 정 안 되겠다 싶으면……."

"놈들을 죽이겠다고? 하지만 칸나기는 어쩌고? 그 녀석이 우리랑 같이 가려고 할까?"

요시노와 몇 용사들은 메티스 성법신국의 눈을 속일 계획을 짜고 있었다.

물론 복수도 잊지 않았다. 이번 임무는 복수와 도주를 양립할 절호의 기회라고 생각했다.

하지만 【칸나기 사토루】만은 믿을 수 없어서 그를 어떻게 해야 할지 아직 방침을 결정하지 못했다.

"퍽이나……. 칸나기는 카자마가 구해준 걸 굴욕이라고 생각해. 아마 우리를 막을 거야."

"그러려고 【화승총】을 만들었어? 우릴 엿 먹이려고 환장했나?"

"그보다 휴식 시간 끝났어. 슬슬 저쪽으로 가지 않으면 기사들이 의심할 거야."

"그래. 가자."

자리에서 일어난 요시노는 텐트에서 나가 동료들과 합류했다.

그 후 그들은 밤낮을 가리지 않는 강행군 끝에 유적으로 보이는 다리에 당도했다.

심각하게 훼손되어 사람이 건너기에는 위험할 정도로 부서진 다리였다. 희생자가 몇 명 나왔지만, 일행은 결국 다리를 건넜고 마침내 파괴 목표인 가도를 찾았다.

그러나 현장을 본 그들은 큰 문제에 직면했다.

"……나 참. 이런 가도를 어떻게 부숴? 우리 중에는 마도사도 없다고."

"화약으로 폭파해. 구멍을 숭숭 뚫어 버리면 못 쓰겠지."

"하지만 단기간에 이만한 가도를 만들었잖아? 바로 복구하는 거 아니야?"

"……."

화약으로 폭파한다는 사토루의 작전은 그럴싸했다.

하지만 가도를 정비한 속도가 이상하리만치 빨랐다.

단기간에 이런 길을 닦을 수 있다면 다소 구멍이 뚫려도 바로 복구가 가능하지 않을까?

이곳에 죽치며 계속 파괴 공작을 벌일 수도 없는 노릇이었다. 사토루는 이 작전이 크게 잘못됐다고 이제야 깨달았다.

"카자마가 살아 있었으면 얼마나 좋아~. 마법으로 피해를 줄 수 있었을 텐데."

"큭…… 없는 인간을 찾아 봤자 무슨 소용이야! 쓸데없는 이야기 하지 말고 빨리 화약이나 설치해!"

"잠깐, 당장 숨어!"

급히 숲 속으로 숨자마자 하늘로【마족】전사가 지나갔다.

가도를 순찰하는 듯했다.

"경계병도 있어……? 되는 게 하나도 없잖아. 파괴 공작이 성공해도 전투는 불가피해."

"그만큼 중요하다는 의미겠지. 그러니까 작전은 반드시 성공시켜야 해."

“포위당할 게 뻔한데 하겠다고?”

예상 이상으로 경비가 삼엄했다.

30분 간격으로 경계병이 하늘을 날아다녀 도저히 화약을 설치할 시간이 없었다.

발각되면 틀림없이 포위당할 테고, 주위는 바위산이라서 숨을 곳도 마땅치 않았다.

“이 작전…… 사실상 실패 아니야?”

“……조금 더 이동해 보자. 어딘가 유리한 곳이 있을지도 몰라.”

“그러든지. 그나저나 이상하게 경비가 삼엄하네? 여기에 뭔가 있나?”

요시노는 유난히 마족 경계병이 많다는 점에 의문을 느꼈다.

알톰 황국은 좁은 산악 국가였다. 병력 수도 많지 않아서 이런 경계 태세를 깔 여유가 없었다.

가도를 경비하는 것치고는 순회하는 전사의 수가 너무 많은 느낌이었다.

그리고 하늘을 나는 마족 중에 그녀가 아는 인물이 있는 것을 확인했다.

타쿠미와 싸운 여전사였다.

“그 사람이 있었어. 난 그 전사를 쫓을래.”

“기다려. 지금 움직이면 우리까지 들켜. ……그리고 히메지마, 그건 확실한 거야?”

“똑똑히 봤어. 틀림없이 본인이야. 타쿠미와 싸운…….”

“그렇게 강한 전사라면 아마 지휘관급이겠지. 그렇다면 이 앞에 뭐가 있다는 뜻인가?"

용사들에게 공포를 심어준 칠흑빛 여전사.

단독으로 행동하는 것을 보아 정예 중의 정예일 것이다.

그런 인물이 변두리 가도를 순회할 리 없었다.

"쫓자……. 어쩌면 이 앞에 무슨 중요한 비밀이 있을지도 몰라."

"칸나기, 그거 위험하지 않아? 돌아가지 못하게 되면 어쩌려고?"

"가도를 이유도 없이 순회하지는 않을 거야. 어쩌면 다른 나라의 요인을 지키는 호위일지도 모르지……. 그렇다면 이 경계 태세도 설명돼. 아마 그 녀석들은 경호원이 아닐까? 만약 그 요인을 죽인다면 어떻게 되겠어?"

"국가 간에 알력이 생기겠지. 그래도 그렇게 생각대로 풀릴까? 반대로 우리를 향한 적개심만 키우지 않을까? 요인을 죽여도 알톰 황국에는 아무런 득이 없잖아?"

"히메지마…… 너는 누구 편이야? 하지만 해 볼 가치는 있어. 우리에게는【총】이 있어. 저격하면 도망치는 건 간단해."

【칸나기 사토루】는 이 즉흥적인 작전을 적극적으로 실행하려고 했다.

가도를 파괴해도 복구하면 의미가 없으므로 타국과의 연계에 흠집을 내는 편이 매력적이라고 생각했다. 다행히 자신들은 소수로 행동하며 사격 훈련을 받은 조총병이 열 명 정도 있었다.

"가자. 우선 상황부터 확인하고 그 후에 임기응변으로 대응하면 돼. 저격이 힘들면 처음 작전으로 돌아가면 되고 매복하면 들킬 염려도 없어."

“그렇게 쉽게 풀릴까?”

“【사카모토】…… 너도 반대야?”

“딱히? 우리는 그냥 원래 세계로 돌아가고 싶을 뿐이야.”

반대 의견은 없었다.

적지에서 불확정 요소를 일일이 따지면 끝이 없었다.

그렇기에 그들은 신중하게 행동하며 이 앞에 무엇이 있는지 확인하는 것에 초점을 두었다.

그들은 순회하는 하늘의 전사들을 피해 숲 속을 걸어 산간에 넓게 트인 장소에 도착했다. 아마 짐마차가 쉬기 위한 공간 같았다.

그곳에는 날개를 가진 전사들이 모여 무엇을 기다리는 듯 정렬해 있었다.

“……이 앞으로 쭉 가면 지하 가도가 있다고 했지? 위치로 보아 솔리스테어 마법 왕국으로 이어진 길인가?”

“그럴 가능성이 크지. 그렇다면 역시 요인 호위 임무인가……. 총사대를 준비시켜. 제아무리 비행 능력이 있어도 총으로 저격하면 함부로 접근하지 못할 거야. 그들에게는 미지의 무기니까.”

“오? 도착한 모양인데?”

용사들이 바라보는 곳에는 기사에게 호위받는 마차 한 대가 오고 있었다.

그 마차는 공터 앞에서 속도를 늦춰 알톰 황국 전사들 앞에 멈췄다. 신관 한 명이 그 마차에 새겨진 문장을 확인하고 말했다.

“교차한 지팡이에 날개 펼친 부엉이 문장……. 약초인 【프리아꽃】, 솔리스테어 마법 왕국의 마차군요.”

"……호위는 기사 1개 소대와 마도사 한 명……. 야, 저 마도사가 가진 지팡이…… 아니, 설마 【총】 아니야?! 게다가 저 크기는 대전차 소총이야."

"커다란 검도 달렸어. 【건 블레이드】?! 게임도 아니고 왜 저런 걸……. 뭐랑 싸울 생각이야?"

"타쿠미가 보면 좋아했겠어……. 그보다 솔리스테어 마법 왕국에는 【총】이 존재하나 봐. 메티스 성법신국은 이미 끝난 거 아니야?"

"정말로?! 이제는 못 이겨. 저 무기, 아무리 봐도 연사 가능한 물건이야. 마법으로 탄을 쏘면 화약도 필요 없을 테고. 망했어."

마차에서 내린 것은 귀족 남성과 수상쩍은 회색 로브 마도사였다.

그중 마도사는 검과 총을 융합한 자기 키만 한 무기를 들고 있었다.

"그럼 바로 저격하고 튀는 게 상책이야."

"칸자키, 그거 알아? 총을 가진 건 솔리스테어고 알톰 황국에는 아직 【총】이라는 개념이 없어. 저격에 성공해도 메티스 성법신국이 의심받아. 게다가 수도 우리가 적으니까 들키면 살아서 돌아갈 수 없어."

"기술도 저쪽이 우세……. 그렇다면 저 마도사와 귀족을 먼저 처리해. 그다음 숲을 방패로 쓰며 도망치면 돼."

"나는 저 여전사랑 싸우기만 하면 돼. 뒷일은 어떻게 되든 알 바 아니야."

적지에 침입한 이상 아무것도 하지 않고 철수할 수는 없었다.

하지만 그들의 생각은 너무 산만했다.

특히 요시노는 복수에 매달렸고, 사토루는 이미 우위를 잃은 사실을 냉정하게 판단하지 못하고 공훈을 세우는데 정신이 팔렸다.

【감정】하면 어느 정도 정보를 얻었을지도 모르지만, 용사들은 상대가【총】을 보유했다는 충격으로 그 점을 깜빡해 버렸다.

회색 로브 마도사가 상식을 초월한 존재임을 그들은 아직 알지 못했다.

제13화 아저씨, 반격하다

마차를 탄 사흘 동안 아저씨는 심심해 미칠 판이었다.

너무 심심해서 마도 연성으로 장난감을 만들 정도로 시간이 남아돌았다.

테이블을 끼고 대각선 맞은편에 있는 이르한스 백작은 여전히 서류만 보느라 처음 대화 후로는 단 한마디도 하지 않았다. 말이 없으니까 지루할 법도 했다.

창밖으로는 바위산과 숲이 끝없이 펼쳐졌다. 웅장한 자연이라고 할 수도 있겠지만, 계속 변함없는 풍경만 이어지면 질릴 수밖에 없었다.

그런 고로【마도 연성】을 시작했다.

【소드 앤 소서리스】에서 미완성으로 방치하던【건 블레이드】를 그냥 마음 내키는 대로 부품을 만들거나 조립했다.

다행히 요인을 태운 마차는 넓어 부품을 조금 늘어놓을 정도의 여유는 있었다.

완성되면 또 이야기가 달라지겠지만.

'화약을 쓴 총은 남자의 로망이지. 하지만 초석이 부족해. 생각해 보면 유황을 채취하지 않아서 어차피 탄은 못 만들겠구나. 또 【라이터】 발화로 해야 하나?'

【라이터】란 아주 작은 폭발을 일으키는 마도구로, 주로 함정을 설치할 때 사용되었다. 통에 채워 넣은 화약을 인화하는 등 소모성 도구로 애용됐다. 너무 간편해서 명칭이 자연스럽게 【라이터】로 정착했을 정도였다.

'부품은 짬짬이 만들어 뒀지만, 완성하면 위력이 어느 정도일까? 뭐, 보나 마나 실용성은 없겠지만……'

검과 마도구를 융합했다고 말하면 그럴싸하게 들리지만, 【건 블레이드】란 실제 무기로서는 불완전한 물건이었다.

특히 대전차 소총 크기쯤 되면 경량화해도 무게가 상당하여 검처럼 쓰기도 어려웠다.

총 형태로 검을 휘두르면 중심이 안정되지 않기 때문이었다.

또한 구조가 복잡해서 충격을 받으면 내부 부품이 망가지기 쉽다는 결점도 있었다.

더 나아가면 그 결점을 보완하기 위해 질 좋은 희귀 금속을 써서 상상 이상으로 무거워졌다.

검으로서도 총으로서도 결함품이지만, 그것을 구태여 만드는 것이 남자의 로망 아니겠는가. 이것은 실용성을 추구한 무기가 아니라 단순한 취미로 만든 물건이었다.

'아아…… 【소드 앤 소서리스】에는 총에 제한이 있어서 쉽게 만들지 못했지만, 이 세계에는 그런 제한이 없어. 마음껏 로망 무기를 만들 수 있다니…… 이 얼마나 멋진 일인가.'

로망에 잠긴 아저씨가 문득 시선이 느껴져 고개를 들자 이르한스 백작이 흥미롭게【건 블레이드】를 보고 있었다.

"저기…… 왜 그러시죠?"

"자네는 뭘 하는 건가? 보아하니 무기 같은데, 완성되면 꽤 커질 것 같군. 아닌가?"

"맞습니다. 길이는 제 키와 비슷하겠네요. 검을 붙이면 고중량 대검만큼 무거워지니까 사용할 사람이 제한되는 결함 무기죠."

"흠…… 그래서 그건 무엇을 위한 무기인가? 나에게는 대형 마물을 상대하기 위한 무기 같은데."

"드래곤을 잡기 위한 물건입니다. 검은 그냥 취미로 붙인 거고요."

이르한스 백작은 진지한 눈으로 부품 하나하나를 잡았다.

고도의 마도구들이 부품으로 사용되어 동승한 마도사의 기량에 내심 경악했으나, 냉정한 척 미지의 무기를 조사했다.

"이건…… 완성도인가? 엄청나게 큰 대검처럼 보이지만, 활 같은 사격 무기 아닌가? 아마 금속을 쏘기 위한 무기로 보이는군. ……대단해. 이런 마도구도 만들 수 있나?"

"안타깝지만, 이 무기는 너무 무거워서 웬만한 검사들도 못 다룰 겁니다. 위력이 크면 반동도 크다는 뜻이죠. 쓰면 충격으로 몸이 튕겨 날아갈걸요?"

"격이 얼마나 되면 쓸 수 있겠나?"

"개조 무기니까 아마 800 이상은 필요할 겁니다. 검으로 휘두르려면 그 이상이어야 하겠고요. 개인용 무기로는 결함품이죠. 여러 번 말하지만 너무 무겁기도 하고."

"800?! 그, 그런 괴물이 이 세상에 있을 것 같지 않은데……. 만약 이 사격 무기를 요새에 고정하면 어떻겠나? 성벽에 설치해서 방어용으로 쓰면 효과가 있다고 생각되는군."

이야기가 위험하게 흘러갔다. 너무 심심해서 놀다가 나라의 요인에게 찍히고 말았다.

너무 방심했다고 생각했지만, 새삼스러운 일이었다.

"효과는 크겠죠. 하지만…… 편리한 도구는 반드시 전쟁에 사용됩니다. 저는 이걸 팔 생각이 없어요. 대량 학살의 아버지가 될 마음은 추호도 없으니까요."

"흠…… 그래, 그것도 맞는 말이야. 이만한 무기를 얻으면 우둔한 자들은 전쟁을 걸지 못해 안달 나겠지. 나라가 관리하자니 관리하는 자 또한 사람이야. 고결한 정신이 언제까지고 이어지리란 보장은 없지."

"정치가 중에도 이익을 우선해 손해를 돌아보지 않는 분들이 있지 않나요? 그런 사람들에게 이용당하면 저는 타국으로 도망칠 겁니다. 농담이 아니라 정말로……."

"그건 우리나라의 손실이지. 요컨대 『직접 만들어라』라는 말인가?"

"직설적으로 말하면 그렇죠? 스스로 만들어 낸 물건이 전쟁에 이용된다…… 생산직에게 이보다 끔찍한 이야기도 없을 겁니다."

타인이 만들었다면 문제시하지 않지만, 자신이 제작한 물건이 살인 도구로 이용되는 꼴은 보고 싶지 않았다.

애초에 취미로 제작한 무기를 타인에게 팔 생각도 전혀 없었다.
"그나저나 부품이 정말 많군. 이러면 정비하기도 힘들지 않나?"
"내구성 문제로 고정 부품이 많아진 감은 있군요. 그래도 익숙해지면 어렵지 않아요."
"국가에 속한 몸으로서 자네의 재능은 무시할 수 없군. 그런데 정말로 드래곤과 싸울 생각인가? 죽으려고 작정했냐고 묻고 싶은데."
"와이번만 해도 비늘이 단단하고 덩치가 커서 평범한 칼로는 해치울 수 없습니다. 두꺼운 뼈까지 관통하려면 이 정도 크기는 되어야죠."
"기술력은 대단해……. 자네, 우리나라에서 일해 보지 않겠나?"
"애국심도 없고 기본적으로 무거운 책임이 따르는 일은 사양하고 싶습니다. 솔직히 피곤하거든요. ……인간관계 때문에."
제로스는 보통 마도사라면 두 팔 들고 환영할 스카우트를 단칼에 거절했다.
그러나 나라의 중진은 끈질기다.
마도사단과 기사단을 개혁하고 재편하는 도중이라서 우수한 인재를 고용하고 싶었고 국력을 높이기 위한 기술도 얻고 싶을 것이다.
그것은 이르한스 백작도 마찬가지였다.
"솔리스테어 공작님께는 많은 도움을 받았지만, 싫은 일을 강요한다면 타국으로 갈 겁니다. 궁정 마도사가 될 생각은 추호도 없어요."
"보통은 반대 아닌가? 마도사는 모두 높은 경지를 목표로 한다고 생각했는데."

"그렇다고 권력자가 되고 싶지는 않아요. 아무 책임도 지지 않으면 마음대로 연구하다가 질리면 다른 것에 손댈 수 있죠. 국가 연구 기관이라면 그렇게 못 하잖아요? 다른 의미로 높은 경지를 노리고 있기는 하지만요."

"자네 재능이라면 자유롭게 연구할 수 있을 텐데, 그래도 불만인가?"

"그 대신 연구 결과를 국가에 제공해야 하죠? 실수로 위험한 물건을 만들었는데 그걸 저도 모르는 곳에서 이용당하는 건 원치 않습니다. 게다가 지금 마도사들 상황을 보면…… 어우, 말도 하기 싫어요."

"으음……."

"죄송하네요. 저는 궁정 마도사라는 지위에 아무런 매력을 못 느껴서요."

"자네는 그 재능으로 타인을 도와주고 싶다고 생각하지 않나?"

"하고 있는데요? 제 의지로 제 눈에 띄는 사람들을 돕고 있습니다."

"더 많은 사람에게 더 큰 도움을 주고 싶지는 않나? 재능을 낭비하는 거야. 자네 기량이 있으면 나라는 얼마든지 연구 자금을 낼 걸세. 국왕 폐하에게 직접 제안이 와도 거절할 생각인가?"

"생각의 차이죠. 실례지만, 백작님에게는 제가 능력을 낭비하는 것처럼 보여도 제가 이 방식에 납득하고 있으니까 낭비는 아닙니다. 국가에 공헌하라고 강요당하면 가장 먼저 나라를 버릴 거예요."

이르한스 백작은 마주 앉은 마도사가 다른 마도사와 마찬가지로 잘 대우해주면 제안을 덥석 받아들일 거라고 생각했다. 하지만 생각과는 정반대로『나라에 속할 생각은 없다』라며 완강히 거절당하여 내심 경악했다.

권력으로 억지로 등용하려고 하면 바로 나라를 버리겠다고 경고까지 했다. 마주한 마도사를 방치하기는 위험하지만, 강요하면 더 큰 위험이 될 수 있었다.

바꿔 말하면 솔리스테어 마법 왕국에 아무 가치도 느끼지 않는다는 말이었다.

아니, 국가나 왕과 같은 권력이 이 마도사에게는 아무런 의미도 없었다.

"그런 이야기는 크레스톤 전 공작 각하와 이미 마쳤으니까 이제 와서 말씀하셔도 소용없습니다. 뭐, 가끔씩 간단한 일은 받지만요."

"음…… 솔리스테어 파인가? 이상한 파벌이 아니라서 다행이지만, 가능하다면 국가 연구 시설에서 일해주면 좋겠어. 하지만 그걸로 만족하는가? 궁정 마도사라면 연구 자금이 부족할 일도 없어."

"지금도 안 부족합니다. 재료가 없으면 구해 오면 되고 자금은 마석이나 소재를 팔면 부족할 일이 없어요. 몇 번이나 말하지만, 저에게 궁정 마도사는 아무 매력도 없습니다."

무적이었다.

가치관이 다른 마도사와 근본적으로 달라서 교섭하고 싶어도 제안할 카드가 없었다.

권위가 아무 매력도 없다면 무슨 말을 한들 나라에 따르지 않을 것이다.

"그럼 왜 크레스톤 공작 각하와 가깝게 지내나? 자네는 그분에게 일을 받은 게 아닌가?"

"항상 받는 건 아니고 제법 자유롭게 살고 있습니다. 마음 써주시는 건 정말 감사하지만, 이 이야기는 여기까지만 해주세요."

즉, 『이야기할 필요가 없다』라는 에두른 거절이었다.

스카우트는 처음부터 무의미했다.

"그런데 호위는 받았지만 예정을 듣지 못했군요. 저는 알톰 황국 황도까지 호위할 뿐이고 그 후에는 자유롭게 행동하라고 들었습니다만……."

"그런가……. 현재 예정으로는 곧 알톰 황국 전사단과 합류할 걸세."

"전사단? 기사단이 아니고요?"

"그 나라는 백성 대부분이 전사야. 국민 태반이 어지간한 기사보다 강하고 비상시에는 전투에 참가하지. 나라라기보다 국가 규모의 부족이라고 해야 옳을지도 모르겠군."

"날개를 가진 자들……【르페일 족】이군요. 창생신이 최초로 창조한 피조물이자 후세에 천사라고 불린 종족……."

창생신교에서 창생신은 세계를 창조하고 일곱 종족을 낳았다고 말한다.

그 첫 종족이 날개를 가진 피조물,【르페일 족】이었다.

그다음 남은 여섯 종족을 만들었지만, 다섯 종족은 서로 섞여 여러 종족으로 나뉘었다. 그러나【르페일 족】만이 다른 종족과 섞이지 않고 지금도 태초의 모습을 유지한 채로 살아가고 있었다. 그런 의미에서는 순수한 고대종이라고 부를 수 있으리라.

물론 이 정보는 옛 민족학자가 남긴 것이며 진실인지 어떤지는 알 수 없었다.

구시대에는 다양한 종족이 공동으로 생활하던 흔적도 있고 이종교배도 충분히 있을 만했다. 아저씨는 피가 섞이지 않았다는 것은 말도 안 된다고 생각했다.

“4신교가 싫어하는 이유가 있네요. 창생신이 낳은 최초의 종족. 그런 종족이 지금도 존재하면 그들의 교의가 언제 파탄 날지 모르니까요.”

“자세히 아는군. 맞네. 그리고…… 지금도 태고의 모습을 보존하기에 그들은 용사들보다 강해.”

“마법도 잘 쓰고 체력도 인간보다 월등하다죠? 드래곤과 제대로 싸워 볼 수 있는 유일한 종족이기도 하고요. 물론 집단으로 달려들겠지만…….”

“그래. 그래서 우리는 그들과 손을 잡기로 결정했네. 그들의 국가 체제는 독특하나, 적어도 동족상잔은 벌이지 않아. 실로 평화적이지.”

【르페일 족】의 나라인 알톰 황국에는 분명히 왕족이 있지만, 국가 통치는 모두 친족과 함께했다.

다른 이들은 비교적 자유로워 장사를 하거나 농사를 짓거나 각자 하고 싶은 일을 하며 살았다.

굉장히 엉성해 보이지만, 정치 형태는 일본 전국시대에 가까울 것이다. 그리고 왕족은 다른 르페일 족보다 압도적으로 강한 힘을 가졌다.

“다만, 전에 회복 마법은 명맥이 끊겼다는 이야기를 들었네. 지금은 우리와 마찬가지로 공격 마법과 보조 마법밖에 모른다고 해. 마법의 위력은 강하지만, 신관이 많은 메티스 성법신국의 물량 앞에서는 신성 마법으로 위력이 대부분 저하돼.”

“명맥이 끊겼다……. 사신 전쟁 때문일까요? 아니면 마법식을 석판에라도 새겨 뒀나? 상처를 치료하는 마법이니까 중요시했을 텐데…….”

실은 구시대의 르페일 족은 이더 란테와 비슷한 미래 도시에 살았으나, 사신의 공격으로 삶의 터전을 파괴당했다. 당시에는 지금처럼 특수한 종이에 마법식을 적지 않고 컴퓨터 같은 기계에 설치하는 방식으로 마법을 보존했다.

기기가 남았다고 고칠 수 있는 것도 아니어서 회복 마법 데이터 술식을 꺼내지 못하게 됐을 뿐이었다. 지금은 기기 사용법조차 모를 정도로 지식이 유실됐다.

살아남은 이들은 사신 전쟁 후 혼란기에 안주할 땅을 찾아 헤매다가 이 땅에 정착했다. 그 뒤 전쟁으로 산악 지대로 내몰리기 전까지 그들은 제법 큰 세력을 자랑했었다. 멸망 직전이었던 그들은 오랜 기간을 들여 민족중흥을 꾀했다.

“말하기 무섭게 나타나는군요. 저들이 순회하고 있나요?”

“중간지점에서 알톰 황국 전사단과 합류하고 그들도 호위로 따라붙을 예정이네. 그리고 경계하는 건 당연해. 메티스 성법신국과는 전쟁 중이니까 놈들이 언제 파괴 공작을 벌일지 모르는 상황이야.”

제로스는【건 블레이드】를 조립하며 마차 창으로 하늘을 나는 날개 달린 종족을 구경했다.

살벌한 무기를 다 조립했을 무렵, 솔리스테어 마법 왕국 외교관을 태운 마차는 무사히 지정한 합류 지점에 도착했다. 그곳에는 무장한 하늘의 전사들이 오와 열을 맞추고 정렬해 두 나라의 운명을 짊어진 요인을 환영해줬다.

제로스는 그들에게서 지금까지 본 사람들과는 다른 범상치 않은 투지 같은 것을 느꼈다.

'【소드 앤 소서리스】에서는 이렇게까지 전투적인 민족이 아니었는데 말이야…….'

자신의 지식과는 다른 르페일 족의 모습에 조금 당혹감을 느꼈다.

【소드 앤 소서리스】에서 그들 르페일 족은 규율에 엄격한 종족이며, 마법이나 근접 전투에 뛰어난 NPC 취급이었다. 능력이 얼마나 사기적인지 웬만한 유저도 어찌하지 못할 정도였다.

스펙은 전투에 특화했지만, 기본적으로는 상인이나 고가 아이템을 제조하는 생산직이었다. 싸우는 르페일 족은 대규모 이벤트나 퀘스트의 조력 NPC로만 등장했다.

그러나 실제 르페일 족은 대국에게 위협받으면서도 험난한 산지에서 검소하게 살아갔다.

아저씨는 한 번 멸망한 문명은 두 번 다시 돌아오지 않는 물거품과 같다고 깨달았다.

◇ ◇ ◇ ◇ ◇ ◇ ◇

"루세이 에마라 장군님, 솔리스테어 마법 왕국 사절단이 보입니다!"

"수고했다. 실례가 되지 않게 정중하게 모셔라. 이번 회담은 우리나라의 운명을 좌우하는 중대사니까."

검은 날개를 가진 장군, 루세이 에마라 장군은 부하에게 보고를 듣고 결례가 되는 행동을 삼가도록 주의를 줬다.

흑발을 어깨높이로 맞춘 여자 장군은 알톰 황국 전사 중 다섯 손가락 안에 꼽히는 실력자였다. 그래서 그녀는【흑천(黑天) 장군】이라고 불리며 신민에게 신뢰도 두터웠다.

그런 그녀도 지금은 나이가 차서 내심 혼기를 놓칠까 봐 노심초사하는 중이었다. 어디에 괜찮은 사람이 없나 찾고는 있지만, 안타깝게도 그녀와 어울리는 남성은 아직 찾지 못했다.

그 이유는 단순했다. 그녀가 너무 강하기 때문이었다.

실력이 너무 뛰어나서 공경의 대상은 될지언정 여성으로 보는 사람이 전혀 없었다.

과거에『나는 나보다 약한 남자와 혼인을 맺지 않는다』라고 큰소리를 쳐 버린 전적이 있었고, 그 실언 때문에 맞선조차 거절당하는 지경이었다.

그리고 평소부터 얼굴을 가리는 가면을 착용해『나라를 지키기 위해 여자이길 포기했다』라는 말까지 나돌았다. 그러나 실상은 극도의 수줍음&안면 홍조 때문에 사람과 민낯으로 마주 보고 대화하지 못해 그 사실을 숨기기 위한 고육지책이었다.

그런 진실을 아는 사람은 일부뿐이었다.

'어서 좋은 사람을 찾지 않으면 나는…… 나는 평생 노처녀야. 벌써 스물두 살이라고. 친구들은 다 결혼했는데 왜 나만 상대가 없지? 그런 소리를 하는 게 아니었는데…….'

후회해 봤자 이미 늦었다. 과거의 실언이 자기 목을 조르는 격이었다.

그녀도 강한 남자에게 보호받고 싶다는 소녀 같은 욕구가 있었다.

그러나 그녀를 지켜줄 만큼 강한 남자는 없었다.

그래서 사람들은 그녀를 무인으로 봤고, 안면 홍조를 숨기려고 찬 가면을 나라를 지키는 전사의 결의로 해석했다.

마음과는 반대로 주변 환경이 점점 혼기를 늦추는 상황이었다.

게다가 설상가상으로 그녀는 이 나라 귀족의 후예라서 혼인할 대상에게도 그에 걸맞은 지위가 필요했다.

'지위 따위 필요 없다. 실력이 없어도 좋다……. 남자 좀 있었으면…….'

결혼에 환상을 품을 나이였다. 결혼 후 미래 설계는 머릿속에 있지도 않았다.

아니, 미래 설계를 생각하지 않았다기보다는 실언 때문에 애인이 생기지 않아서 생각해 봤자 무의미했다.

"내가…… 왜 그랬지……."

후회해도 내뱉은 말을 주워 담을 수는 없었다.

그녀의 등이 그늘져 있었다.

"루세이 장군님, 사절이 왔습니다. 곧 이곳에 도착할 겁니다."

“그런가? 각자 정렬하고 사절을 맞이해라. 하지만 사교도 녀석들이 가만히 있을 리 없다. 항상 경계를 늦추지 말도록.”

“옛!”

그들은 일반 백성이자 전사였다. 예절과 규율을 중시하며 적대자에게는 자비가 없었다.

한때는 인간과 동등한 인구를 자랑하던 르페일 족도 지금은 소수민족으로 전락했다. 폐쇄적인 환경과 동족의 피가 짙어진 탓인지 현재 저출산 문제가 심각했다.

밖에서 새로운 피를 받아들이지 않으면 자신들은 언젠가 멸망한다는 예측도 나왔다.

그러던 때 솔리스테어 마법 왕국에서 지하 가도 정비 계획 이야기가 나왔다.

지금으로부터 30년도 더 된 이야기였다. 당시에는 메티스 성법신국과 대립이 심화되는 와중이었던 터라 전쟁이 장기화할 가능성도 고려해 동맹국과의 보급선 구축을 목적으로 계획에 참여하기로 했다.

수십 년에 걸쳐 이사라스 왕국과도 이어진 가도를 깔았고, 극비리에 진행하던 일루마나스 지하 대유적 공사는 대량 번식한 마물을 소탕하면서 최근에 겨우 개통했다.

새로운 길이 열리자 우회로 공사에 동원되던 인원을 다른 작업에 보낼 수 있게 되면서 3국을 잇는 가도는 급속도로 정비되어 갔다.

그리고 그들의 염원은 이루어져 결국 세 소국이 가도로 이어졌다. 이로써 많은 상인과 물자가 오가며 이주자가 늘고 삶의 질도

향상될 것으로 전망됐다.

'재생하는 암벽이 고대 도시의 외벽이었을 줄이야……. 공사는 난항을 겪었지만, 그대로 양국의 공사가 진행되지 않았더라면 어떻게 됐을까……. 솔리스테어 마법 왕국이 동맹국이라서 참으로 든든해. 막혔던 숨통이 트인 기분이야.'

예상하지 못한 사고는 있었지만, 개통했으면 만사 오케이였다.

남은 문제는 그들이 적대할 4신교 총본산이었다.

용사를 소환해 세계를 위험에 빠뜨리는 사교도를 없애지 않으면 전란이 계속될 것이다.

"아직 긴장을 풀 수 없어. 이제부터 진짜 싸움이 시작될 거야."

겨우 출발선에 섰다.

앞으로 더 치열한 싸움이 벌어질 것이다.

"저기 오는군요. 오…… 으리으리한 마차네요. 기사들도 훈련이 잘된 것 같습니다."

"하지만 용사와 싸울 정도는 아니군. 아니…… 뭐지? 무시무시한 기운이 느껴져. 이건 정말로 인간인가?"

호화로운 마차에서 발산되는 마력에 루세이는 식은땀이 멈추지 않았다.

틀림없이 자기보다 강한 실력자가 있으며 그 존재감은 모습이 보이지 않아도 피부를 찌르듯 전해졌다.

"이, 이 기운은……."

"어디서 괴물을 끌고 왔나 보군. 하지만 예의는 반드시 지켜라. 그 나라는 동맹국이다."

"알겠습니다."

기사를 대동한 마차가 멈추고 문이 열렸다. 그곳으로 회색 로브를 입은 마도사가 모습을 드러냈다.

그 순간, 루세이는 벼락을 맞은 듯한 충격을 받았다.

'뭐…… 뭐야? 마도사? 하지만…… 저건, 우리와도 달라…….'

거대한 검 모양 지팡이를 들고 마차 안에서 나온 한 명의 마도사. 그에게서 흘러나오는 기운. 루세이도 강자이기에 직감할 수 있었다.

『자신보다 강하다』라고…….

그 마도사에 이어 말쑥한 옷을 차려입은 귀족 한 명이 마차에서 내렸다.

"호위 임무를 맡아주셔서 감사합니다. 저는 솔리스테어 마법 왕국 외교 특임 대사, 이르한스입니다."

"저는 알톰 황국 특임 전사단 장군, 루세이 에마라입니다. 먼 길을 오시느라 수고하셨습니다. 지금부터 저희도 호위를 참가하겠습니다."

"오오, 【흑천】 장군께서 호위해주신다니 마음이 든든하군요."

"아직 배움이 부족한 몸입니다. 그런데 뒤쪽에 계신 마도사는 누구시죠? 보아하니 실력이 대단하실 듯합니다. 성함을 여쭈어도 되겠습니까?"

"네? 저요? 그냥 이번에 고용된 용병입니다. 신경 쓰지 마세요."

루세이에게는 도저히 **그냥 마도사**로는 보이지 않았다.

자기 키와 비슷한 대검을 한 손으로 가볍게 옮기는 마도사? 지

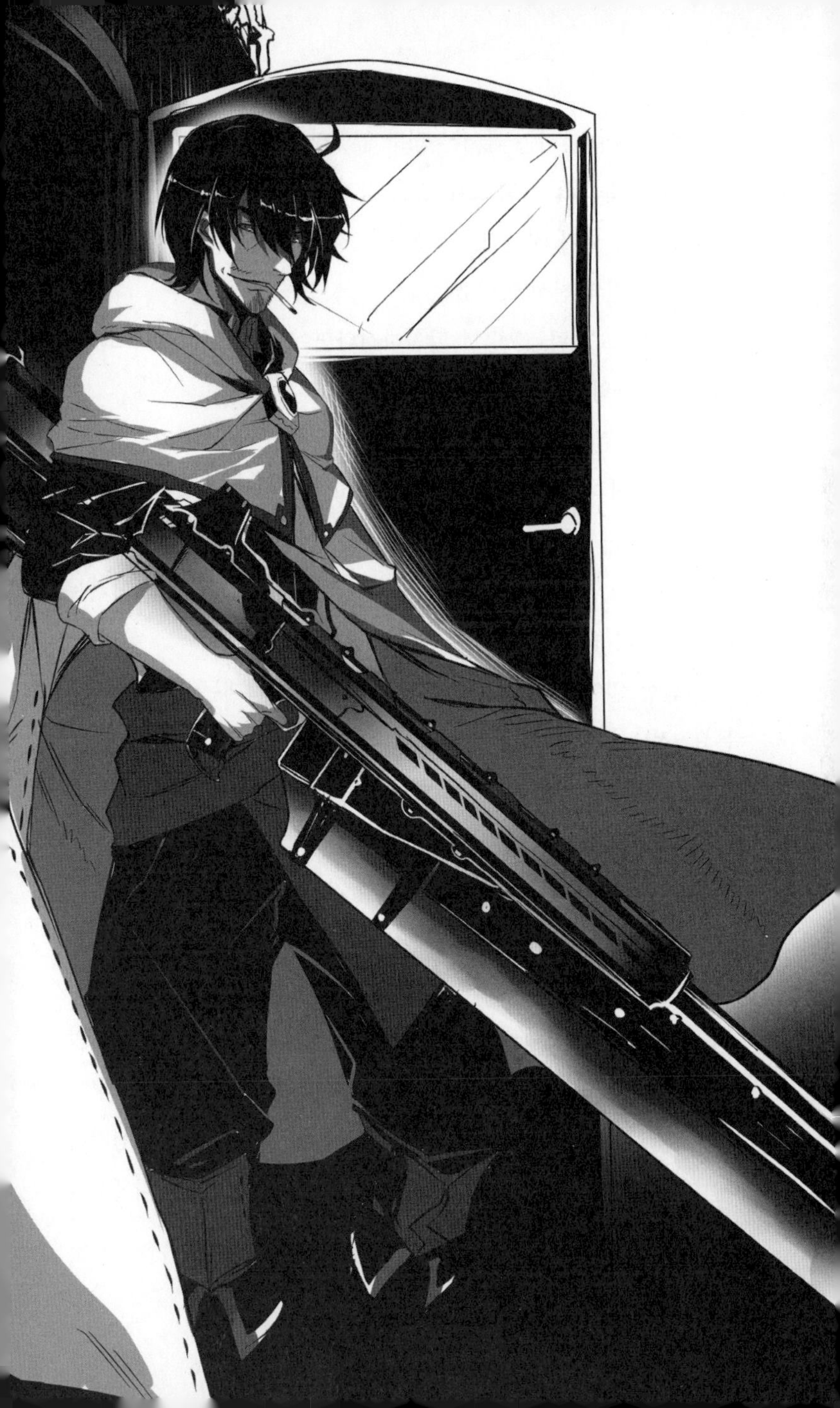

금까지 그런 이야기는 들어본 적도 없었다.

"아니, 나는 지금까지 그대 같은 강자를 만난 적이 없다. 그대와 싸우면 아마 내가 지겠지. 그 정도의 강자라면 꼭 이름을 듣고 싶은 것이 무인의 천성 아니겠는가."

"아, 그래요? 뭐, 그렇게 말씀하신다면야…… 저는 제로스라는 프리 마도사입니다."

"프리? 그런 실력이 있으면서 나라에 속하지 않았다고?"

"관직은 성격에 안 맞아서요. 명령받고 움직이는 걸 싫어합니다."

"별나군……. 아니, 사람이 어떻게 살건 개인의 자유지. 억지로 아래 둔다고 없는 충성심이 생기지는 않으니까. 그렇게 살아가는 것도 하나의 방식일 거야."

"간단한 일이라면 받고 있지만, 제게 너무 기대는 건 곤란하거든요. 전 느긋한 게 성격에 맞습니다."

겉모습은 수상쩍은 회색 로브 마도사지만, 자세히 보면 모든 장비가 고급이었다.

로브는 【베헤모스】라는 거대 마물의 가죽.

들고 있는 거대한 검 모양 지팡이는 전설의 무기 【용잡이】와 흡사했다.

【용잡이】란 알톰 황국에 남은 구시대 문헌에 기록된 무기며, 많은 전사들이 그 무기를 들고 전장에 나가 백성을 지켰다고 한다.

그러나 현재까지 남은 실물은 없고 과거에 발견된 것도 심각하게 파손되어 사용은 불가능했다. 그밖에도 【철조(鐵鳥)】나 【강철코끼리】 등 다양한 전승이 남아 있었다.

그런 무기를 가진 이 마도사가 보통 마도사와 비교를 불허하는 실력자라는 것은 인정할 수밖에 없었다. 숱한 싸움으로 단련된 루세이의 감도『싸워서는 안 된다』라고 경종을 울릴 정도였다.

“그래……. 실력이 있으면 귀찮은 일을 맡을 가능성도 크겠지. 그보다 이제 이동하는 편이 좋겠군. 근처에 저열한 무리가 숨어 있지 말란 법도 없어.”

“그렇군요. 그럼 호위를 잘 부탁…… 아, 있네요. 이곳을 훔쳐보는 못된 사람들이…….”

““뭐, 뭐라고?””

말하기가 무섭게 마도사는 거대한 대검을 수평으로 들었다. 칼끝을 숲으로 돌리고 손가락으로 방아쇠를 당겼다.

—콰아아아아아아아아아아아아아아아아아아아아아아아아앙!

몸속까지 저릿해지는 굉음과 함께 검이라고 생각한 물건에서 무언가가 발사됐다.

발사된 물체에 뚫린 나무들이 뚜둑뚜둑 소리를 내며 넘어갔다.

그리고 쓰러진 나무들에서 튀어나온 인간을 본 순간, 루세이는 이미 적이 국내에 침입했다는 사실을 깨달았다.

“적이다!”

알톰 황국 전사와 호위 기사들이 무기며 방패를 들고 즉시 임전 태세에 들어갔다.

전사들은 적을 제압하려고 숲으로 달려갔다. 그러나…….

—타앙! 타다다다다당!

“아아아악!”

"으아아아아아!"

방금 마도사가 쓴 무기와는 다른 높은 소리와 함께 앞쪽에 있던 전사들이 잇달아 쓰러졌다.

"아니?! 뭐냐…… 저 무기는?!"

"저건…… 종자도총[#18]? 화승총이다!"

숲에 숨은 적은 지팡이 같은 물건을 수평으로 겨누고 공격해 왔다.

위력에 차이는 있지만, 공격 방식은 방금 마도사가 쓴 것과 흡사하다고 알 수 있었다.

"용사들은 이 세계를 처절한 전쟁터로 만들 셈인가? 저런 걸 생산하면 전쟁의 양상이 일변할 텐데."

"그대는 저 무기를 아는가?!"

"네…… 용사들이 살던 세계의 무기입니다. 아주 구식이긴 하지만요. 연사는 안 되겠지만, 수를 늘려서 그 단점을 보완하는 것 같군요. 성가신 무기지만, 방패에 장벽 마법을 걸면 막을 수 있을 겁니다."

그러면서 마도사는 거대한 검을 들어 적에게 다시 공격을 감행했다.

귀를 찢는 소리와 함께 전방의 숲으로 날아간 탄환은 착탄하자마자 주변 땅과 함께 적을 날려 버렸다. 위력은 마도사 쪽이 월등하게 우수했다.

"용맹한 전사들이여, 방패를 들고 방어 마법을 걸어라! 저 무기는 연사가 불가능하다! 적진으로 파고들면 우리가 유리하다!"

#18 종자도총 일본에 최초로 전해진 조총.

""""""오오오오오오오오오오오오오오오오오오오오오오오오오!""""""

루세이가 고무하자 전사들은 혼란을 수습하고 실드 마법으로 방패를 강화해서 적에게 돌진했다.

화승총에서 발사된 납탄은 방패와 장벽 마법에 가로막혀 결정타를 주지 못했다.

그리고 숲 속에서 비명이 터졌다.

제14화 아저씨, 분위기 파악을 못 하다

용사들을 포함한 메티스 성법신국 신성 기사단 소대는 본래 임무인 가도 파괴 공작에서 요인 암살로 작전을 변경해 숲 속에서 숨을 죽인 채 기회를 엿봤다.

그들이 손에 든【화승총】은 이미 준비를 마쳤다. 총사대는 신호가 떨어지면 언제든 공격할 수 있게 대기하고 있었다.

"야, 칸나기…… 저 마도사가 가진 무기, 위력이 얼마나 될 거 같아?"

"몰라. 하지만 어차피 한 정밖에 없어. 아무리 연사가 돼도 장탄 수는 한정돼 있겠지."

"하지만 판타지 세계잖아. 무한 탄창이거나 보기보다 위력이 강하면 어쩔 생각이야?"

"그럼 먼저 저 마도사를 해치우지, 뭐. 그러려고 나무 위에 저격수를 배치해 뒀어."

"나무 위에서 화승총을? 제대로 조준이나 하겠어? 저 무기는 구조부터 저격에는 안 맞아."

화승총은 라이플 같은 긴 개머리판이 없었다.

손잡이와 방아쇠가 뒤쪽에 있어 저격하기에는 안정감이 없었다.

탄을 쏘면 충격으로 화승총이 위로 튀어 명중률도 낮았다. 탄약 장전에도 시간이 걸리며 총신이 가열되면 폭발할 우려도 있었다.

이렇게 단점이 즐비한 무기지만, 수를 모으면 유용하게 쓸 수 있었다.

화승총을 쏘는 총사대는 사격수 한 명에 장전하는 사람과 총신을 식히는 사람이 붙어 3인 1조로 움직이도록 지시받았다. 그런 총사대가 약 10개 조 있으므로 재장전으로 인한 시간 손실을 최대한 줄이면 연사에 가까운 형태로 사격이 가능하다고 용사들은 생각했다.

그러나 저격수가 열 명밖에 없고 남은 인원은 모두 보조 요원인 부사수였다.

전투력이 강한 알톰 황국 전사들이 접근하면 전멸할 것이 뻔했다. 하지만 욕심에 눈이 먼 용사들은 거기까지 생각이 미치지 못해 엉성한 작전을 세우고 말았다.

"애니메이션에서는 이렇게 하니까 되던데……."

"저쪽에도 총을 아는 사람이 있어. 멍청한 사사키…… 하다못해 머스킷을 만들었으면 얼마나 좋아?"

머스킷 총과 탄약을 만들려면 전용 공작 기계와 관련 지식이 필요했다.

하지만 이 세계에는 대장장이는 있어도 기계공작에 정통한 사람은 없었다.

일본인도 총의 위력은 알지만, 제조에 관한 지식을 가진 사람은 많지 않은데 중학생 때 이세계로 소환된 용사들이 그런 지식을 가졌을 리 없었다. 오히려 화승총을 만든 것만 해도 대단하다고 봐야 했다.

"마도사를 우선 해치우는 게 낫겠어. 저 무기가 이쪽을 향하면 위험해. 아무리 봐도 이쪽이 기술적으로 밀려……."

"히메지마…… 너, 사람을 죽이는데 거리낌은 없어?"

"있어. 그래도 안 죽이면 우리가 죽어. 그러면 죽이는 수밖에 없잖아."

사카모토가 하고 싶은 말은 알지만, 요시노는 삶에 집착하지 않았다. 그저 원수를 죽이고 싶을 뿐이었다.

"……저격수에게 신호 보내. 저 마도사를 죽여."

"알겠습니다."

기사가 왼팔을 들자 후방에 있던 기사도 같은 신호를 보내 나무 위에 있는 저격수에게 공격 명령을 전달했다.

나무 위 저격수가 든 화승총은 사정거리를 벌기 위해 총신을 두 배로 늘렸다.

긴 총신은 저격하기 쉽게 나뭇가지에 고정해 놓았다.

그리고 마침내 화승총을 쏘려고 한 순간, 갑자기 마도사가 【건블레이드】를 수평으로 들어 저격수가 있는 방향을 겨눴다.

—콰아아아아아아아아아아아아아아아아아아아아아아앙!

그 직후 폭음이 울려 퍼졌다.

발사된 총탄은 나무들을 관통해 쓰러뜨리면서 저격수가 있던 나무를 경이로운 위력으로 날려 버렸다.

"카, 카운터?! 뭐야, 왜 들켰어?!"

답은【살기】였다. 정신에 반응하는 마력은 당연히 살기에도 반응한다.

그것이 마력 파장이 되어 마도사에게 감지되는 바람에 역으로 공격당한 것이다. 저격수가 살의를 감추지 못한 탓이었다.

그리고 화승총은 상대의 공격 범위 밖에서 일방적으로 공격하는 편리한 무기였다. 그 탓에 성기사가 방심한 것도 원인이리라.

그들은 모습이 보이지 않는 것이 절대적 우위가 아니라고 뼈저리게 깨달았다.

"제길! 총을 겨눠! 다가오는 놈들에게 일제 사격!"

—타앙! 타다다다다당!

선제공격을 당했지만, 화승총은 유효했다.

첫 공격으로【마족】들에게 동요를 안겨주는 데 성공했다. 그러나…….

"저 무기는 연사가 불가능하다! 방패와 방어 마법을 병용하라! 근접전으로 끌고 가라!"

검은 갑옷을 입은 여전사가 계속해서 부하들에게 명령했다.

명령에 즉시 반응한 전사들은 방패를 앞세우고 마법 장벽을 펼쳤다.

"젠장, 화승총의 약점을 이 세계 사람이 알 리 없는데……. 저

마도사는 역시 총을 알아! 수로는 우리가 밀려. 다음 탄으로 일제 사격 후 그 틈에 후퇴한다!"

하지만 그 명령은 실행되지 못했다.

몇 번이고 날아든 적의 총알은 화승총을 훨씬 능가하는 경이로운 위력을 보여줬다.

총을 겨눈 기사들은 단 한 발에 땅과 함께 날아가 버렸다.

근본적인 성능이 너무 달랐다.

"저거 비겁하잖아! 무슨 위력이 저래!"

"아마 대형 마물을 상대하려고 만든 무기겠지. 여긴 나라 변경이니까 만반의 준비를 해 왔을 거야. 저쪽에 소환됐으면 이 고생 안 했을 텐데……."

"사카모토, 너…… 누구 편이야?"

적의 총격이 훨씬 고위력이었다.

그에 비하면 화승총 따위 새총이나 다를 바 없었고 약점을 찔리자 대항할 수단도 없었다.

그렇게 싸움은 난전으로 흘러갔다.

"나는 저 여전사한테 갈게. 이런 상황이면 도망치기도 글렀으니까 각오를 굳혀야겠어."

"젠장, 왜 이렇게 된 거야! 저런 위력이 어딨어!"

"투덜대도 소용없어. 나 참…… 카자마를 만나러 가게 생겼군."

용사는 다섯 명. 기사는 스물여섯 명.

총격으로 절반이 줄어 수적으로는 불리한 상황이었다. 현실적으로 여기서 역전할 방법은 없다고 봐야 했다.

쓰러진 기사들은 포박됐고 주위는 적으로 둘러싸였다.

이래서는 도망칠 수 없었다.

사면초가에 빠진 용사들은 죽음에서 활로를 찾기 위해 검을 뽑아 들고 돌격했다.

◇ ◇ ◇ ◇ ◇ ◇ ◇

"일단 이 정도면 될까요?"

"엄청난 위력이군. 마치 전설에 나오는【용잡이】같아……."

"【드래곤 버스터】를 참고해서 자작한【건 블레이드】입니다. 성능은 제가 조금 손봤지만요. 개인 취향을 너무 반영해서 범용성이 없는 게 탈입니다."

"……왜 굳이 다루기 힘든 물건을 만들었지? 이 무기를 더 소형화해서 양산하면 많은 전과를 기대해봄 직할 텐데."

"그랬다간 전쟁터는 비참하게 변할 거예요. 사망자가 부쩍 늘겠죠. 그런 걸 양산해선 안 됩니다. 게다가 어디까지나 취미로 만든 무기예요. 남에게 건네줄 생각은 없어요."

제로스의 말에 루세이는 느끼는 바가 있었다.

이 무기의 압도적 파괴력이 있으면 전장은 일방적 살육 현장으로 변한다. 그러면 다른 나라도 살육을 위한 무기를 개발하고 서로 더 크고 많은 대량 학살을 벌일 것이다.

전사는 적을 죽일 때 생명의 무게와 죄를 인지해야만 한다. 단순히 죽이기만 하는 존재는 진정한 전사라고 부를 수 없기 때문이다.

“맞는 말이군……. 칼에는 다루는 자의 의지와 신념을 담아야 하는 법이지. 이 무기는 장난스럽게 목숨을 빼앗을 수 있어.”

“피 냄새에 취해서 살인을 즐기는 정신 이상자도 있으니까요. 그럼 남은 적을 소탕하러 가 볼까요?”

르페일 족은 분명히 강하지만, 평균 레벨은 용사와 비슷했다. 오랜 원한이 쌓일 대로 쌓여 그저 감정대로 적을 죽일지도 몰랐다.

그도 그럴 것이 적은 오랜 숙적이며 수도 없이 고배를 마셔야 했다. 그 분노는 대대손손 전해졌다. 어떻게 보면 민족성을 이용한 세뇌 교육이라고 할 수 있을지도 몰랐다.

“이르한스 백작님, 마차 안에 대기해주십시오. 잠깐 저들을 상대하고 오겠습니다.”

“음……. 하지만 괜찮겠나?”

“수적으로 우리가 우세합니다. 문제는 용사가 있느냐 없느냐죠.”

제로스는 건 블레이드를 어깨에 걸치고 가벼운 발걸음으로 전선으로 걸어갔다.

선봉은 이미 난전에 돌입해 여기저기서 단말마 비명이 울려 퍼졌다.

‘으음…… 혹시 저 사람들, 가도를 파괴하러 왔나? 화승총이 있으면 화약도 있을 테니까. 하지만 도중에 무의미하다고 깨닫고 작전을 변경했을지도 몰라.’

소대 규모의 작전이라면 할 수 있는 것은 많지 않았다.

제로스는 정황상 우연히 마주친 그들이 정치 불안을 조장하기 위해 요인 암살로 작전을 변경했으리라고 추측했다.

작전 변경 자체는 좋은 아이디어라고 생각하지만, 실력 차이를 염두에 두지 않은 것은 감점 요소였다. 그들은 후퇴할 방법까지 고려하지 않았다.

아마 화승총이라는 신병기를 얻어 우위에 섰다고 방심했을 것이다. 상대가 비슷한 무기를 가졌다고는 생각하지 못하고…….

'솔직히 운이 나빴어. 응?'

"용사다! 용사가 있다! 반드시 붙잡아라!"

전방에서 두 전사가 달려들었다.

검은 머리가 특징인 청소년은 아무리 봐도 이 부근에 사는 민족이 아니었다.

"안녕, 용사들. 만나서 반가워. 슬슬 포기하지? 너희가 이 세계에서 싸울 이유는 없잖아?"

"아니, 당신…… 일본인이야? 왜 우리를 방해해!"

"이쪽에 고용됐기 때문인데? 일이야. 보면 몰라?"

"당신도 용사잖아! 왜 우리 적이 되냐고!"

"안타깝지만, 나는 용사가 아니야. 소환된 게 아니니까."

용사 두 명은 자기들 앞에 나타난 마도사가 같은 일본인이라는 것을 깨달았다.

그러나 그 마도사는 자신들을 궁지에 내몬 장본인이며 이미 건 블레이드를 겨누고 있었다.

위험한 적이다. 그렇게 판단하고 경계했다.

"용사라고 떠받들어주니까 콧대가 높아져서 전쟁에 참가하고, 친구들이 절반이나 죽었는데 또 싸워? 사람이 왜 그렇게 착하니?

아니, 현실에서 도망치는 것뿐인가?"

"일……? 돈으로 고용된 용병이야? 돈만 주면 마족에게도 가담해?!"

"마족? 아…… 르페일 족? 이건 종교 갈등으로 인한 민족 탄압이지. 다른 세계에도 있었잖아? 그걸 믿었어?"

"뭐……?"

"4신교는 창생신이 처음 창조한 종족이 눈에 거슬려서 그래. 드래곤과 정면에서 싸울 수 있는 종족인데 얼마나 무섭겠어~. 그거 알아? 이 사람들은 옛날에 천사라고 불렸어. 4신교가 너희한테 이런 이야기는 해줬어?"

"처, 천사……?"

제로스가 한 말은 물론【소드 앤 소서리스】에서 인용한 설정이지만, 게임의 기본 설정이 이 세계 정보와 공통된 것은 사실이었다.

그러나 용사들이 그런 정보를 알 리 없었다. 당연히 용사 두 명의 얼굴에 당혹감이 번졌다.

표정도 숨기지 못하는 것을 보면 아무것도 몰랐나 보다.

알고는 있었지만…….

"정말로 아무것도 모르나 보네. 그러니까 토사구팽당하지. 앗, 그러고 보니 전에 너희 친구를 만났어. 이치죠랑 타나베라고……."

"그 둘을 만났어? 설마 걔네한테도 그런 식으로 바람을 넣었어?!"

"바람이라니. 사람을 사기꾼처럼 말하지 말아 줄래? 너희도 어렴풋이 눈치채지 않았어? 뭔가 이상하다고……. 하지만 원래 세계에 돌아가려면 말을 들어야 했겠지. 설령 그게 거짓말이라도."

"역시 거짓말인가……. 카자마가 한 말이 사실이었나 보군."

"크……."

아저씨는 담배에 불을 붙이고 나른하게 연기를 내뿜었다.

"못 돌아가. 너희……."

""뭐?!""

"용사 소환 마법진에 그런 기능은 없어. 게다가 이미 소환도 못 하고. 대신전이 붕괴해서 소환 마법진이 망가졌거든……."

"그런 이야기 못 들었어!"

"소환진이 붕괴했다는 걸 말하지 않는 이유는 너희가 반란을 일으키면 안 되니까 그러겠지. 그들은 너희가 적대할까 봐 무서워해. 내 생각이지만, 너희 부대원 중에 암살 명령을 받은 사람이 있지 않을까? 너무 많은 걸 알면 처리하려고. 무서운 세상이야."

"농담하지 마! 그럼 우리는 뭘 위해 싸운 거야!"

"말했잖아? 토사구팽이라고. 너흰 사냥개야. 뭐, 나한테는 아무 상관도 없지만. 그러니까 얌전히 투항하면 안 될까? 귀찮은 일은 빨리 끝내고 싶은데."

대치한 마도사는 의욕이 없어 보였다.

하지만 이 마도사가 작전을 근간부터 뒤흔들고 이 상황을 만든 장본인이었다.

용사 두 명은 제로스의 말을 믿을 수 없었다.

하지만 부정할 요소가 적은 것도 사실이었다.

"칸나기…… 어떻게 할래? 이 아저씨 말을 믿는다면 그 나라에 있어도 버림받을 뿐이야. 이용당하고 끝나는 건 못 참아!"

"사카모토…… 넌 이 사람 말을 믿어? 거짓말을 하는 걸 수도 있어."

“하나 더 알려주자면 용사 소환을 30년 단위로 해서 이 세상은 멸망할 위기였어. 앞으로 1500년 뒤면 마력이 고갈돼서 생물이 다 죽을 판국이었어.”

“잠깐만! 용사 소환은 4신의 힘으로 하는 거 아니었어?!”

“너희도 참…… 시공에 구멍을 낼 에너지가 그냥 생기겠어? 4신은 이 세계에서 마력을 착취해서 용사 소환을 계속해 왔어. 얼마 전에 우연히 확인했지.”

“뭐, 뭐라고?!”

“메티스 성법신국은 무너질 거야. 사리사욕을 위해 용사 소환을 되풀이하고 세계를 붕괴로 몰고 갔으니까. 4신은 신자들을 돕지 않아. 도울 생각도 없어. 그것들한테 그런 선심은 없거든. 웃긴 녀석들이지……. 이렇게 말하기는 그렇지만, 너희 친구들은 개죽음 당한 거야.”

제로스는 연기를 뱉으며 담담하게 말했다.

그러나 용사 두 명에게는 크나큰 문제였다. 자신들이 모르는 진실을 갑자기 들이대며 선택을 강요하니까 말이다.

심지어 지금은 전쟁 중이었다. 선택에 따라서 자신들의 운명이 결정된다.

그런 두 사람 앞에서 아저씨는 태평하게 담배 연기를 뿜었다.

“후우…… 좋은 고기를 전부 빼앗기겠어…….”

“고기? 웬 고기? 난데없이 그 이야기가 왜 나와?”

“맛있는 고기를 가족이 낼름 집어먹는 건 고깃집에서 자주 있는 일이지만…….”

"정성들여 만든 햄과 소시지, 훈제 고기를 이웃집 애들이 귀신같이 찾아내서 딸기 따 먹듯 전부 먹어 치우지. 술안주로 먹으려고 하다가 텅텅 빈 창고를 봤을 때의 절망감과 초조함……. 하소연할 곳도 없는 그 답답함을 너희가 알까?"

""댁 사정이 무슨 상관이야?! 왜 쓸데없이 무게 잡고 말해!""

"그보다 빨리 결정해줄래? 나는 빨리 끝내고 싶은데."

""딴 이야기를 꺼내지 말든가!""

주변이 워낙 살벌해서 아저씨 딴에 큰맘 먹고 던진 농담이었다.

단말마 비명과 고함이 오가고 가끔 총성이 울리며 피 냄새가 충만했다.

솔직히 말해 전장에 있자니 마음이 울적했다.

아저씨는 딱히 용사나 성기사에게 원한이 없었다. 자기방어를 위한 살인은 용인하지만, 솔선해서 사람을 죽이고 싶지는 않았다.

그들에게 원한이 있는 르페일 족만이 성기사들을 해치우고 있었다.

"농담은 이쯤하고 진지한 이야기를 할까? 도저히 결단을 못 내리겠다면 여기서 기절해서 포로라도 될래? 정치적으로 거래하면 감시는 당해도 자유롭게 행동할 수 있을 거야."

"우리를 죽이지 않는다는 보장은 있어?!"

"맞아! 이 세계 전쟁에 인권 보호 같은 개념이 어디 있어?"

전쟁에 가담해 놓고 자신의 안전을 요구한다. 사고방식이 물러터졌다고밖에 말할 수 없었다. 이러는 사이에도 적대한 상대는 적의를 불태우고 있건만.

"전쟁에 가담했으니까 그건 자업자득 아닌가? 게다가 무기를 들고 있으면 알톰 황국은 적대 의지가 있다고 보고 주저 없이 죽일걸? 지금이 결단할 때야."

"우리는 감시당하고 있어! 이런 상태로는 그 나라에 있는 다른 아이들도 위험하잖아! 우리 때문에 그 애들한테 피해가 가는 건……."

"허…… 감시자가 있다? 그렇다면 너희를 믿지 않는다는 것도 알겠네. 그 나라는 이세계인이 몇 명이 죽건 상관하지 않아."

"라이트 노벨이면 아군에게 속았다는 패턴인가……. 알고는 있었지만, 카자마를 볼 낯이 없어……."

"참 자주 들어, 그 카자마라는 이름. 태풍을 부르는 유치원생에게 봉변당할 것 같은 이름[#19]인데……. 종교 국가에 이용당했으니까 봉변당한 건 맞지만. 하하하하하."

""너무해…….""

아저씨도 죽은 사람에게 할 말은 아니라고 생각했지만, 정신적으로 몰아세우지 않으면 결단하지 못할 거라고 판단했다.

용사들은 이런 상태로 지금까지 싸워 왔을 것이다. 확고한 각오도 없고 편향된 정보만 주어졌기 때문에 그들은 모든 것이 의심스러웠다.

전쟁터에 나온 적이 있기 때문에 항복이 죽음으로 직결한다고 생각해도 어쩔 수는 없었다.

"자, 빨리 골라. 더 오래 끌면 내가 직접 공격해서 기절시킬 거

#19 태풍을 부르는 유치원생에게 봉변당할 것 같은 이름 만화 『짱구는 못말려』의 철수. 일본 이름은 「카자마 토오루」이다.

야. 감시하는 인간이 보면 적에게 당했다고 생각하지 않을까?"

""이렇게 대화하는 시점에서 늦었어!""

"그냥 항복해. 안 그러면 너희 선배인 선대 용사처럼 목숨을 위협받을지도 몰라. 어차피 메티스 성법신국은 너희를 살려 둘 생각이 없으니까. 직접 확인했으니까 틀림없어. 자, 알아들었으면 후딱 항복해~."

"정말이야? 중요하니까 두 번 말하는 건 알겠지만, 마지막이 너무 무성의하잖아……. 설득할 생각 없지?"

"큭…… 다른 방법이 없어. 무기를 버리고 투항할게. 살려주는 거 맞지?"

"그건 교섭하기 나름이지. 지금까지 적대했으니까 그게 어려운 부탁인 건 알지? 어차피 팔아넘길 정보도 없을 테니까 내가 부탁은 해 보겠지만……."

""미, 믿음이 안 가……….""

전선에 나온 탓에 가뜩이나 정보가 부족한 용사들은 결국 무기를 버리고 투항하는 길을 택했다. 그러나 두 사람이 투항하면 남은 용사들도 투항할 거라고 생각했으나, 싸움을 그만두지 않는 사람이 한 명 있었다.

【히메지마 요시노】였다. 그녀는 루세이와 치열한 공방을 주고받고 있었다.

"너희, 저 학생을 설득해주지 않을래?"

"못 해……. 히메지마는 카자마가 죽은 후로 복수만을 위해 살고 있어."

"왜 그런 오타쿠를……. 왜 나는 안 되는 거야……."

"훗…… 추억은 본인이 죽었을 때 미화되게 마련이지. 카자마란 애를 좋아했다면 저 애는 멈추지 않겠구만."

다른 사람은 이미 모두 붙잡히거나 죽었다. 지금 싸우는 것은 피아를 막론하고 두 여성뿐이었다.

"에효…… 하는 수 없지. 내가 중재하러 가지."

담배꽁초를 휴대용 재떨이에 넣은 제로스는 머리를 긁적이며 귀찮은 듯 결투 장소에 끼어들었다.

◇ ◇ ◇ ◇ ◇ ◇ ◇

요시노는 뇌리에 각인된 여전사를 찾아 헤맸다.

한눈도 팔지 않고 주위 전사들을 떨쳐내며 일직선으로 익숙한 목소리를 향해 달렸다.

그 앞에는 가면을 쓴 키 큰 여성이 검을 뽑아 부하들에게 지시를 내리고 있었다.

'찾았다!'

달리면서 검을 수평으로 들고 기세를 실어 휘둘렀다.

"이야아아아아아아아아아아아아아아앗!"

"에이잇!"

여전사는 검을 오른쪽으로 쳐올리며 요시노의 검을 튕겨 날렸다.

요시노는 지체 없이 예비 검을 뽑고 원수에게 칼끝을 겨눴다.

"용사냐……. 낯이 익군."

“내 상대가 되어 줘야겠어. 아이들의 원수를 오늘 갚겠어.”

“……좋다. 상대해주마.”

두 사람은 서로 검을 부딪치고 거리를 둔 다음 다시 부딪쳤다.

공방이 어지럽게 변화하지만, 요시노가 실력 면에서 불리했다.

원래 레벨 차이가 크고 실전 경험도 적고 감정적인 만큼 움직임도 단조로웠다.

“1 대 1 승부에서는 냉정하지 못하면 바로 죽는다. 아니면, 그걸 바라는 건가?”

“그래, 어차피 너한테는 못 이기겠지……. 그래도 그냥은 안 죽어!”

“흠…… 동귀어진할 생각인가? 하지만 미리 말해 버리면 의미가 없다.”

실력 차는 요시노도 알고 있었다. 아무리 검을 휘둘러도 스치지도 않고 최소한의 동작만으로 피해 버렸다.

‘알고는 있었지만, 이렇게 차이가 나다니…….’

“마음에 안 드는군.”

“뭐?”

“애초에 싸움을 건 건 너희 쪽이다. 원인을 만든 건 4신교 머저리들이지 않은가? 놈들의 감언에 속아 진실을 보려고도 하지 않은 자가 복수를 운운한 자격이 있나?”

“그래도! 넌 내게 소중한 사람을 죽였어……. 그걸 『어쩔 수 없는 일』이라는 한마디로 납득하라고? 난 못 해!”

전쟁에 참가한 시점에서 살인에 동의한 것이나 마찬가지였다. 하지만 적에게도 당연히 소중한 이들은 있게 마련이고, 그들을 지

키기 위해 적을 죽이는 것 또한 당연했다.

요시노는 자신의 복수가 얼마나 적반하장인지 알고 있었다. 이 여전사에게 분노를 토해 내도 의미가 없다는 것도.

그러나 오갈 곳 없는 감정을 어디든 토하지 않으면 미칠 것만 같았다.

"그건 각오가 없었기 때문이겠지. 신념도 지켜야 할 사람도 없어. 어쭙잖은 각오…… 아니, 안일한 생각으로 죽음을 자초했다. 흘러가는 대로 몸을 맡긴 너희의 죄이지 않은가."

"그래도…… 그래도 난 그 애를 죽인 네가 미워! 밉다고!"

"아…… 바쁘신 와중에 죄송합니다. 다른 곳은 다 마무리됐으니까 이제 슬슬 끝내면 안 될까요?"

어느샌가 회색 로브 마도사가 두 사람 사이에 서 있었다.

심지어 교묘하게 둘의 칼을 피하면서.

"복수니 원수니, 너무 살벌해서 싫증나요. 이쯤에서 끝내죠?"

""분위기를 보고 말해!""

둘은 반사적으로 소리치며 검을 휘둘렀지만, 마도사는 그 검을 아무렇지 않게 맨손으로 잡았다. 검이 꿈쩍도 하지 않았다.

회색 로브 마도사는 싸움의 분위기를 완전히 박살 냈다.

"윽?!(뭐, 뭐야…… 힘을 빼긴 했지만, 내 칼을 손으로 잡아?!)"

"루세이 씨, 저쪽 용사 두 명은 투항했습니다. 용사가 세 명 더 있다고 하는군요."

"한 명은 여기 있다. 남은 둘은……."

"장군님! 이쪽에서 용사 두 명을 포박했습니다."

"……정리됐나 보군."

용사들은 허무하게 붙잡혔다.

남은 사람은 요시노 한 명뿐이지만, 그녀도 검을 잡혀 움직이지 못하고 있었다.

옆에서 훼방꾼이 끼어들어 요시노의 분노는 폭발하기 직전이었다.

"방해하지 마! 당신이 무슨 상관이야!"

"상관이 왜 없어요. 아까 절 저격하려고 했죠? 왜 그런 사람의 말을 들어야 하나요? 여긴 전쟁터고 그쪽은 요인을 암살하려고 했습니다. 이것만으로 중죄라고요."

"그딴 건 알 바 아니야! 난 이 여자가 목적이야! 갑자기 끼어들어서 결투를 방해하지 마!"

"방해하지 말라고요……. 하지만 거절한다! 알톰 황국도 여기에 요인을 계속 묶어 둘 수는 없고, 전 빨리 일을 마치고 싶어요."

"그럼 데리고 가든가! 나한테는 상관없어!"

"아니, 글쎄~, 상관이 왜 없냐고요. 그쪽은 요인을 암살하려고 한 범죄자고 우리는 지키는 쪽입니다. 대의명분은 우리에게 있어요. 테러에 굴복하지 않는다. 국제 상식 아닌가요?"

아무리 용사라고 불려도 다른 나라에 무단으로 들어와 요인을 암살하려고 했다. 이것은 엄연한 국제 테러였다.

군대도 타국 영토에 무단 침입해서 파괴 공작을 벌이면 테러리스트로 간주된다. 용사라는 직함이 통용되는 곳은 메티스 성법신국 안뿐이었다.

"너는 복수를 위해 여기까지 왔나 보지만, 타인이 말려드는 걸

용인했어. 그건 테러에 가담했다는 말이야. 그런 네가 떼쓸 자격이 있다고 생각해?"

"그럼 이 여자랑 싸우게 놔둬! 다른 건 나도 신경 안 쓸 테니까!"

"안 돼. 시간도 없고 그렇게 해줄 이유도 없어. 아무 보상도 교섭 재료도 없는데 너희 의지를 존중할 이유가 있을까? 너희는 말이야, 전쟁을 하고 있다고."

"제, 제로스 공…… 그대는 전사의 긍지를 존중할 마음이 없나?"

"없네요. 말을 아무리 아름답게 포장해도 하는 짓은 살인이에요. 살인에 긍지를 가질 생각은 없습니다. 악즉참[#20] 세 글자면 충분해요."

아저씨의 긍지는 어디 나오는 사무라이의 긍지였다.

피비린내 나는 건 똑같았다.

"카자마라는 용사와 어떤 관계야? 애인……은 아니겠군. 아마 소꿉친구였으려나? 참 나, 이런 미소녀 소꿉친구가 있어도 폼 잡다가 죽으면 그게 다 무슨 소용이람."

"아무것도 모르는 인간이 함부로 말하지 마!"

"카자마? 용사 카자마 말인가? 그는…… 살아 있는데?"

""뭐?!""

루세이의 생각지 못한 발언에 두 사람은 입을 쩍 벌리고 굳었다.

죽었다고 생각한 용사가 살아 있다고 하면 놀랄 만도 했다.

"저기…… 루세이 씨? 그 용사, 죽었다고 들었는데…… 살아 있

#20 악즉참 소년 점프에서 연재된 만화 「바람의 검심」의 등장 인물 사이토 하지메의 모토. '악은 즉시 베어버린다.'라는 뜻이다.

어요? 진짜?”

“그래. 자폭할 생각으로 나에게 범위 마법을 쓰고 빈사 상태에 빠졌지. 나는 마력 장벽으로 위기를 면했지만, 그런 마도사를 부패한 나라에 두는 것이 아까웠어.”

“그래서…… 데려가서 치료했다고요?”

“그래. 그런데 우리 공주님과 사랑에 빠졌어…….”

““응?!””

“공주님은 그…… 나이에 비해 유아, 커흠! 앳된 분이시다. 카자마 공의 이상형이었다고 하는군.”

어색하기 짝이 없는 분위기가 깔렸다.

살아 있는 것만 해도 놀라운데 적국 공주와 폴 인 러브라면 기가 막혀 말도 나오지 않았다.

일편단심 소녀가 사랑하는 소꿉친구의 생존에 기쁨을 내비친 것도 잠시…… 애인이 있다는 충격 발언이 이어졌다. 게다가 상대가 공주님. 이미 다시 일어나지 못할 치명타였다.

“처음 공주님의 나이를 듣고 그는『예스, 합법 롤리타! 폴 인 러브! 너를 좋아한다고, 외치고 싶어어어어어어[#21]!』라며 좋아서 난리도 아니었지. 솔직히 놀랐어.”

“……와, 설마 한눈에 반했어요? 피바람이 불겠구만. 장난 아니네…… 진흙탕 싸움 확정이잖아.”

“그, 그러고 보니…… 옛날에 타쿠미 방을 청소할 때 어린 마법소녀 애니메이션 설정집이 나왔어……. 2등신 캐릭터 피규어도 자

#21 **너를 좋아한다고, 외치고 싶어** 애니메이션『슬램덩크』일본판 오프닝의 가사.

주 빤히 들여다보고, 붙박이장에서는 야한 애니메이션 DVD도……. 타쿠미는 형 물건이라고 말했는데 설마……."

"응…… 그 정도면 의심했어야지. 그건 뼛속까지 롤리콤이야. 틀림없어. 범죄를 저지르지 않은 것만 해도 양심적이야."

"우후후후…… 나, 바보인가 봐……. 설마 변태 신사였을 줄이야……. 옛날부터 좋아했는데, 이런 식으로 실연이라니…… 너무하네……."

요시노는 새하얗게 불타 버렸다.

오랜 첫사랑이 처참하게 깨지다 못해 아예 가루가 나 버렸다.

어찌나 딱한지 아저씨도 살짝 눈물이 날 것 같았다.

"이젠…… 다 싫어……. 죽고 싶어……."

"중증이군. 농담이 아니라 정말 불쌍해서 못 보겠어……."

"내가 안 좋은 이야기를 했나? 조금 전 기백이 전혀 안 느껴지는데……."

"그녀의 첫사랑은 화려하게 폭사했습니다. 지금은 가만히 놔둡시다. ……응?"

갑작스럽게 희미한 살기를 느끼고 제로스는 주위를 돌아봤다.

쓰러진 기사들의 시체를 빼면 알톰 황국 전사들뿐이었다.

솔리스테어 마법 왕국 기사들은 이미 멀어져 이르한스 백작을 둘러싸고 지키고 있었다.

'흠…… 어디서 나온 살기지? 이 근처에 숨은 건 알겠지만…… 목적은 뭘까? 용사는 모두 잡았어. 그렇다면 다른 목적을 위해 숨었나……? 으음~.'

모두 가능성이 있지만, 어느 것이고 확증은 없었다.

제로스는 살의를 눈치채지 못한 척하며 요시노 곁으로 다가갔다.

"네 실연은 확실히 마음 아파. 하지만 사람을 생각하는 마음은 나쁜 게 아니야. 네 사랑은 끝났지만, 난 그게 무의미하다고는 생각하지 않아. 지금은 괴로워도 그건 시간이 해결해 줄 거야. 진부한 말이지만, 결과야 어떻든 이건 좋은 경험이야."

"……."

"그래도 널 이만큼 걱정시켰으니까 카자마라는 애를 한 대 팰 권리는 있지 않을까?"

"그러게요……. 직접 만나서, 뺨이라도 때리고…… 마음을 정리할래요."

"잘 생각했어. 자, 일어나렴. 아마 이제 연행해서 신문을 받을 거야. 악독한 4신교 녀석들 이야기라도 들려주면 알톰 황국 사람들도 좋아하겠지. 새로운 정보는 어디든 쓸데가 있으니까."

제로스가 그렇게 말한 순간, 조금 전 느낀 살기가 강해졌다. 그리고 옆에 쓰러져 있던 기사가 나이프를 들고 일어나더니 대뜸 요시노를 향해 돌진했다.

"죽어라아아아아! 타락한 용사아아아아!"

"아?!"

"당신이 죽으셔."

하지만 나이프가 요시노에게 닿기 직전, 제로스는 한 손으로 거대한【건 블레이드】를 대충 휘둘러 기사를 후려쳤다.

몇 미터 붕 떠오른 기사는 그대로 머리부터 곤두박질쳤다.

"저 사람의 목적은 아마 네 암살이었나 보군. 4신교를 비판하는 말이라도 했었니?"

"……네. 타쿠미가 죽었을…… 죽었다고 생각했을 때, 4신교와 주변 사람들을 믿을 수 없었어요……."

"추측하건대 지금까지 죽이지 못한 이유는 쓸모가 있었기 때문이겠지. 하지만 너희는 여기서 패배했어. 4신교의 적이 될 가능성이 있으면 사전에 처리하라고 명령받았겠죠. 뭐, 실패했지만."

"그 나라 사람들은, 이런 짓까지……."

"썩었구만, 썩었어~. 아마 전에 소환한 용사들도 같은 방식으로 처리했겠지. 같은 방법이 계속 통할 거라고 생각한 시점에서 바보야. 게다가 이걸로 적이라는 인식을 확실히 심어줬어."

제로스는 요시노 곁에서 떨어져 쓰러진 남자에게로 다가가 밟았다.

"커헉!"

"당신들이 【혈련 연맹】이야? 전에 소환된 용사들에게 이야기는 들었어. 정신 나간 인간쓰레기라며?"

"이, 이 자식…… 마도사 주제에…… 크흡!"

제로스는 무표정으로 기사를 힘껏 밟았다.

"마도사가 뭐? 상황 파악이 안 돼? 지금 네 목숨을 쥐고 있는 건 나야. 주도권은 나한테 있다고. 너는 묻는 말에 솔직하게 대답만 하면 돼."

"누, 누가…… 너희 같은…… 더럽고 부정한 마도사에게……."

"하하하, 재미있는 사람이네. 부정? 그런 말을 해도 되는 건 사람을 죽인 적 없는 사람뿐이지. 한 번이라도 사람을 죽이면 다 같은 짐승이야. 당신은 몇 명이나 죽였지? 피 냄새가 진하게 나는데…….”
제로스는 허리에서 나이프를 뽑아 남자에게 던졌다.
나이프는 엄청난 속도로 남자의 허벅지에 박혔다.
“끄아아아아아아아아아아아아아!”
“전부 불어야 할 거야. 너희,【혈련 동맹】에 관해서. 크크크…….”
“주, 죽어도 말 못 한다! 죽어도 신의 곁으로 떠날 뿐이지…….”
“그 웃긴 신들이 보잘것없는 인간이 죽었다고 신경이나 쓰려나? 넌 개죽음당하고 끝이야.”
“4, 4신의…… 위대한 신의 자비를 모르는 자가, 신을 논하지 마라!”
“잘 알아. 4신이 얼마나 무책임하고 썩어 빠진 것들인지. 슬슬 다른 신이랑 교대할 때가 됐어.”
제로스의 말을 듣고 남자는 분노 어린 목소리로 외쳤다.
“너, 너는, 전생자냐! 신에게 적대하는 사신의 앞잡이!”
“오호라…… 들어야 할 게 늘었군. 안심해. 당신 상처는 내가 책임지고 회복할 테니까. 이렇게 보여도 회복 마법이 특기야. 나이프로 찌르고 죽을 것 같으면 치료. 그걸 반복할 거야.”
“뭐……? 말도 안 되는 소리. 마도사가 회복 마법을 쓸 수 있을 리가…….”
“써. 당신들이 모를 뿐이지. 마도사와 신관의 차이는 회복 마법과 공격 마법 중 어느 쪽에 특화했느냐는 것 정도야. 아예 못 쓰지는 않아.”
“허, 헛소리하지 마라! 신의 사도도 아닌 너 따위가 신성 마법을 쓸 수 있을 리…….”

“【신의 축복(갓 블레스)】.”

제로스는 성기사가 보는 앞에서 신관이 사용 가능한 최고 보조 마법을 스스로에게 썼다.

“【신의 축복】이라고……? 그건 대신관 클래스가 쓸 수 있다고 전해지는 잃어버린 기술……. 왜냐! 왜 마도사인 네놈이…… 왜…….”

“말했잖아. 못 쓰지는 않는다고. 그나저나 잃어버린 기술이라……. 【신의 축복】은 대신관 클래스 마법이지? 너희 우두머리인 법황님이란 작자는 못 써? 참고로 나는 신관 마법은 대부분 쓸 줄 알아. 너한테 직접 시험해 볼까? **대화**를 나누면서.”

“이게 현실일 리 없어……. 이런 말도 안 되는 이야기가…….”

“현실을 봐. 그리고 묻고 싶은 게 많으니까 하던 이야기나 마저 하자고. 지금 마법으로 강화한 내가 나이프를 던지면 팔이 절단될지도 모르지만, 큰 문제는 없을 거야. 전쟁 중이니까 정보를 얻기 위해서라면 고문……이 아니라, 다소 거친 대화를 나눠도 어쩔 수 없는 일 아닐까?”

“지금 고문이라고 했겠다!”

“사소한 말실수야. 너무 신경 쓰면 머리 벗겨진다? 자, 그럼 질문. 솔직하게 대답해주면 고맙겠어. 솔직해지지 못하면 주먹으로…… 아차, 평화적인 폭력— 아차차…….”

제로스는 나이프 몇 자루를 꺼내고 남자 배를 더 힘껏 밟아 고정했다.

남자는 필사적으로 저항했지만, 빠져나오지 못했다.

“아, 악마 자식, 신의 심판을 받아라!”

"악마 소리는 처음 듣네. 내 별명은【섬멸자】였으니까 참 신선하게 들려. 다음에는 뭐라고 말할까? 기대되는데~, 크크크……."

아저씨는 사악한 웃음을 짓고 남자를 정신적으로 몰아세웠다.

미지의 공포에 휩싸인 혈련 동맹 기사는 함락 직전이었다.

"……저건, 마도사가 할 짓이 아니군. 무자비하고 잔인해……."

"머, 멋있어……. 적에게 가차 없는 저 악독함, 멋져……."

"제정신이야? 필요하다면 한없이 비정해질 인간이라고. 멀쩡한 마도사가 아니야."

"그게 좋은 거야.【섬멸자】…… 고고한 파괴의 마도사, 힘없는 정의는 정의가 아니다. 그 말이 딱 들어맞아."

실연한 요시노는 왠지 이상한 방향으로 나아가기 시작했다.

그녀는 특촬물을 좋아했고, 특히 적대하는 편의 안티 히어로를 무척 좋아했다.

이날, 한 기사가 불행해지고 한 용사가【섬멸자】의 팬이 되었다.

"누가, 누가 살려줘어어어어어어어어어! 뭐든 말할게, 제발!"

"이제 막 시작했는데 엄살은. 조금만 더 저항해 봐. 재미없잖아. 앞으로 시간은 많으니까 말이야~. 크크크……."

"재미가 없다고?! 이 자식, 그냥 고문을 즐길 뿐이잖아! 신이시여, 신이시여어!"

"글쎄, 너희 신은 안 도와준다니까? 이제는 깨달을 때도 됐잖아. 그리고 너희도 이런 짓을 해 왔으면서. 그럼 우선 손톱, 발톱을 뽑자. 그런 다음에 손가락 마디를 하나씩 꺾고, 피부를 벗기고, 귀를 자르고……."

불행한 남자는 대현자의 전투 스킬 능력 중 하나【위압 파동】앞에 굴복했다. 1,000을 넘는 레벨은 장식이 아니었다. 그는 지금 드래곤과 마주친 새끼동물의 심정일 것이다.

마력으로 만든 위압감은 공포로 변했고 그는 허망하게 함락되고 말았다.

그 후, 이 기사가 알톰 황국으로 인도됐을 때는 새하얗게 질려 있었다. 어지간히 무서웠나 보다.

아저씨는 도가 지나쳤다고 반성했지만, 후회는 하지 않았다고 한다.

단편 델사시스의 맹세

『델. 행복이 뭐라고 생각해?』

작은 묘비 앞에 선 델사시스는 언젠가 들었던 목소리를 떠올렸다.

당시 그는 대답하지 못했다.

아니, 대답할 마음조차 들지 않은 소소한 질문. 지금이라면 대답할 수 있었다.

"어떤 형태든 상관없어. 사랑하는 사람 곁에 있는 거다……."

단순하지만, 그것이 지금 델사시스가 내린 답이었다.

"너는 이걸로 만족해? 밀레나……. 세레스티나를 안아보지도 못했으면서……."

묘비에 대고 중얼거리며 물었다.

그러나 그 질문에 답하는 사람은 이제 없었다.

그녀는 두 번 다시 손이 닿지 않는 곳으로 떠나 버렸다.

각오는 했었다. 그래도 조금이라도 오래 그녀와 함께하는 시간이 이어지길 간절히 바랐다.

그렇지만 그의 바람과는 달리 이별은 일찍 찾아왔다.

젊은 시절의 기억이 되살아났다.

한때는 사람을 믿지 못하던 델사시스는 이스톨 마법 학교에서 밀레나와 만났다.

지금 돌이켜보면 그녀는 자신의 미래를 알고 있었던 게 아닐까, 라는 생각마저 들었다.

『넌 항상 따분해 보여. 그렇게 세상이 시시해 보여?』

『그래…… 시시해. 누구나 얼굴 뒤에 어떤 악의를 감추고 있는지…….』

『그렇게 시시하면 네가 세상을 바꾸면 되지. 가능하잖아?』

『내가? 세상을 바꾼다고……?』

『그래. 자기가 원하는 형태로 세상을 바꾸면 돼. 너한테는 그럴 능력이 있어. 세상은 네 생각보다 훨씬 아름다워.』

이것이 밀레나와의 만남이었다.

왠지 밀레나는 델사시스를 따라다녔고 곧 미스카와 많은 친구를 얻었다.

"난 밀레나에게 뭘 해줬을까……. 아니, 내가 생각해 봤자 답이 나오진 않겠지……. 부질없는 짓이야."

죽은 사람의 속내는 죽은 사람밖에 모른다.

하지만 생전에 그녀에게 받은 소중한 선물은 지금도 델사시스의 마음속에 남아 있었다.

지금 돌아보면 받은 것이 너무 많아서 자신이 그녀에게 해준 것은 거의 없다는 생각이 들었다.

그만큼 델사시스는 밀레나에게 애정과 다 갚을 수 없는 은혜를 느꼈다.

후회만이 마음에 맺혔다.

『델, 델! 내 친구 미스카야. 앞으로 친하게 지내.』

『……질색하는 표정인데? 정말로 친구 맞아?』

『아니야! 이 애가 억지로 끌고 온 거뿐이야. 남자친구면 사람 말을 안 듣는 이 성격 좀 고쳐! 폐 끼치지 말고.』

『아니, 남자친구도 아니고 내 말도 안 들어. 네가 해주면 안 될까?』

이것이 미스카와의 첫 만남이었다.

대체 무슨 일이 있었는지 모르지만, 밀레나는 미스카의 팔을 억지로 잡아끌고 데리고 왔다. 그때까지 【빙결 여왕】이라고 불리며 모두가 멀리하던 동급생을 말이다.

델사시스도 이야기해 본 적 없는 상대였고 자기 눈에 비치는 풍경의 하나 정도로만 생각했었다. 타인은 귀찮을 뿐이라고 생각했으므로 밀레나가 그녀를 끌고 왔을 때는 조금 놀랐다.

그날 이후 미스카와는 말싸움만 했던 것 같다.

"훗…… 생각해 보면 밀레나는 나와 티격태격할 사람으로 미스카를 소개해줬는지도 모르겠군. 귀찮기는 했지만, 솔직하게 나쁜 감정을 드러내는 미스카는 다른 귀족과는 천지 차이였어."

평소에는 인형처럼 무표정한 미스카였지만, 세 사람이 함께 있을 때는 여과 없이 악의를 드러냈다.

거리낌이란 말을 몰랐고 귀족과 평민의 신분 차조차 개의치 않았다.

미스카와 대화하면 화도 났지만 동시에 신선하기도 했다.

다른 사람에게 혐오감을 가지지 않게 된 것은 언제부터였을까?

어느샌가 자신은 미스카를 순순히 받아들이고 있었다.

그토록 타인을 혐오하던 자신이…….

『델, 미스카가 싫어?』

『아니, 좋고 싫고의 문제가 아니야. 아무 감정도 없어.』

『에이, 그래도 좋아한다고 말해야지. 미스카가 얼마나 착한지 알아? 이렇게 보여도 나랑 취향이 맞아. 최근 유행하는 야시시한 책이라거나…….』

『그건 네가 나한테 억지로 떠넘긴 거잖아! 나도 모르는 사이 방안에 두고 가고 말이야……. 너, 어떻게 문을 따고 침입한 거야!』

『그치만 결국 마지막까지 읽었지~? 미스카…….』

『이, 읽긴…… 누가 읽었다고…….』

『너희…… 그런 취미가 있었어? 제발 부탁하는데 나한테서 떨어져 줄래? 똑같은 인간으로 보이기 싫어.』

『뭐~? 너무해! 횡포야, 델!』

기억 속의 미스카는 날이 갈수록 밀레나에게 감화되어 갔다.

그것이 좋은 결과인지 나쁜 결과인지는 미스카 본인밖에 모르겠지만, 적어도 빙결 여왕이라고 불리던 소녀는 감정 표현이 풍부해지고 가끔 농담도 하게 됐다.

농담인지 진담인지 분간하기 어려운 구석은 있었지만…….

"여기 있었구나, 델……."

"……미스카."

"밀레나가 말했지? 『나는 죽음을 각오했다. 내가 없어도 희망은 이어진다. 그러니까 슬퍼하지 마라.』라고."

"알아. 훗…… 내가 이렇게 약한 인간인 줄 미처 몰랐어."

세레스티나를 출산하기 전날 밤, 밀레나는 그렇게 말하며 미소지었다.

그것이 모든 것의 답이라고 델사시스는 생각했다.

그러나 밀레나는 사흘 후 편지만 남긴 채 세상을 떠났다.

사랑하는 사람을 잃은 델사시스에게는 지울 수 없는 슬픔이 남았다.

그리고 그 슬픔은 즐거웠던 시절의 향수를 불러일으켰다.

짧고도 긴 학교생활 속에서 다양한 사건과 소동이 있었고, 소란스럽지만 즐거운 나날이 이어지는 가운데 밀레나가 【미래 예지】라는 혈통 마법을 쓰는 일족이란 사실이 밝혀졌다.

그 힘을 원하고 악당이 그들 앞을 가로막았다.

이 【미래 예지】 마법이 사용자의 수명을 깎는 줄도 모르고 온갖 탐욕가가 그녀의 일족을 찾아 헤맸다. 하지만 밀레나가 최후의 생존자였다.

『델……. 내가 사라지면 찾아줄 거야?』

『무슨 소리야?』

『묻지 말고 대답해! 날…… 찾아줄 거야?』

『흠……. 새삼스럽게 뭘 그런 걸 물어? 내가 널 안 찾을 리 없잖아? 무슨 수를 써서라도 찾아낼 거야.』

『약속이다? 나…… 기다릴 거야.』

이때 밀레나는 어느 때보다도 진지했다.

그녀가 무슨 의도로 그런 말을 했는지 당시 델사시스는 알지 못했다.

그러나 그로부터 한 달 후에 밀레나는 납치됐다. 마치 예견이라도 한 것처럼.

그리고 약속대로 델사시스는 온갖 수단을 동원해 밀레나를 찾았고 【히드라】라는 범죄 조직을 철저하게 뭉개 버렸다.

하지만 델사시스는 【미래 예지】라는 마법의 진짜 위험을 마지막까지 깨닫지 못했다.

이 마법은 제어하지 못하면 자신의 의지와 관계없이 꿈으로 미래를 보여줘 끝내 목숨을 앗아간다. 그야말로 저주받은 마법이었다.

밀레나는 이 저주받은 마법과 일족에 종지부를 찍는 도구며, 그녀 본인이 그 역할을 받아들이고 있었다.

델사시스가 이 가혹한 운명을 안 것은 밀레나가 숨을 거둔 뒤였다.

누구도 지켜보지 않는 침대에서 조용히 미소 지은 채 하늘로 떠난 그녀 곁에는 편지가 한 장 놓여 있었다. 거기에는 일족에 관한 진실이 적혀 있었고 마지막은『행복했었다』라는 말로 마무리됐다.

『죽으면 내가 어떻게 찾아, 밀레나……』라고 소리 없이 중얼거렸다.

델사시스는 밀레나가 품었던 진짜 어둠을 전혀 모르고 그저 그녀의 깊은 애정에 기댄 자신을 두들겨 패고 싶은 심정이었다.

"분한 마음은 알지만, 자기를 책망해도 별수 없어. 그리고 나도 같은 기분이니까 배려 좀 해!"

"알고는 있지만, 이 마음은 도저히 떨칠 수가 없군. 아마…… 미련이겠지."

미스카도 자신과 마찬가지로 풀리지 않는 안타까움을 안았을 것이다.

그런데도 학창 시절처럼 마음을 써주는 그녀가 강하다는 생각이 들었다.

미스카가 있어 주는 것만으로 고마웠고 마음이 조금 누그러들었다.

『델, 밥 먹을래? 목욕할래? 아니면…… 나~?』

『……잠깐, 왜 옷을 벗으려고 해? 중요한 이야기가 있다고 했으면서.』

『델이 맛있게 먹을 수 있게 준비하려고?』

『왜 의문형이야? 그리고 왜 바지에 손을…… 잠깐! 그건 학생이 넘으면 안 되는 선이야! 그만! 숙녀가 할 행동이 아니야?!』

『그럼~, 내가 델을 맛있게 먹어야지이이이~♡』

그리운 학창 시절의 기억.

금욕적인 델사시스에게 다가온 그녀는 평소처럼 남의 말을 듣지 않고 놀라 자빠질 소리를 늘어놓았다.

"……."

밀레나와 함께 산 날들은 정말로 신선하고 유쾌한 사건의 연속이었다.

그리고 애부터 만들려고 달려들 정도로 적극적이었고—.

'……왜 나는 밀레나에게 끌렸을까? 인연이란 알 수가 없군.'

"델…… 너, 조금 쉬는 편이 낫겠어. 안색이 안 좋고 땀도 많이 나는데…… 괜찮아?"

"……문제없어. 잠깐 옛날 일이 떠올랐을 뿐이야. 그래…… 옛날 일이지."

미스카에게는 알리고 싶지 않은 과거였다.

만약 알면 평생 놀림거리가 될 것이 불 보듯 뻔했다.

"마지막은 그 애다웠어. 우리에게 아무 말도 안 하고 떠나다니……."

"그랬지. 우리는 언제나 밀레나에게 휘둘렸지."

"그러게. 항상 그랬어. 갑자기 예상하지 못할 일을 벌이지만, 왠지 결과는 좋은 방향으로 흘러갔어. 정말…… 마지막까지 아무 말도 없이 떠날 게 뭐야……. 이건 아니잖아."

"심지어 불평도 못 하게 하고 말이야……. 이기고 도망가 버리다니."

옛날부터 밀레나는 절대로 본심을 입 밖으로 내지 않는 사람이었다.

언제나 천진난만한 웃음을 짓고 가끔 뚱딴지같은 행동으로 사람을 휘두르며, 힘들 때도 마음 약한 소리를 한 적이 없었다.

그런 그녀가 간혹 보이는 그늘을 눈치채고 델사시스는 어떻게든 그늘을 걷어주기 위해 행동했다. 그러는 사이, 어느새 그는 그녀에게 끌리고 말았다.

잡아 두지 않으면 어딘가로 가 버릴 것 같은 불안함이 있었다.

"내게는 지켜야만 하는 약속도 있어. 우는소리는 오늘만이야……."

"그래. 세레스티나를 행복하게 해주지 않으면 나중에 밀레나한테 한 소리 들을 거야."

"그렇지……. 그 아이를 마지막까지 지켜보지 않으면 밀레나를 볼 낯이 없어. 그 아이는 밀레나의 희망이니까……."

"협력해줄게, 델. 나도 약속했으니까……."

미스카의 말에 델사시스는 살짝 웃음 짓고는 밀레나가 잠든 묘지에서 등을 돌렸다.

두 사람은 밀레나에게 맡은 세레스티나를 행복하게 해주기로 맹세했다.

언젠가 자신의 길을 골라 끝없이 높이 날아오를 그 날까지—.

아라포 현자의 이세계 생활 일기 7

초판 1쇄 발행 2020년 6월 10일

지은이_ Kotobuki Yasukiyo
일러스트_ JohnDee
옮긴이_ 김장준

발행인_ 신현호
편집부장_ 윤영천
편집진행_ 김기준 · 김승신 · 원현선 · 권세라 · 유재슬
편집디자인_ 양우연
국제업무_ 정아라 · 전은지
관리 · 영업_ 김민원 · 조은걸 · 조인희

펴낸곳_ (주)디앤씨미디어
등록_ 2002년 4월 25일 제20-260호
주소_ 서울시 구로구 디지털로 26길 111 JnK디지털타워 503호
전화_ 02-333-2513(대표)
팩시밀리_ 02-333-2514
이메일_ lnovelpiya@naver.com
L노벨 공식 카페_ http://cafe.naver.com/lnovel11

ISBN 979-11-278-5569-7 04830
ISBN 979-11-278-4453-0 (세트)

값 9,000원

L NOVEL

©Taro Hitsuji, Kurone Mishima 2019
KADOKAWA CORPORATION

변변찮은 마술강사와 추상일지 1~5권

히츠지 타로 지음 | 미시마 쿠로네 일러스트 | 최승원 옮김

알자노 제국 마술학원에는 학생들도 기가 막혀 하는
한 변변찮은 마술강사가 있었다.
그의 이름은 글렌 레이더스.
수업에 뱀을 가져와서 여학생들이 무서워하는 모습을 감상하려다가
오히려 그 뱀에게 머리를 물리질 않나…….
도서관에서 실종된 여학생을 구하러 갔다가, 오히려 본인이 겁에 질려서
파괴 주문으로 도서관을 날려버리려고 하질 않나…….
수업 참관 일에는 웬일로 성실하게 수업을 하나 싶더니 곧 본색을 드러내고……
그런 마술학원에서 벌어지는 변변찮은 일상.
그리고— "……꺼져라, 꼬마. 죽고 싶지 않으면."
글렌의 스승이자 길러준 부모인 세리카 아르포네아와의
충격적인 만남이 수록된 『변변찮은』 시리즈 첫 단편집!

본편 TV애니메이션 방영 화제작!!

라이트노벨의 새로운 빛! L노벨의 신간은 매월 10일에 발매됩니다. http://cafe.naver.com/lnovel11